人民共和國文化與文學叢書

二 編

李 怡 主編

第 1 冊

紅色中國文學史論（上）

李遇春 著

花木蘭文化出版社

國家圖書館出版品預行編目資料

紅色中國文學史論（上）／李遇春 著 -- 初版 -- 新北市：花木
蘭文化出版社，2015〔民 104〕
序 4+ 目 2+184 面；19×26 公分
（人民共和國文化與文學叢書 二編；第 1 冊）
ISBN 978-986-404-213-5（精裝）
1. 中國文學史 2. 文學評論史
820.8　　　　　　　　　　　　　　　　　104011318

特邀編委（以姓氏筆畫為序）：

ISBN- 978-986-404-213-5

吳義勤　孟繁華　張　檸
張志忠　張清華　陳思和
陳曉明　程光煒　劉福春
（臺灣）宋如珊
（日本）岩佐昌暲
（新西蘭）王一燕
（澳大利亞）鄭　怡

人民共和國文化與文學叢書
二　編　第　一　冊　　　　　ISBN：978-986-404-213-5

紅色中國文學史論（上）

作　　者　李遇春
主　　編　李　怡
企　　劃　北京師範大學民國歷史文化與文學研究中心
　　　　　四川大學現代中國文化與文學研究中心
總 編 輯　杜潔祥
副總編輯　楊嘉樂
編　　輯　許郁翎
印　　刷　普羅文化出版廣告事業
出　　版　花木蘭文化出版社
社　　長　高小娟
聯絡地址　235 新北市中和區中安街七二號十三樓
　　　　　電話：02-2923-1455／傳眞：02-2923-1452
網　　址　http://www.huamulan.tw 信箱 hml810518@gmail.com
初　　版　2015 年 9 月
本書由華中師範大學出版社授權出版
全書字數　402001 字
定　　價　二編 16 冊（精裝）台幣 28,000 元

紅色中國文學史論（上）

李遇春　著

作者簡介

李遇春 (1972～)，華中師範大學文學院教授、博士生導師，中國新文學學會副會長兼秘書長，《新文學評論》執行主編。入選 2009 年度教育部新世紀優秀人才支持計劃。主要從事中國現當代文學（含舊體詩詞）研究。迄今在《文學評論》等報刊雜誌發表文章 200 餘篇。著有《權力‧主體‧話語——20 世紀 40～70 年代中國文學研究》、《中國當代舊體詩詞論稿》、《西部作家精神檔案》、《走向實證的文學批評》，主編《中國文學編年史（當代卷）》、《中國現當代文學經典作品選講》四卷本、《中國新文學批評文庫》十卷本、《現代中國詩詞經典》兩卷本。主持國家級和省部級社科專案五項。研究成果曾四獲教育部、湖北省政府獎，另多次榮獲中國文聯、湖北省文聯、湖北省作協等頒發的學術獎勵。

提　　要

　　本著將紅色中國文學（包括「延安文學」、「十七年文學」和「文革文學」）作為一個相對獨立完整的話語系統（「紅色中國文學話語秩序」）進行研究。導論闡述具體研究視角，即「權力（文化）——主體（心靈）——話語（文學實踐）」，和相應的研究方法，即權力視角與心靈視角相結合，文化分析（意識形態分析）與心理分析相結合。第一章論述建構紅色中國文學話語秩序的歷史語境，即五四落潮後，現代中國文學逐步發生話語轉型現象。第二章圍繞「革命文藝生產範型」具體分析紅色中國文學話語秩序的建構模式及其內在運作機制。第三章解析置身紅色文學秩序中的中國作家主導性的話語屈從立場，揭示其文化人格心理結構中逃避真實自我、認同「超我」群體人格的心理防禦機制。第四章解析置身紅色文學秩序中的中國作家被壓抑的話語反抗立場，揭示其文化人格心理結構中堅守真實自我人格的心理防禦機制。第五章解析置身紅色文學秩序中的中國作家的話語懺悔立場，揭示其在屈從與反抗之間遊移的雙重心理防禦機制。第六章解析置身紅色文學秩序中的中國作家的話語疏離立場，揭示其尋找真實自我而誤認「本我」人格的心理防禦機制。結語綜論置身紅色文學秩序中的中國作家的內心衝突，並探討深陷文化人格心理困境中的中國作家如何超越困境的問題。

世界知識、地方知識
與人民共和國文學研究

李　怡

　　無論我們如何估價近 30 年來的中國文學研究成果，都不得不承認這樣一個事實，即當代中國文學研究的發展演變與我們整個知識系統的轉化演進有著密切的聯繫，這種聯繫不僅勾畫了迄今為止我們文學研究的學術走向，而且也將為未來的學術前行提供新的思路。

　　回顧近 30 年來的中國文學研究的知識背景，我們注意到存在一個由「世界知識」與「地方知識」前後流動又交互作用過程。考察分析「知識」系統的這些變動，特別是我們對「知識系統」的認識和依賴方式，將能折射出我們學術發展過程中的值得注意的重要問題，促使我們作出新的自我反省。

一

　　在對人民共和國文學的研究之中，「世界」的知識框架是在新時期的改革開放中搭建起來的。「世界」被假定為一個合理的知識系統的表徵，而「我們」中國固有的闡釋方式是充滿謬誤的，不合理的。新時期當代中國文學的研究是以對「世界」知識的不斷充實和完善為自己的基本依託的，這樣的一個學術過程，在總體上可以說是「走向世界」的過程。「走向世界」代表的是剛剛結束十年內亂的中國急欲融入世界，追趕西方「先進」潮流的渴望。在中國現當代文學研究界乃至中國學術界「走向世界」呼籲的背後，是整個中國社會對衝出自我封閉、邁進當代世界文明的訴求。在全中國「走向世界」的合奏聲中，走向「世界文學」成了新時期中國現代文學研究的「第一推動力」。

　　在那時，當代中國文學研究是努力以中國之外「世界」的理論視野與方法爲基礎的。以國外引進的自然科學的研究方法——「三論」（系統論、信息論、控制論）爲起點，經過 1984 年的反思、1985 年的「方法論年」，西方文學理論與批評得到了到最廣泛的介紹和運用，最終從根本上引導了當代中國文學批評的主潮。

　　人民共和國文學的研究也是以中國之外的「世界」文學的情形爲參照對象的，比較文學成爲理所當然的最主要的研究方式，比較文學的領域彙集了當代中國文學研究實力強大的學者，中國學術界在此貢獻出了自己最重要的成果。新時期中國學人重提「比較文學」首先是在外國文學研究界，然而卻是在一大批中國現代文學研究者介入，或者說是在中國現代文學研究界將它作爲一種「方法」加以引入之後，才得到長足的發展。正如王富仁先生所說：「我們稱之爲『新時期』的文學研究，熱熱鬧鬧地搞了 10 多年，各種新理論、新觀念、新方法都『紅』過一陣子。『熱』過一陣子，但『年終結帳』，細細一核算，我認爲在這十幾年中紮根紮得最深，基礎奠定得最牢固，發展得最堅實，取得的成就最大的，還是最初『紅』過一陣而後來已被多數人習焉不察的比較文學。」〔註1〕

　　這些文學研究設立了以「世界」文學現有發展狀態爲自己未來目標的潛在意向，並由此建立著文學批評的價值取向。曾小逸主編《走向世界文學》一書不僅囊括了當時新近湧現、後來成爲本學科主力的大多數學者，集中展示了那個時期的主力學者面對「走向世界」這一時代主題的精彩發言，而且還以整整 4 萬 5 千餘字的「導論」充分提煉和發揮了「走向世界文學」的歷史與現實根據，更年輕一代的學人對於馬克思、歌德「世界文學」著名預言的接受，對於「走向世界」這一訴求的認同都與曾小逸的這篇「導論」大有關係。一時間，僅僅局限於中國本身討論問題已經變成了保守封閉的象徵，而只有跨出中國，融入「世界」、追逐「世界」前進的步伐，我們才可能有新的未來。

　　進入 1990 年來之後，我們重新質疑了這樣將「中國」自絕於「世界」之外的思想方式，更質疑了以「西方」爲「世界」，並且迷信「世界」永遠「進化」的觀念。然而，無論我們後來的質疑具有多少的合理性，都不得不承認，

〔註 1〕 王富仁：《關於中國的比較文學》，見王富仁《說說我自己》125 頁，福建人民
　　　　出版社 2000 年。

一個或許充滿認知謬誤的「世界」概念與知識，恰恰最大限度地打破了我們思維閉鎖，讓我們在一個全新的架構中來理解我們的生存環境與生命遭遇。這就如同 100 多年前，中國近代知識分子重啟「世界」的概念，第一次獲得新的「世界」的知識那樣。「世界」一詞，本源自佛經。《楞嚴經》云：「世為遷流，界為方位。」也就是說，「世」為時間，「界」為空間，在中國文化的漫長歲月裏，除了參禪論道，「世界」一詞並沒有成為中國知識分子描述他們現實感受的普遍用語。不過，在近代日本，「世界」卻已經成為了知識分子描述其地理空間感受的新語句，當時中國的知識分子在談及其日本見聞的時候，也就便將「世界」引入文中，例如王韜的《扶桑遊記》，黃遵憲的《日本國志》，20 世紀初，留日中國知識分子掀起了日書中譯的高潮，其中，地理學方面的著作占了相當的數量，「大部分地理學譯著的原本也是來自日本」。〔註2〕隨著中國留學生陸續譯出的《世界地理》、《世界地理誌》等著作的廣泛傳播，「世界」也才成為了整個中國知識界的基本語彙。世界，這是一個沒有中心的空間概念。

「世界」一詞回傳中國、成為近現代中國基本語彙的過程，也是中國知識分子認知現實的基本框架——地理空間觀念發生巨大改變的過程：我們所生存的這個世界並非如我們想像的那樣以中國為中心。是的，在 100 年前，正是中國中心的破滅，才誕生了一個更完整的「世界」空間的概念，才有了引進「非中國」的「世界」知識的必要，儘管「中國」與「世界」在概念與知識上被作了如此不盡合理「分裂」，但「分裂」的結果卻是對盲目的自大的終結，是對我們認識能力的極大的擴展。這，大概不能被我們輕易否定。

二

1990 年代以後人們憂慮的在於：這些以西方化的「世界」知識為基礎的思想方式會在多大的程度上壓抑和遮蔽了我們的「民族」文化與「本土」特色？我們是否就會在不斷的「世界化」追逐中淪落為西方「文化殖民」的對象？

其實，100 餘年前，「世界」知識進入中國知識界的過程已經告訴我們了一個重要事實：所謂外來的（西方的）「世界」知識的豐富過程同時伴隨著自我意識的發展壯大過程，而就是在這樣的時候，本土的、地方的知識恰恰也

〔註 2〕鄒振環：《晚清西方地理學在中國》244 頁，上海古籍出版社 2000 年版。

獲得了生長的可能。

100 餘年前的留日中國學生在獲得「世界」知識的同時，也升起了強烈「鄉土關懷」。本土經驗的挖掘、「地方知識」的建構與「世界」知識的引入一樣的令人矚目。他們紛紛創辦了反映其新思想的雜誌，絕大多數均以各自的家鄉命名，《湖北學生界》、《直說》、《浙江潮》、《江蘇》、《洞庭波》、《鵑聲》、《豫報》、《雲南》、《晉乘》、《關隴》、《江西》、《四川》、《滇話》、《河南》……這些本土的所在，似乎更能承載他們各自思想的運動。在這些以「地方性」命名的思想表達中，在這些收錄了各種地域時政報告與故土憂思的雜誌上，已經沒有了傳統士人的纏綿鄉愁，倒是充滿了重審鄉土空間的冷峻、重估鄉土價值的理性以及突破既有空間束縛的激情，當留日中國知識分子紛紛選擇這些地域性的名目作為自己的文字空間之時，我們所看到的分明是一次次的精神的「還鄉」。他們在精神上重返自己原初的生存世界，以新的目光審視它，以新的理性剖析它，又以新的熱情激活它。

出於對普遍主義與本質主義的批判立場，美國著名的文化人類學家克利福德‧格爾茲教授（Clifford Geertz）提出了「地方性知識」這一概念，在他的《地方性知識》一書中有過深刻的表述。「所謂的地方性知識，不是指任何特定的、具有地方特徵的知識，而是一種新型的知識觀念。而且地方性或者說局域性也不僅是在特定的地域意義上說的，它還涉及到在知識的生成與辯護中所形成的特定的情境，包括由特定的歷史條件所形成的文化與亞文化群體的價值觀，由特定的利益關係所決定的立場、視域等。」它要求「我們對知識的考察與其關注普遍的準則，不如著眼於如何形成知識的具體的情境條件。」〔註3〕作為後現代主義時代的思想家，克利福德‧格爾茲強調的是那種有別於統一性、客觀性和真理的絕對性的知識創造與知識批判。雖然我們沒有必要用這樣的論述來比附百年前中國知識分子的「地方意識」的萌發，但是，在對西方現代化的物質主義保持批判性立場中討論中國「問題」，這卻是像魯迅這樣知識分子的基本選擇，當近現代中國知識分子提出諸多的地方「問題」之時，他們當然不是僅僅為了展示自己的地方「獨特性」，而是表達自己所領悟和思考著的一種由特定區域與「特定的歷史條件」所決定的價值追求。而任何一個不帶偏見地閱讀了中國現代文學作品的人都可以發現，這些價值追求既不是西方文化的簡單翻版，也不是地方歷史的簡單堆積，它們屬於一

〔註 3〕盛曉明：《地方性知識的構造》，《哲學研究》2000 年 12 期。

種建構中的「新型的知識觀念」。

所以我認爲，近代中國知識分子這種依託地方生存感受與鄉土時政經驗的思想表達分明不能被我們簡單視作是「外來」知識的移植和模仿，更不屬於所謂「文化殖民」的內容。

同樣，在新時期的當代中國文學批評中，在重點展示西方文學批評方法的「方法熱」之同時，也出現了「文化尋根」，雖然後來的我們對這樣的「尋根」還有諸多的不滿；1990 年代以降，文學與區域文化的關係更成爲了文學研究的重要走向。竭力倡導「走向世界」的現代學人同樣沒有忽視中國文學研究的地方資源問題，在「後現代主義」質疑「現代性」、後殖民主義批判理論質疑西方文化霸權的中國影響之前，他們就理所當然地發掘著「地方性」的獨特價值，1989 年的中國現代文學研究會蘇州年會就以「中國現代作家與吳越文化」議題之一，在學者看來：「20 世紀中國新文學是在西方近代文學的啓迪下興起的。但就具體作家而言，往往同時也接受著包括區域文化在內的中國傳統文化的影響——有時是潛移默化的濡染，有時則是相當自覺的追求。」〔註 4〕爲 20 在中國當代批評家的眼中，引入「地方性」視野既是一種「豐富」，也是一種「尊嚴」，正如學者樊星所概括的那樣：「在談論『中國文化』、『中國民族性』、『中國文學的民族特色』這些話題時，我們便不會再迷失在空論的雲霧中——因爲絢麗多彩的地域文化給了我們無比豐富的啓迪。」「當現代化大潮正在沖刷著傳統文化的記憶時，文學卻捍衛著記憶的尊嚴。」〔註 5〕在這裏，「地方性」背景已經成爲中國學者自覺反思「現代化大潮」的參照。

三

重要的在於，「世界知識」與「地方知識」完全可以擺脫「二元對立」的狀態，而呈現出彼此激發、相互支撐的關係，中國文學從晚清到人民共和國的演化就說明了這一點。

在「世界知識」與「地方知識」相互支持的關係構架中，起關鍵性作用的是中國知識分子的自我意識的成長。對於文學批評而言，自我意識的飽滿

〔註 4〕 嚴家炎：《二十世紀中國文學與區域文化叢書・總序》，《二十世紀中國文學與區域文化叢書》，湖南教育出版社 1995 年版。
〔註 5〕 樊星：《當代文學與地域文化》21 頁，華中師範大學出版社 1997 年版。

和發展是我們發現和提煉全新的藝術感受的基礎，只有善於發現和提煉新的藝術感受的文學批評才能推動人類精神的總體成長，才能促進人生價值新的挖掘和發揚。在我們辨別種種「知識」的姓「西」姓「中」或者「外來」與「本土」之前，更重要是考察這些中國知識分子是否將獨立人格、自由意志與人的主體性作爲了自覺的追求，換句話說，在「知識」上將「世界」與「本土」暫時「割裂」並不要緊，引進某些「外來」的偏激「觀念」也不要緊，重要的在於在這樣的一個過程當中，作爲知識創造者的我們是否獲得了自我精神的豐富與成長，或者說自我精神的成長是否成爲了一種更自覺的追求，如果這一切得以完成，那麼未來的新的「知識」的創造便是盡可期待的，從「世界知識」的引入到「地方知識」的重新創造，也自然屬於題中之義，而且這樣的「地方知識」理所當然也就不是封閉的而是開放的。

從「世界知識」的看似偏頗的輸入到「地方知識」的開放式生長，這樣的過程原本沒有矛盾，因爲知識主體的自我意識被開發了，自我創造的活性被激發了。

在晚清以來中國的思想演變中，浸潤於日本「世界知識」的魯迅提出的是「入於自識，趣於我執，剛愎主己」，即返回到人的自我意識。〔註6〕

在 1980 年代，不無偏頗的「方法熱」催生了文學「主體性」的命題：「我們強調主體性，就是強調人的能動性，強調人的意志、能力、創造性，強調人的力量，強調主體結構在歷史運動中的地位和價值。」〔註7〕雖然那場討論尚不及深入展開。

過於重視「知識」本身的辨別和分析，極大地忽略了「知識」流變背後人的精神形態的更重要的改變，這樣我們常常陷入中/外、東/西、西方/本土的無休止的糾纏爭論當中，恰恰包括中國文學批評家在內的現代知識分子的精神創造過程並沒有得到更仔細更具有耐性的觀察和有說服力量的闡釋，其精神創造的成果沒有得到足夠的總結，其所遭遇的困難和問題也沒有得到深入細緻的分析。

在這個意義上，我們也可以認爲，現當代中國文學研究與「世界知識」、「地方知識」的關係又屬於一種獨特的「依託——超越」的關係，也就是說，

〔註 6〕魯迅：《文化偏至論》，《魯迅全集》1 卷 50 頁，人民文學出版社 1981 年版。
〔註 7〕劉再復：《論文學的主體性》，《文學主體性論爭集》3 頁，紅旗出版社 1986 年版。

我們的一切精神創造活動都不能不是以「知識」為背景的，是新知識的輸入激活了我們創造的可能，但文學作為一種更複雜更細微的精神現象，特別是它充滿變幻的生長「過程」，卻又不是理性的穩定的「知識」系統所能夠完全解釋的，對於文學創作與文學研究的考察描述，既要能夠「知識考古」，又要善於「感性超越」，既要有「知識學」的理性，又要有「生命體驗」激情，作為文學的學術研究，則更需要有對這些不規則、不穩定、充滿偏頗的「感性」與「激情」的理解力與闡釋力。

人類不僅是邏輯的知性的存在物，也是信仰的存在物，是充滿感性衝動與生命體驗的複雜存在。

自晚清、民國到人民共和國，中國文學現象的發生發展，不僅是與新「知識」的輸入與傳播有關，更與「知識」的流轉，與中國知識分子對「知識」的「理解」有關。我們今天考察這樣一段歷史，不僅僅需要清理這些客觀的知識本身，更要分析和追蹤這些「知識」的演化過程，挖掘作為「主體」的中國知識分子對這些「知識」的特殊感受、領悟與修改，換句話說，我們今天更需要的不是對影響中國文學這些的「中外知識」的知識論式的理解，而是釐清種種的「知識」與現代中國人特殊生存的複雜關係，以及中國知識分子作為創造主體的種種心態、體驗與審美活動，所謂的「知識」也不單是客觀不變的，它本身也必須重新加以複述，加以「考古」的觀察。這就是我們著力強調「民國歷史文化」、「人民共和國文化」之於文學獨特意義的緣由。

所有這些歷史與文學的相互對話，當然都不斷提醒我們特別注意中國知識分子的自由感受、自我生成著精神世界，正如康德對文藝活動中自由「精神」意義的描述那樣：「精神(靈魂)在審美的意義裏就是那心意付予對象以生存的原理。而這原理所憑藉來使心靈生動的，即它為此目的所運用的素材，把心意諸和合目的地推入躍動之中，這就是推入那樣一種自由活動，這活動由自身持續著並加強著心意諸力」〔註8〕

〔註 8〕 康德：《判斷力批判》上卷第 159～160 頁，宗白華譯，商務印書館 1964 年版。

初版序 (註)

於可訓

上個世紀 40 至 70 年代，因爲紅色中國文學的存在，成爲了中國現當代文學史上一個頗爲特殊的歷史年代。這個年代的特殊性，就在於，這期間的文學不但像有的學者所說的那樣，深受戰爭心理的影響，而且在戰後的和平環境中，又因爲整個國際冷戰背景的關係，被納入到一個高度政治化的體制之中。在這樣的體制中，文學必須接受高度統一的規範，必須爲一定的政治服務，甚者在有些時候還難免要充當意識形態領域裏階級鬥爭的工具。這對於向以追求心靈自由和創作自由自命的作家來說，自然是一種限制和約束。在接受這種限制和約束的過程中，儘管有些作家看似自覺自願的，實際上都經過了一番脫胎換骨的思想改造和痛苦的內心鬥爭，更多的作家則在這個過程中，難免要與這種限制和約束發生齟齬和衝突，有時甚至會造成一些悲劇性的事件，甚者如「文革」期間還造成了許多人身的傷害。因爲這期間的作家有這些複雜的遭遇，所以近 30 年來的中國現當代文學研究者，對他們的人生和命運，就給予了格外的關注。後來有論者又越過文學研究的邊界，把這個問題引向當代知識分子問題研究，一時間，竟因爲知識分子問題的升溫而成爲一個熱點。在這種研究的熱潮中，雖然隨著對知識分子問題的歷史反思逐漸深入，敞開了一些封閉已久的文學史空間，對有些個體及其文學活動的功過是非，也給予了一些比較客觀公正的闡釋和評價，但隨之而來的問題是，

〔註〕　此序爲中國當代著名文學史家、文學批評家、文藝理論家、武漢大學文學院教授於可訓先生於 2006 年爲本書初版本《權力・主體・話語——20 世紀 40～70 年代中國文學研究》（中國武漢・華中師範大學出版社 2007 年版）所撰。

這種研究因為所注重的主要是作家作為知識分子的社會身份，而不是他的創作活動及其成果，所以漸漸地也便脫離了文學研究的本體，成了當代知識分子心靈史或人生歷史研究的一個片斷。

　　毫無疑問，李遇春博士的這部專著，也是以作為知識分子的當代作家為研究對象的，不同的只是，他讓這種作家研究回到了文學的本位，而不是游離於文學研究之外。換言之，他不是在為這期間的作家所遭受的某些不公正的待遇，向社會尋求普遍的公理和正義，也不是像流行的知識分子研究那樣，按照某種西方標準，確認作家作為知識分子的良知、道義和責任。而是旨在通過作家作為文學活動的主體，在應對文學環境變化的諸多複雜的選擇中，是如何處置內在的「自我」與外在的「規範」之間的關係的，以此來闡明一種文學秩序（或曰制度）的建立對作家的心靈所產生的影響，以及因此而造就的各種文學立場和話語形態。為了深入地闡述這個問題，作者嘗試運用福柯的話語理論和其他西方馬克思主義理論家的理論觀點，結合弗洛伊德等人的精神分析學說，對這期間的文學中權力（包括「宏觀權力」和「微觀權力」）如何影響文學主體的心靈，主體又如何通過各自的話語方式對權力的影響作出回應，進行了深入細緻的精神症候式分析。雖然這些外來的理論和概念的使用，有時難免給人以陌生之感，但因為作者並非膠柱鼓瑟地生搬硬套，而是在精研其原理的基礎上，酌用其方法，且不主一門一派之理論，而意在融會各家各派之學說，因此這些理論和概念的運用，從總體上看，並不顯得如何的格澀。相反，在我看來，倒是本書在研究方法上的一大特點，用一句如今在學術界流行的行話說，這也正是它的獨特的創新之處。

　　說到這些新理論和新方法的運用，讓我想起了與本書有關的一點往事。十年前，遇春在我門下攻讀碩士學位，學位論文是研究當代作家張賢亮的創作心理，所用的方法，除作為基礎的一般的社會歷史批評方法外，當時所能借用的新方法，不外乎是時興過一陣子尚未完全過時的精神分析之類的心理原型批評理論。這篇論文共有三章，通過答辯後分別拆分為三篇獨立的論文，先後發表在本專業的一些學術刊物上，有的還被一些重要的學術論文選刊所轉載，說明這篇碩士論文是達到了一定的學術水準的。畢業後，遇春繼續在我門下攻讀博士學位。在確定博士論文選題時，我建議他把張賢亮的研究個案推而廣之、擴而大之，由一作家及於一時期或一時代之作家，研究的方法和思路，依舊是：一時代的政治如何因為對作家的影響、限制和壓抑，在作

家身上積聚爲一種心理能量，這種心理能量得以釋放出來，又如何轉化爲一種創作的動力，成就一個作家的創作或一時代之文學。這不過是在他寫作碩士論文時，根據作家張賢亮的實際情況，我給他的一點簡略的提示。但這點經驗式的提示，在他寫作博士論文時，卻被他發展爲一種自覺的方法。在最後確定以上個世紀 40 至 70 年代紅色中國作家的話語困境作爲博士論文的選題之後，遇春一面對這期間一些較具代表性和典型性的作家，逐一進行個案研究，一面精研當時正成爲譯介熱點的福柯的理論，及與之相關的「西馬」理論家的理論，在他所熟習的精神分析等心理原型理論的基礎上，尋找一種研究方法上的新路徑。三年後，遇春順利地完成了他的博士論文，以「優秀」通過答辯，旋獲武漢大學首屆優秀博士論文獎。正所謂功夫不負苦心人，他在完成這篇博士論文的同時，不意間竟成了福柯研究的一個行家裏手。據說，在他畢業後供職的大學，還應命向研究生作過福柯的專題講座，聽者有在讀的碩士生和博士生，有這等膽量，足以說明他的福柯研究功力不淺。在文學研究的問題上，我這個人向來不主張迷信理論或方法，不相信理論和方法就是萬應靈丹，但對遇春這種活用理論、方法，不是爲了炫技，而是爲了研究的拓深開新，我還是深表讚賞的。

遇春天資聰穎，博聞強記，才思敏捷，結想細密。這是我對他在我門下問學六年所形成的總體印象，也是我對他這部由博士論文寫成的學術專著的一個總體印象。既屬印象，就難說準確，且因有一層師生關係，亦難免有私。既然如此，這點評品人物的快意，就只能交由閱讀本書的讀者去體味了。

導　論

　　1949 年 10 月 1 日，中華人民共和國在北京宣告成立。現代中國文學開始由民國文學時代正式進入人民共和國文學時代。1949 年至 1976 年間的共和國文學實際上是毛澤東時代的文學，也可稱爲紅色中國文學。但紅色中國文學並不止於 1950 至 1970 年代的中國文學，而是應該被追溯至 1940 年代的「延安（解放區）文學」，這是因爲，如果說 1949～1965 年間的「十七年文學」是紅色中國文學的正體或典範形態，那麼 1940 年代的「延安（解放區）文學」就是紅色中國文學的雛形或實驗形態，至於 1966～1976 年間的「文革文學」，則是紅色中國文學的變體或異化形態。

　　長期以來，對於紅色中國文學研究，當代學術界習慣於標以「五十至七十年代文學」研究或「20 世紀 40～70 年代中國文學」研究，這也算是一種不言而喻的約定俗成表述。所謂 20 世紀 40～70 年代紅色中國文學，其實指的就是「延安文學」（「解放區文學」）、「十七年文學」和「文革文學」。毋庸諱言，「文革」後的中國學術界對這一文學時代的研究至今還有點避而遠之，乃至諱莫如深。人們總是習慣於以「有政治而無文學」對這一時代的文學史簡單作結。這說明他們依舊固執在政治層面上體認歷史，而有意無意地拒絕換一個視角去重新審視歷史。對於大部分曾經親歷過紅色中國文學時代的一代學人來說，這當然也是可以理解的，他們在心靈深處一時還無法擺脫那個歷史夢魘的糾纏。然而，由於自 20 世紀 80 年代中期以來，「重寫文學史」的承諾始終無法得到實質性的兌現，伴隨著 21 世紀的降臨，學術界不得不面臨著現代中國文學史研究中因存在人爲的學術斷裂而造成的尷尬。這也正是新世紀之交學術界開始日益重視 20 世紀 40～70 年代紅色中國文學史研究

的重要原因。

問題在於，僅僅研究態度上的轉變是不夠的，我們還必須積極地進行研究方法和研究視角上的更新。一個時代的文學史的寫作，它不止要求我們在歷史的廣度上還原那一段文學史的豐富性，譬如在「主流文學」之外還重視「爭鳴文學」和「地下文學」（「潛在寫作」）的發掘與研究，同時更重要的在於，它還要求我們在歷史的深度上，尤其是在人性（精神或心理）的深度上還原那一段文學史的豐富性，即展示置身於紅色中國文化與文學話語秩序中的中國知識分子／作家群體內心深處的精神衝突和心理困境。惟其如此，我們在文學史研究中就應該主要依據「主流話語」和「邊緣話語」的「質」，而不僅僅是「量」來透視歷史上的文學寫作和精神現象。然而，我個人無意於按照教科書模式書寫 20 世紀 40～70 年代的紅色中國文學史。雖然面對著一個宏觀的歷史論域，我卻試圖從一個特定的研究視角去透視其中一個具體的也是核心的問題，即 20 世紀 40～70 年代紅色中國文學秩序中中國作家的話語困境，它植根於作家的人格心理困境，後者則源於作家的文化困境。這個具體的研究視角即「權力（文化）──主體（心靈）──話語（文學實踐）」。在此基礎上，我的研究方法可以概括爲：權力的視角和心靈的視角相結合，文化分析（意識形態分析）和心理分析相結合。

在導論中，我打算就這本書的研究視角和研究方法展開必要的論析，這其實也是對本書的具體研究思路進行必要的清理。其中，對於本書以後各章節中經常會涉及到的一些核心概念，和基本的理論命題，也將予以界定和闡釋。

一、權力與文化

米歇爾・福柯無疑是 20 世紀最偉大的權力哲學家之一。然而，作爲一位「千面思想家」，福柯的思想和文風均以晦澀和易變見長，他幾乎從未對自己提出或運用過的一些新奇概念和名詞（包括「權力」）下過任何「科學的定義」。不是不能，而是他不願意。作爲一個「人文科學的考古學者」，福柯的天職就是去揭示「人文科學」話語的「科學」面紗，還原「概念」或「定義」的本相。儘管如此，我們還是能夠從福柯的一系列著作中大致上歸納出他對「權力」的基本觀點。

概而言之，福柯的權力觀包括本體論、功能論和構成論三部分。眾所週

知，福柯的權力本體論得益於尼采的權力意志哲學的啓示（尼采對福柯的另一重大影響是其「系譜學」的思維方式）。福柯宣稱：「權力並非是某種獲取、奪取或分享的東西，人們不能把它抓住不放或讓它溜走；權力的行使來自無數方面，在各種不平等與運動著的關係的相互影響中進行。」〔註1〕福柯以此大膽地拋棄了權力的「唯實論」，決心做一個「唯名論者」。福柯的權力「唯名論」的實質在於，權力是一種關係，而且在人類社會裏，不計其數的權力關係構成了無處不在的權力網絡。福柯解釋說：「權力的無所不在，並非因爲它有特權能使一切統一在它戰無不勝的整體之下，而是因爲它不斷地產生出來，在每一點中，或更確切地說在點與點之間的每個關係中。權力的無所不在，不是因爲它包容萬物，而是因爲它來自所有的地方。」〔註2〕譬如在男女（夫婦）之間，在長輩與晚輩之間，在師生之間，在上下級之間，在醫生與病人之間，在法官與罪犯之間，在領袖與群眾之間，甚至在知識者與文盲之間，包括在擁有不同等級知識的知識者之間，凡此種種，其中都存在著一種權力關係。而這些權力關係在通常情況下則以經濟關係、知識關係、階級關係、種族關係、法律關係、血緣關係和性別關係等不同的顯在形態出現。不僅如此，從家庭到社會（學校、醫院、軍隊、監獄，以及各企事業機構和團體），正是這無數的權力關係一起編織成了一個巨大的權力網絡。「人」就陷身於這所謂權力之網，無處遁逃。事實上，隨著西方近現代社會愈益「科層化」（馬克斯・韋伯語）和組織化，日漸喪失了主體性的「人」開始踏上了生命的不歸路。「人」以爲自己正在像馬克思所說的那樣「佔有自己的全面的本質」〔註3〕，卻不料一切都受到權力（知識／文化工程）的暗中操縱。福柯於是繼尼采宣佈「上帝死了」之後，大膽地向世人宣告「人死了」。「人」的眞正復活只能期待著非理性對理性主義的實質性的顛覆與反撥。

如果說福柯的權力本體論擺脫了「經驗論」的羈絆，那麼他的權力功能論則進一步跨越了「行爲主義」的藩籬。在西方近現代思想史上，眾多有關「權力」的定義幾乎都無法避免經驗主義和行爲主義傾向〔註4〕。在福柯看

〔註1〕福柯：《性史》，青海人民出版社1999年版，第81頁。
〔註2〕福柯：《性史》，青海人民出版社1999年版，第81頁。
〔註3〕馬克思：《1844年經濟學哲學手稿》，人民出版社2000年第3版，第85頁。
〔註4〕參閱《權力論》（丹尼斯・朗著，中國社會科學出版社2001年版）第一章中所引各種有關權力的定義。例如：權力是「獲得未來任何明顯利益的當前手段」（霍布斯）；權力是「預期效果的產生」（羅素）；「權力是某些人對他人產

來，既然權力的本質是關係，這就意味著權力的主體是二元論的。權力的主體同時也是權力的受體，每個權力的主體或者受體只不過是整個社會權力網絡之中的一個「點」，它們之間存在著一種「主體間性」，即彼此互為主體。這一切就內在地決定了權力的功能必須是雙向度的，在任何權力關係的運作中權力交互作用。為此，福柯將一元的、單向的權力關係，即「暴力」排除出了他的權力網絡。按福柯的理解，「哪裏有權力，哪裏就有反抗」，任何一個置身在社會權力網絡運作機制中的「點」或者個人，都有可能而且也應該以主體的身份來對強勢權力進行反抗，即使這種反抗只是主體行為的一個方面，而另一方面表現為同一主體在反抗的同時又以受體的身份出現，即對強勢主體表現出認同或者屈從的立場。從權力主體的這種身份的二重性中實際上可以逆向推測出權力的功能也具有二重性。一方面，權力壓抑或限制了主體的主體性（自律性）的施展，由此激發了主體的反抗，另一方面，權力又通過迫使主體認同或者屈從權力的文化立場，從而依照特定的文化標準來建構或者塑造主體，這種建構或者塑造常常也是一種重構或者重塑。用福柯的話來說就是，權力既具有「壓抑性」又具有「生產性」，而且權力的「生產性」功能是主導的。

福柯強調說：「我們不應該再從消極的方面來描述權力的影響，如把它說成是『排斥』、『壓制』、『審查』、『分離』、『掩飾』、『隱瞞』的。實際上，權力能夠生產。它生產現實，生產對象的領域和真理的儀式。個人及從他身上獲得的知識都屬於這種生產。」〔註5〕揭示並強調權力的生產性，這是福柯權力功能論的顯著特徵，也是福柯對傳統權力功能論的重大理論突破。這首先表現在，在傳統權力思想家只看到否定性和消極面的地方，福柯獨具慧眼地看到了肯定性和積極性。由此看來，福柯似乎是一個樂觀主義者，然而在表面的樂觀背後卻掩飾不住他內心深處的悲觀主義立場。因為福柯所突出的權力的生產性理論是以主體的「社會化」和「正常化」為「合法」前提的，而在這一「合法」前提下主體將淪為被動的「權力主體」，真正的主體性則可能以「反常」或「反社會」的名義被放黜。這是《瘋癲與文明》的作者絕對不

生預期效果的能力」（丹尼斯‧朗）。另可參閱《組織中的傳播和權力：話語、意識形態和統治》（丹尼斯‧K‧姆貝著，中國社會科學出版社 2000 年版）第三章中所引的有關權力的定義。例如：「甲對乙擁有權力是指甲能使乙做乙本來不一定去做的事。」（達爾）

〔註 5〕福柯：《規訓與懲罰》，三聯書店 1999 年版，第 218 頁。

願看到的事實。在這個意義上，福柯所謂權力的生產性不過是另一種形態的壓抑性。當然，這樣說並不意味著可以取消權力的生產性和抹煞福柯的理論功績。其次，福柯的權力功能論的理論價值還體現爲對傳統的「行爲主義」權力功能觀的揚棄。傳統的權力功能論都是一元論的、單向度的、帶有明顯的行爲主義特徵，這就內在地決定了他們的權力功能觀只能看到其強力式的壓抑性，這從他們對權力的定義中不難得到理解。而福柯的權力功能論則是二元論的、雙向度的，在意識到權力的壓抑性的基礎上又著重強調權力的生產性，因此基本上褪掉了行爲主義的機械思維痕迹。

　　福柯的權力構成論也別具一格。他在《規訓與懲罰》一書中將權力劃分爲「宏觀權力」與「微觀權力」兩個層次。所謂宏觀權力指的是「絕對權力」或「至上權力」，它完全排斥權力受體的主體性，實際上是一種「暴力」統治，譬如君主權力、軍事首領的權力、法官的權力等等。這些權力通常以某種物質或制度的形態體現出來。它們實際上並不完全符合福柯的權力本體論和功能論。惟其如此，福柯才宣稱自己的目標只是解剖「權力（運作）的微觀物理學」。因爲在他看來，「在某種意義上，國家機器和各種機構所運用的是一種權力的微觀物理學，其有效領域在某種意義上是介於這些重大功能運作與具有物質性和力量的肉體之間」〔註6〕。當然，這樣說並不意味著福柯完全無視「宏觀權力」的客觀存在，只不過他強調指出，在現代社會裏「微觀權力」的地位已經日益突出和重要，它是宏觀權力得以維持的基本前提，或者說是不可或缺的「中間地帶」。

　　福柯所謂微觀權力指的是「規範化權力」，用以區別於制度化和物質化的宏觀權力。從字面上來理解，在西文中，「規範化」（normalization／英文；normalisation／法文）和「正常化」同義，均意味著被主流或正統的社會文化秩序所接納，本質上即「社會化」。福柯把「規範化」視爲現代社會權力技術的核心。他認爲規範化是「一種將個人建構成與權力和知識相關的因素的技術」，因此，雖然「個人無疑是一種社會的『意識形態』表象中的虛構原子」，「但是他也是我稱之爲『規訓』（指規範化訓練——引者注）的特殊權力技術所製作的一種實體」〔註7〕。福柯在此告訴我們：規範化權力的本質是「知識權力」，正是這種權力「造就」個人或主體。在福柯的權力哲學裏，知識和權

〔註6〕福柯：《規訓與懲罰》，三聯書店1999年版，第28頁。
〔註7〕福柯：《規訓與懲罰》，三聯書店1999年版，第218頁。

力之間存在著一種共生的關係，就像一枚錢幣的兩面，二者是本質上同一的共生體。福柯將其特意表示為「權力－知識」。他說：「我們應該承認，權力製造知識（而且，不僅僅是因為知識為權力服務，權力才鼓勵知識，也不僅僅是因為知識有用，權力才使用知識）；權力和知識是直接相互連帶的；不相應地建構一種知識領域就不可能有權力關係，不同時預設和建構權力關係就不會有任何知識。」〔註8〕這意味著，沒有權力就沒有知識，與此同時，沒有知識也就沒有權力。在這個意義上，「真理」也不過是權力的一種特殊形式。

　　以上就福柯的權力觀從本體論、功能論和構成論等三個方面作了必要的概括和闡發。在此基礎上，接下來想探討權力和文化的關係問題。在某種意義上，文化即「人化」，是人的生命的外化或物化形態。如果用馬克思的話來說，文化就是人的本質力量對象化的產物——人化的自然或自然的人化。比照卡西爾的文化哲學，既然人是「符號的動物」、「文化的動物」〔註9〕，而不僅僅是「政治的動物」，那麼可以說，人在征服和改造自然的「勞作」中，通過將外在的自然加以「符號化」從而創造了諸如神話、宗教、語言、藝術、歷史、哲學、科學等文化現象。所謂人的主體性也就是人的「符號功能」的表現，而「符號現象界」也就是文化的世界。人只有在文化創造的過程中才能獲得真正的「自由」，並以此成就自身「人的本質」。在馬克思和卡西爾之間，關於文化的本質，即「人化」這一點其實已達成共識，分歧在於二者對於文化所含範圍的界定不同。

　　國內大陸學者一般從唯物主義哲學觀出發，按照現今學術界通行的文化三分法，把文化分為物質文化（社會經濟生產活動）、制度文化（政治、法律和軍事等制度建設）和思想文化（意識形態或精神生產）三個層面，而且前者作為「經濟基礎」決定了後二者所共同組成的「上層建築」。而卡西爾從「唯心主義」出發，他將文化的範圍限定在「符號現象界」，即神話、宗教、語言、藝術、歷史、哲學、科學等馬克思所說的「意識形態」領域。表面看來，這僅僅是廣義的文化觀和狹義的文化觀之間的分歧，實際上卻反映了物質與精神、存在與思維之間究竟誰是第一性的根本差別。然而我們不應該就此輕易抹煞卡西爾「唯心主義」符號觀的貢獻。因為馬克思和恩格斯雖然強調經濟基礎對意識形態的決定作用，但同時也承認意識形態的相對獨立

〔註8〕福柯：《規訓與懲罰》，三聯書店1999年版，第29頁。
〔註9〕卡西爾：《人論》，上海譯文出版社1985年版，第34頁和第87頁。

性。畢竟上層建築中的意識形態比起政治和法律制度來，距離經濟基礎要遠些，如恩格斯所言屬於「更高地懸浮於空中的思想領域」〔註10〕。

其實，進入 20 世紀以來，西方現代思想家，尤其是西方馬克思主義思想家都越來越多地強調意識形態（思想文化或「符號」文化）獨立性的存在。在很大的程度上，這實際是在強調意識形態文化，即思想文化或符號文化的「權力」本質。葛蘭西是當代西方馬克思主義的理論先驅之一。他倡導的「實踐哲學」尤爲注重精神意識在實踐中的指導作用。他說：「主張實踐哲學是一種新的、獨立的、獨創的力量，同時也是全世界歷史發展的因素之一，也就是主張一種新的、正在成熟的文化的獨立性和獨創性，這種文化將隨著社會關係的發展而發展起來。」〔註11〕在葛蘭西看來，文化一經在實踐中產生和形成，作爲精神性或類物質性的存在，它就具有「獨立性和創造性」。文化的「獨立性」相當於後來阿爾都塞所說的「意識形態的物質性」，「創造性」則等同於福柯所謂「權力的生產性」。文化在葛蘭西那裏基本上是指意識形態體系這一概念。葛蘭西著名的「文化霸權」或「文化領導權」的要旨在於：由於文化具有規範人們行爲和實踐的作用，任何社會的統治階級總是對文化進行控制，以此來確立他們的統治秩序。所謂文化霸權也就相當於思想霸權或意識形態霸權。這恰恰印證了馬克思和恩格斯的斷言：「統治階級的思想在每一時代都是占統治地位的思想。」〔註12〕

人創造了文化，文化一經形成也可以創造人。也就是說，上層建築，尤其是意識形態對創造它們的主體，以及整個現實具有某種「生產」作用。借用英國「新左派」領袖雷蒙・威廉斯的說法，這也算是一種「文化唯物主義」觀點。葛蘭西敏銳地洞察到了文化的權力本質，這對後來另一位西方馬克思主義大家阿爾都塞的意識形態理論應該不無啓發。在阿爾都塞看來，首先，意識形態是一種「物質性的存在」。他說：「意識形態根本不是意識的一種形式，而是人類『世界』的一個**客體**，是人類世界本身。」「人類通過並依賴意識形態，在意識形態中體驗自己的行動。」在阿爾都塞的哲學中，意識形態並不等同於一般的「意識」，而是指「具有獨特邏輯和獨特結構的表象（形象、

〔註10〕恩格斯：《致康・施米特》，《馬克思恩格斯選集》第四卷，人民出版社 1972 年版，第 484 頁。

〔註11〕葛蘭西：《獄中雜記》，人民出版社 1983 年版，第 80 頁。

〔註12〕馬克思、恩格斯：《德意志意識形態》，《馬克思恩格斯選集》第一卷，人民出版社 1972 年版，第 52 頁。

神話、觀念或概念）體系」〔註13〕。關於意識形態的物質性，這一方面可以理解爲意識形態作爲定型化的「表象體系」是一種「類物質性」的特殊精神存在物，另一方面又可理解爲意識形態和「意識形態國家機器」之間存在著不可分離的權力關係。在阿爾都塞看來，社會中的家庭、學校、教堂、企事業和文化團體等都是「意識形態國家機器」。它「與國家權力正規機器——警察和軍隊——不同：後者依靠強制和威脅發揮作用；而前者則通過『意識形態』發揮作用」〔註14〕。不難看出，阿爾都塞所說的「國家正規權力機器」及其強制和威脅作用相當於福柯所謂的「宏觀權力」，而阿爾都塞特指的「意識形態國家機器」及其意識形態權力則大體等同於福柯所鼓吹的「微觀權力」，即知識～規範化權力。值得注意的是意識形態國家機器和意識形態之間的權力「合謀」關係。這種關係可以按照福柯關於權力和知識之間的關係來理解。也就是說，二者彼此依賴、相互生成、「合之雙美、離則兩傷」。正是在這個意義上，傑姆遜才斷言意識形態「是異化在意識或思想領域內所採取的形式：它是異化了的思想」〔註15〕。

除了強調意識形態的物質性之外，阿爾都塞還重視意識形態的生產性。他解釋說：「因爲意識形態所反映的不是人類同自己生存條件的關係，而是他們體驗這種關係的方式；這就等於說，既存在眞實的關係，又存在『體驗的』和『想像的』關係。在這種情況下，意識形態是人類依附於人類世界的表現，就是說，是人類對人類眞實生存條件的眞實關係和想像關係的多元決定的統一。」「正是在想像對眞實和眞實對想像的這種多元決定中，意識形態具有**能動**的本質，它在想像的關係中加強或改變人類對其生存條件的依附關係。」〔註16〕阿爾都塞的「多元決定論」本質上是指「結構因果觀」，它不同於傳統的「線性因果觀」。作爲現代結構主義思潮的代表人物之一，阿爾都塞認爲經濟基礎和上層建築之間是一種共生的關係，而不是庸俗唯物主義所強調的前者對後者單向的決定關係。實際上，二者交互作用、彼此生成。

〔註13〕阿爾都塞：《保衛馬克思》，《二十世紀哲學經典文本·西方馬克思主義卷》，復旦大學出版社1999年版，第641頁。

〔註14〕阿爾都塞：《列寧與哲學》，轉引自馮憲光：《「西方馬克思主義」美學研究》，重慶出版社1997年版，第322頁。

〔註15〕傑姆遜：《後現代主義與文化理論》，北京大學出版社1997年版，第255頁。

〔註16〕阿爾都塞：《保衛馬克思》，《二十世紀哲學經典文本·西方馬克思主義卷》，復旦大學出版社1999年版，第642頁。

雙方都不應該被當作絕對化的實體來理解，而應該被視爲某種流變的過程。
正是在這種意義上，阿爾都塞特別強調了意識形態對人類主體及其現實的能
動的生產功能，儘管在他看來，意識形態本質上不過是個人與他存在的現實
環境的「想像性關係的表現」。

綜上所述，在西方近現代思想史上，從馬克思和恩格斯關於意識形態的
相對獨立性的論述，到尼采的權力意志哲學（包括系譜學的思維方式），經過
葛蘭西的文化霸權理論，再到阿爾都塞關於意識形態的物質性和生產性的理
論，它們都在不同程度上並以不同的方式對福柯的權力觀（包括本體論、功
能論和構成論）的形成產生過影響。尤其值得注意的是，在葛蘭西的文化霸
權、阿爾都塞的意識形態權力和福柯的規範化權力或知識權力這三個概念之
間很大程度上存在著同一性。它們基本上都是指的思想或精神文化權力，而
有別於物質文化權力和制度文化權力。用福柯的話來說，它們都可以被稱爲
「微觀權力」，而與物質和制度文化權力，即「宏觀權力」相對應。但是，無
論是微觀權力，還是宏觀權力，它們都隸屬於總體的文化權力這一範疇。需
要補充解釋的是，雖然福柯拒絕使用意識形態這一概念，但這並不意味著他
的「規範」或「知識」的概念在具體的所指上根本有別於「意識形態」的意
涵。實際上，意識形態這一概念被福柯棄用的重要原因之一在於：這個產生
於法國大革命時期的概念從它誕生之日起即被賦予了否定和貶損的意味。後
來西方馬克思主義的鼻祖盧卡契乾脆將意識形態定義爲「錯誤意識」。福柯的
老師阿爾都塞則將意識形態視爲社會行爲體對外在現實世界的「想像性關係
的表現」。這其實也等於宣判了意識形態的「虛構」性質，儘管此時已經無所
謂對與錯。

在本書後面對文學話語的文化闡釋和心理分析過程中，我主要將以「微
觀權力」（意識形態權力、規範化權力或知識權力），即通常所說的思想或精
神文化權力爲理論支點，必要時也適當兼及「宏觀權力」，即物質和制度文化
權力。

二、權力與主體

西方社會自文藝復興以來，作爲歷史和文化的主體的人一直是思想界關
注的中心。從笛卡兒堅信「我思故我在」到康德斷言「人是目的而不是工具」，
人道主義長期佔據著西方近現代思潮的主流地位。直到 20 世紀前後，隨著

叔本華、尼采、柏格森、弗洛伊德、薩特、海德格爾等非理性主義思想家及其哲學思想的出現，植根於傳統理性主義哲學土壤的人道主義思潮開始受到廣泛質疑。在歐洲戰後興起的結構主義和解構主義思潮中，福柯終於冷靜地宣判了「人之死」的命運。這其實也就意味著傳統的人道主義思潮所鼓吹的「主體」已經死亡。

福柯關於「人之死」的著名命題實際上建基於他的權力哲學之上。在福柯看來，人既不是思想和行為的主體，也不是歷史和文化的主體。人的存在，在其現實性上，是權力的產物。準確地說，人是知識權力的產物，是意識形態權力的產物（阿爾都塞），是文化權力的產物（葛蘭西）。人生活在世界上並不像康德自信的那樣能夠「意志自律」，自由地為自身和自然「立法」。恰恰相反，置身於社會中的人的主體是一個受到各種思想知識體制規約的，早已由一系列對世界的符號表現系統所決定了的「屈從體」。有趣的是，在英文中，主體（subject）同時也有屈從的含義。由於福柯將權力的壓抑功能創造性地理解為生產功能，故而，福柯在權力與主體的關係上形成了自己獨到的觀點，即權力生成、建構或塑造主體。福柯發現，人並不是理性主義的主體，而是知識－權力的主體。這樣，福柯就從根本上顛覆了傳統的人道主義神話。因為傳統的人道主義思潮站在理性主義立場上竭力張揚人的「中心性」、「自主性」和「先驗性」，而作為後現代主義思想家，福柯的後人道主義思想站在非理性主義立場上主張徹底消解那種將「人」神化的「自大狂」心理。

在論文《尼采，系譜學，歷史》中，福柯正式將以前的「知識考古學」正名為「權力系譜學」，同時首次明確了權力與「身體」（body）的關係這一研究思路，這對作者後來關於犯罪和性話語的權力分析帶來了重大影響。福柯說：「身體是事件之被鐫刻過的表面（這些事件為語言所追溯並為觀念所消解），是自我分裂的場所（這個自我接受了一種實質統一的幻想），也是一個不斷崩潰的空間。作為一種關於血統的分析，因此系譜學存在於身體和歷史的連接之內。它的任務是揭露一種完全被歷史打上烙印的身體，以及歷史摧毀身體的過程。」〔註17〕在福柯看來，現實世界中純粹的「身體」是不存在的，它從一開始就是社會文化權力緊密運作的對象。誠如福柯所言：「權力關係直接控制它，干預它，給它打上標記，訓練它，折磨它，強迫它完成某些任務、表現某些儀式和發出某些信號。」〔註18〕這實際上是一種「身體

〔註17〕轉引自路易絲·麥克尼：《福柯》，黑龍江人民出版社1999年版，第95頁。
〔註18〕福柯：《規訓與懲罰》，三聯書店1999年版，第27頁。

的政治技術學」。現實社會中的「身體」從而也就是「事實上的主體」，即福柯所理解的「多元化」的、「去中心」的後現代主義主體。這種主體「是自我分裂的場所」，「也是一個不斷崩潰的空間」。由此看來，之所以選擇使用「身體」而不是主體的概念，福柯的原意是想破譯出作為權力的「歷史」文化，即後來所謂的「微觀權力」運作於「身體」，從而生成主體的「過程」。

　　與「身體」相對應，福柯又借用了靈魂這一概念。不過，此處的靈魂並不是指從基督教意義上理解的秉具原罪而需受罰的靈魂，而是特指規範化權力控制和訓練「身體」的產物。在某種程度上，福柯所說的靈魂本質上是指傳統哲學觀裏的「主體性」概念。因為，如果遵循福柯在《瘋癲與文明》裏的思維方式，那麼「身體」可以被理解為非理性的載體，「靈魂」可以被視為理性的結晶，而我們常說的「主體性」正是理性主義思維的產物，它和福柯的靈魂概念具有本質上的同一性。在這個意義上，福柯所謂的靈魂其實就是理性對非理性實行「理性化」的結果，同時，這種靈魂的形成過程本質上就是理性「異化」非理性的過程。在福柯看來，精神病學的語言，乃至我們日常生活中的語言都是「關於瘋癲的理性獨白」，這套語言體系正是基於非理性的瘋癲的沉默才得以建立起來的。惟其如此，福柯才宣稱：「我的目的不是撰寫精神病學語言的歷史，而是論述那種沉默的考古學。」〔註 19〕非理性之所以被視為瘋癲而被迫陷入沉默，身體之所以演變為靈魂，非理性之所以規約為理性，在福柯的視野中，這一切並不是一種自然現象，而是作為規範化權力的文化的產物。

　　關於權力與主體的關係，在福柯那裏實際上已變成了權力、身體、靈魂這三者之間的關係。首先，福柯明確地分析了文化權力是如何通過知識體製造就或建構了主體的靈魂，從而達到操縱和壓抑身體的目的的過程。福柯說：「現實的非身體的靈魂不是一種實體，而是一種因素。它體現了某種權力的效應，某種知識的指涉，某種機制。借助這種機制，權力關係造就了一種知識體系，知識則擴大和強化了這種權力的效應。」〔註 20〕權力既具有壓抑功能又具有生產功能，在同一個權力的具體運作過程中，這兩種功能的實現常常是同步的兩個不同的方面。福柯告訴我們，知識不可能是中立和純粹的，任何知識都同時預設和構成了權力關係。知識與其說有真偽之分，不如說有合法與非法之別。知識是權力，是創造靈魂的工具，正是它將身體和靈魂相

〔註 19〕 福柯：《瘋癲與文明・前言》，三聯書店 1999 年版。
〔註 20〕 福柯：《規訓與懲罰》，三聯書店 1999 年版，第 32 頁。

區別並分離開來。在由知識所塑造的靈魂內，權力的運作無需求助於外界，而是內在地穿透人的身體，佔據它、分裂它、賦予它以「意義」。靈魂「激活」身體，給予它以「意識形態」。靈魂既是權力規範身體的產物，同時又是權力統治身體的工具。福柯由此洞察到，「有一種『靈魂』佔據了他（指主體——引者），**使他得以存在——它本身就是權力駕馭身體的一個因素。這個靈魂是一種權力解剖學的效應和工具；這個靈魂是身體的監獄」。**〔註21〕

其次，福柯深刻地指出了以理性主義為思想基礎的傳統人道主義「知識體系」的虛妄性。根據福柯的思維邏輯，這些以「真理」或「科學」面目出現的「人文科學話語」在本質上不過就是「知識」而已。用阿爾都塞的話來說，它們是「意識形態」而不是「科學」。當人們竭力鼓吹某種意識形態，並宣言要以此「解放」自身及同類的時候，福柯相信在此時的他們身上「體現了遠比他（們）本人所感覺到的更深入的（權力）征服效應」。因為那種意識形態已經內化為了他們的靈魂，並深深地嵌入了他們的身體。這種「意識形態主體」是「工具理性」的產物，是知識工程和文化規範的產物，也是關於身體和靈魂的「微觀權力技術學」的產物。在這裏我們看到，福柯不僅消解了人的「主體性」（中心性和自主性）的神話，而且也徹底顛覆了傳統人道主義關於人的「先驗性」的意識形態神話。人的「主體」並不是一個實體，而應該被理解為一個生成的過程。關於人的任何先驗性的本質定義（「自由、平等、博愛」等）都是對主體真相的「曲解」，「自由」也只有在被理解為超越必然的過程，而不是抽象的實體時才合乎現實和歷史的真相。總之，後人道主義哲學是在多元化和「去中心」的立場上來理解主體的，這種主體既是「主體」，更是「受體」，它「是自我分裂的場所」，「也是一個不斷崩潰的空間」。

不難發現，在福柯那裏，主體被預設存在著靈（理性）與肉（非理性）之間二元對立的心理或精神結構。這說明福柯並未從根本上克服西方思想史上長期以來視「人」為靈與肉的複合體的思維習慣，從而在根本上制約了福柯的主體觀的深入和完善。強調主體為知識－權力所控制，這是福柯最深刻的洞察，但作為主張「去中心」的後現代主義者，福柯肯定也不會同意主體僅僅就是某種一元化的知識規範化權力的產物。相反，既然主體是流變的過程而不是某種實體，那麼現實和歷史中的主體就只能是多元的知識規範化權力競相追逐的對象，換句話說，它是一個意識形態權力爭鬥的場所，因此也

〔註21〕福柯：《規訓與懲罰》，三聯書店 1999 年版，第 32 頁。

就是福柯所說的「一個不斷崩潰的空間」。不僅如此，現實和歷史中的主體還應該存在著某種未被主流的知識文化權力工程所「同化」的可能，甚至於存在著根本未被人類一切知識文化權力工程所「異化」的可能。在這個意義上，為了彌補福柯的主體觀的缺陷，我們有必要引入弗洛伊德所創立的精神分析學的主體觀（三元的心理結構論），以及拉康用現代語言學「改寫」經典精神分析理論所重構的多元主體觀。只有這樣，我們才能夠在本書後面的文學話語分析過程中將權力視角和心靈視角結合起來，也就是將文化（意識形態）分析與心理分析結合起來。

　　但福柯的權力分析與弗洛伊德和拉康的精神分析畢竟是根本上有別的分析範式，二者的聯姻還必須借助阿爾都塞的意識形態分析範式作為理論媒介，因為阿爾都塞作為福柯的老師，他的意識形態分析範式在一定程度上促進了福柯的權力分析範式的形成，而拉康的後現代主義精神分析範式，尤其是其中的「鏡像理論」對阿爾都塞的意識形態分析範式的成型應該也起到了一定的促成作用。

　　前面曾經提到，阿爾都塞著重強調過意識形態的兩大特性：物質性和生產性。如果說在意識形態的物質性和生產性方面，福柯的權力分析範式全面地借鑒了阿爾都塞的意識形態分析範式的具體思路，那麼阿爾都塞關於意識形態的「無意識性」的發現在一定程度上既促成了福柯的「知識型」〔註22〕概念的提出，又無意中導致了福柯對主體所作的絕對化理解。如同阿爾都塞將主體理解為意識形態主體一樣，福柯將主體理解為知識－權力主體。由於福柯將精神分析學視為像人道主義思潮一樣的一種關於「人」的知識－權力話語，所以他似乎有意地拋棄了阿爾都塞的意識形態概念的心理學特質，然而這實際上妨礙了他的主體觀向心靈的縱深發展。按照阿爾都塞的理解，「意識形態是具有獨特邏輯和獨特結構的表象（形象、神話、觀念或概念）體系，它在特定的社會中歷史地存在，並作為歷史而起作用」〔註23〕。這意味著，意識形態是某種特定的知識思想體系或文化符號系統。儘管它還屬於「意識」的範圍，但它實際上已經衍變為「意識」的某種異化物，誠如傑姆遜所言：「它是異化了的思想。」在這個意義上，阿爾都塞斷言：「即使意識形態以一種深

〔註22〕在本書第一章第一節中將解釋福柯的「知識型」概念並闡釋其「無意識」的性質。
〔註23〕阿爾都塞：《保衛馬克思》，《二十世紀哲學經典文本·西方馬克思主義卷》，復旦大學出版社 1999 年版，第 640 頁。

思熟慮的形式出現，它也是十分**無意識**的。」作爲一個「表象體系」，意識形態之中的諸表象「首先作爲**結構**而強加於絕大多數人，因而不通過人們的『意識』。它們作爲被感知、被接受和被忍受的**文化客體**，通過一個爲人們所不知道的過程而作用於人」〔註 24〕。由此可見，意識形態在表面上以「意識」的身份出現，而實際上卻是以「無意識」的身份暗中作用於自以爲是「主體」的人。確切地說，意識形態是某種「集體無意識」（榮格語）、「社會無意識」（弗洛姆語）、「政治無意識」（傑姆遜語），歸根結底還是某種「文化無意識」，即超穩定的隱形文化心理結構。以上這些西方著名概念都從不同的角度豐富了意識形態的含義和功能。

然而，意識形態作用於人的那種隱秘心理機制，或者說心理策略究竟是什麼呢？用精神分析學的術語回答，即認同作用。當作爲「文化客體」的意識形態以「主人」的身份被「主體」接納和忍受，即認同的時候，此時的「主體」的實際身份卻是「奴隸」。尤其是當意識形態的表象體系或符號系統被「主體」內化爲某種超主體的人格而壟斷了「主體」的精神心理空間的時候，情形更是如此。阿爾都塞顯然洞察到了這種精神變異現象。他深刻地指出：「把意識形態作爲一種行爲手段或一種工具使用的人們，在其使用過程中，陷進了意識形態之中並被它包圍，而人們還自以爲是意識形態的無條件的主人。」〔註 25〕這意味著，人是意識形態的奴隸，而不是意識形態的主人。單個的「主體」是依附於意識形態機器上的齒輪或螺絲釘，只能被動地、身不由己地在社會中運轉。當然，這一切並不妨礙「主體」以「主人」的身份自居。因爲作爲「社會人」或「文化人」，我們都需要這種身份「誤認」。通過這種「誤認」，我們被社會所接納，同時也就獲得了某種文化身份的同一性，儘管實際上我們的心理人格存在著內在的分裂和衝突，但我們仍然在大多數時候視而不見、麻木不仁。這樣，意識形態作爲一種精神心理中的結構化力量暗中操縱著我們這些「主體」的思想感情的表達及其表達方式。也就是說，當「主體」以爲自己在表達「意識形態」的時候，其實正是「意識形態」在表達著「主體」。用拉康的話來說，當我們以爲自己在說話的時候，其實正是話（「語言」）在說我們。

〔註 24〕阿爾都塞：《保衛馬克思》，《二十世紀哲學經典文本·西方馬克思主義卷》，復旦大學出版社 1999 年版，第 641 頁。

〔註 25〕阿爾都塞：《保衛馬克思》，《二十世紀哲學經典文本·西方馬克思主義卷》，復旦大學出版社 1999 年版，第 642 頁。

　　但是，阿爾都塞並未將主體視爲絕對意義上的意識形態主體。他還爲主體的精神心理結構保留了一方淨土。阿爾都塞一方面將意識形態視爲某種「表象體系」，另一方面又將意識形態定義爲「對個體與其現實存在條件的想像性關係的再現」〔註26〕。這顯然是兩個不同質的定義，前者強調意識形態的「物質存在性」，後者則指明了意識形態的「想像性」。用傑姆遜的話說，前者是對後者「異化」的結果。這意味著，在主體的精神心理結構中存在著兩種不同的、相互衝突的意識形態。後來特里·伊格爾頓將前者稱爲「一般意識形態」（General Ideology），把後者命名爲「作者意識形態」（Authorial Ideology）〔註27〕。前者屬於集體，即榮格提出的「集體無意識」或者傑姆遜所謂的「政治無意識」，相當於弗洛伊德所說的「超我」。後者屬於個人，主要是指弗洛伊德提出的「個體無意識」範疇中的「個體前意識」，相當於所謂「自我」。主體內在發生分裂的這種「心理症候」如果在具體的文學話語實踐中就會釀成特定的「文本症候」。阿爾都塞正是在這個意義上才提出了他著名的「症候閱讀」理論，他的學生馬歇雷也是因此而提出了著名的文本——意識形態的「離心結構」美學。在馬歇雷看來，文學「通過利用意識形態向意識形態提出了詰難」〔註28〕。這和阿爾都塞的兩種意識形態理論是一致的，而後來的伊格爾頓和傑姆遜的意識形態理論也與阿爾都塞的意識形態理論一脈相承。

　　不難發現，阿爾都塞在借鑒拉康將主體視爲「想像主體」（「自我」），特別是「語言／象徵主體」（「超我」）的時候，卻忽視了拉康同時也將主體視爲成功地拒絕符號化的「實在主體」（「本我」）。這一點在我們闡釋拉康以及弗洛伊德的主體論時會看得更清楚。而福柯也並不比阿爾都塞高明多少，從《詞與物》開始，他就大力鼓吹知識－權力主體論（「象徵主體」／「超我」），而將早期在《瘋癲與文明》中對主體被壓抑的非理性方面，即「身體」（「實在主體」／「本我」）的「考古」努力近乎全部抹煞了。如同阿爾都塞忽視了主體精神心理結構中的「本我」一樣，福柯則否認或者忽視了「自我」的存在，至少是在「自我」與「本我」之間，或者說在「想像主體」和「實在主體」之間還模糊不清。然而，正是在福柯和阿爾都塞的主體論的「斷裂」處，拉

〔註26〕參見傑姆遜：《後現代主義與文化理論》，北京大學出版社1997年版，第282頁。

〔註27〕伊格爾頓：《批評與意識形態》，轉引自馮憲光：《「西方馬克思主義」美學研究》，重慶出版社1997年版，第462頁。

〔註28〕陸梅林選編：《西方馬克思主義美學文選》，灘江出版社1988年版，第613頁。

康和弗洛伊德的精神分析主體論有了用武之地。

壓抑作用被認爲是精神分析學說的理論基石。雖然沒有集中地使用過權力和主體這樣的概念，但弗洛伊德無疑是西方近現代思想史上最早探討權力對主體的心理壓抑機制的思想家之一。雖然精神分析學中所隱含的權力概念在理論上僅僅具備單向度的壓抑功能，還沒有像後來的福柯那樣明確地洞察到權力的生產功能，但由於在某種意義上「生產不過是另一種壓抑」，故而弗洛伊德的「心理人格解剖學」在實踐中並未從根本上有悖於福柯所謂的身體——靈魂的「政治技術學」，以及阿爾都塞關於主體的兩種意識形態的理論創見。弗洛伊德在其晚年將主體的心理結構從早期的「意識——無意識」二分說發展成爲了「意識（Conscious）——前意識（Preconscious）——無意識（Unconscious）」〔註29〕三分說。由於前意識被界定爲「描述性」的無意識，故而本書中將「動力性」的無意識另稱爲「潛意識」（Subconscious），而前意識和潛意識共同構成了廣義上的無意識家族。在此基礎之上，弗洛伊德又將主體的人格結構劃分爲包括「超我、自我和本我」的心理人格三重性學說。所謂本我，特指體現了主體的潛意識本能欲望的深層心理人格。本能在西方心理學史上一直是個聚訟紛紜的範疇。在弗洛伊德的精神分析學中，本能在其早期理論中指的是食色本能，其中性本能佔據了核心地位。而在其晚期理論中，弗洛伊德又將本能的範域大爲拓展，提出了著名的生命本能和死亡本能的理論假說。應該承認，直到現在，本能依舊還是一個亟待人們深入探索的神秘生理——心理領域。弗洛伊德也曾無奈地將本能及其本我稱之爲「一大鍋沸騰洶湧的興奮」〔註30〕。但無論如何，本我遵從「唯樂原則」而立身處世是沒問題的。也就是說，本能或本我信奉的是一種「快樂哲學」。

在經典的精神分析學中，自我是一個相當複雜、充滿了內在矛盾，故而經常被人誤解了的人格範疇。按照弗洛伊德的說法，自我「是受知覺系統的影響而改變了的本我的一個部分，即在心理中代表現實的外部世界」〔註31〕。這意味著，首先，自我源自知覺系統；其次，自我又由本我演變而來。二者看似矛盾，實際上卻共同揭示了自我在主體的整個人格心理結構中的樞紐地位。在弗洛伊德看來，知覺系統並非僅僅局限於我們常說的知覺意識這一表層結構。「外部知覺」和「內部知覺」也屬於知覺系統，其中，外部知覺隨時

〔註29〕 弗洛伊德：《弗洛伊德後期著作選》，上海譯文出版社 1986 年版，第 162 頁。
〔註30〕 弗洛伊德：《精神分析引論新編》，商務印書館 1987 年版，第 57 頁。
〔註31〕 弗洛伊德：《弗洛伊德後期著作選》，上海譯文出版社 1986 年版，第 176 頁。

都可以變爲知覺意識，而內部知覺則更多地與潛意識及其本我相關聯。從外部知覺和知覺意識的角度看，自我理應隸屬於意識域；倘若從內部知覺的角度觀之，自我又無疑在本質上具有無意識性質。正是在這個意義上，我們可以認爲自我是「前意識」的，即在一定條件下能夠從潛意識域上陞到意識域。

　　拉康在「鏡像理論」中將自我視爲本質上是無意識的自我意象。實際上，弗洛伊德早就說過：「自我首要地是軀體的自我（bodily ego），它不僅僅是一個表面的實體，而且本身即是表面的投影。」〔註32〕不難看出，在弗洛伊德那裏，「自我」不僅包括了拉康所說的無意識的「自我意象」，而且還包括了阿爾都塞學派所謂的「個體意識形態」概念。因爲，如同阿爾都塞將個體的意識形態看作是主體「對個體與其現實存在條件的想像性關係的再現」一樣，弗洛伊德也將自我視爲「在心理中代表現實的外部世界」的「投影」。正是在這個意義上，弗洛伊德認爲自我遵循一種「現實原則」而立身行事，換句話說，自我信奉一種「唯物哲學」。如果說阿爾都塞強調了自我的意識性，拉康強調了自我的無意識性，那麼弗洛伊德無疑在自我的雙重身份上比他的後來者看得更加全面。不僅如此，弗洛伊德還洞察到了自我的人格分裂這一精神現象。他發現主體的自我中存在著一個「自我典範」，即一個理想的自我。後來他的學生卡倫·霍妮據此發展了這一自我理論。霍妮將自我區別爲理想化的自我、「被鄙視的自我」〔註33〕、現實的自我和眞實的自我等四種形態。現實的自我是理想化的自我與被鄙視的自我的矛盾統一體。眞實的自我則代表著人的價值的自我實現的潛能。如果說理想化的自我更接近於意識域，那麼被鄙視的自我和眞實的自我則基本上埋伏於潛意識域。在本書後面對於文學作品的心理學闡釋中，霍妮的理論發現將被有機地糅合進弗洛伊德的自我理論中。

　　在弗洛伊德看來，如果個體的自我典範演變成了某種集體的自我典範，那它就形成了「超我」。超我起源於幼童對父母的模倣。這種模倣本質上一種心理認同機制。但年幼的子女所模倣或認同的對象並非包括現實生活中父母的一切行爲和理念。實際上，他們認同的僅僅是父母業已成型的「超我」。而父母的超我在很大程度上已經不再爲他們的個體所有，而是屬於一定社會文化生活中人們所共有的理想化自我，即集體的自我典範。這本質上是某種「集

〔註32〕弗洛伊德：《弗洛伊德後期著作選》，上海譯文出版社1986年版，第174頁。
〔註33〕卡倫·霍爾奈（又譯「荷妮」，通譯「霍妮」）：《神經症與人的成長》，上海文藝出版社1996年版，第109頁。

體無意識」，即一種集體的意識形態。它不僅代表現在，而且還代表著過去和將來。也就是說，超我這種集體意識形態是超越時空的，是某種超穩定的人類文化心理結構。所以弗洛伊德才說：「人類不完全生活於現在；超我的意識形態保存過去，保存民族的傳統，而這種傳統則只是逐漸受現在的影響，讓位於新的發展，也只能通過超我的活動，才能在人生中起著重要的作用，而完全不依賴於經濟的條件。」〔註34〕不僅如此，在弗洛伊德看來，作為主體「內化」的外在的集體意識形態，「超我是一切道德限制的代表，是追求完美的衝動或人類生活的較高尚行動的主體」〔註35〕。弗洛伊德因此而將超我的核心視為「良心」，並認為超我遵循的是一種「倫理原則」而為人處世，也就是說，超我信奉的是「道德哲學」。

必須指出，上述弗洛伊德關於人格結構的三重性和心理結構的三層次之間並沒有嚴格的相互對應關係，而是在一定條件下可以循環地或者交錯地轉化。就本我來說，它屬於潛意識域，但它的某一部分可以轉化為自我，進而抵達前意識，甚至意識域。就超我來說，它在表面上屬於意識域，本質上卻是集體無意識。從自我來看，它屬於前意識域，擁有意識和潛意識的雙重心理身份。因此自我受到了「三個暴君」的統治，焦慮異常：外在的現實世界壓迫自我，產生了現實焦慮；內在的本我壓迫自我，產生了神經症焦慮；內在的超我壓迫自我，產生了道德焦慮〔註36〕。自我由此而成為了心理人格結構的中樞。由此看來，主體的人格心理結構中充滿著各式各樣的矛盾衝突，衝突的本質是壓抑與反壓抑的鬥爭。用福柯的話來說，主體是權力的戰場。

拉康的後現代精神分析學本質上不過是運用現代語言學理論，對弗洛伊德的經典精神分析學進行創造性改寫的產物。拉康將主體的心理結構劃分為三種不同的秩序或曰「界」（Order）：象徵界（the Symbolic），想像界（the Imaginary），實在界（the Real）。象徵界是一種以語言符號為標誌的理性主義文化秩序，實在界是一種以本能欲望為載體的反理性主義文化秩序，而想像界則是一種以意象為標誌的，介於理性與反理性之間的「審美」文化秩序。

在拉康看來，對於任何個體而言，主體結構中的三種心理秩序或心理功能的形成是有先後的發生次序的。人來到世間，以本能欲望為載體的實在界無疑與生俱來。實在界相當於弗洛伊德所說的本我，它屬於潛意識範域。拉康

〔註34〕 弗洛伊德：《精神分析引論新編》，商務印書館1987年版，第52頁。

〔註35〕 弗洛伊德：《精神分析引論新編》，商務印書館1987年版，第52頁。

〔註36〕 弗洛伊德：《精神分析引論新編》，商務印書館1987年版，第61頁。

認爲實在界是「絕對地抵制符號化的」〔註37〕，它是一種「超語言」的心理階段或心理功能。實在界原本自由自在、隨心所欲，直到嬰兒進入「鏡像階段」，這種自由狀態開始受到威脅。軟弱無力的嬰兒主要通過以母親爲「鏡」，從而建構起了最初的「自我意象」。在與母親的交流和溝通中，嬰兒逐漸實現了與母親的認同，以此來確證自身的存在。在拉康看來，這一次原發性的認同本質上是一場「誤認」，而鏡像階段則是主體的一場「悲劇」〔註38〕。拉康未免過於悲觀，因爲對於任何主體來說，從感覺到自身的「破碎的軀體」，到意識到自身「軀體的完整」，這無論如何都是主體成長的必由之路。它實現了主體的內在世界和外在世界的順利連接。如果一定要說是人的第一次「異化」，那也是一種「進化」意義上的異化。這和後來嬰兒向父親認同，即向語言文化秩序的認同有著本質的區別。拉康認爲想像界及其自我意象屬於潛意識域，而批評弗洛伊德將自我置於「感覺——知覺體系的中心」，即意識域。從前文的評析來看，這無疑是拉康對弗洛伊德的誤解。實際上，自我屬於「前意識域」，也就是說，既可沉入於潛意識域，又可以上陸到意識域。

　　如果說想像界和自我鏡像處於「前語言」階段，那麼象徵界就直接是「語言」的產物。這裏的「語言」指的是索緒爾所謂的共時性的語法規則系統，有別於歷時性的具體的「言語流」。實際上，「語言」在拉康那裏還被泛化成特定社會的文化系統，或者主流的意識形態體系。由語言所建構的象徵界因此也就相當於弗洛伊德所謂的「超我」。如同意識形態概念之於阿爾都塞，知識概念之於福柯，「語言」在拉康這裏同樣被賦予了物質性和實體性，並得到了特別的強調。人是語言／符號的動物，語言／符號先於人而存在，正是語言／符號所構築的象徵文化秩序造就了人的「主體性」。也就是說，是語言使人得以成爲人。作爲一種文化系統，象徵符號如同網絡一般包圍了人的一生。主體因此而身陷語言之網，也就是文化之網、意識形態之網、權力之網，無可遁逃。拉康於是宣佈「主體死了」〔註39〕。主體生成之日，正是主體死亡之時。主體生於語言，同時也死於語言。所以拉康說：「我在語言中認同了自己，但這只是作爲客體喪失在語言中後才做得到。」〔註40〕雖然主體在語言

〔註37〕　拉康：《講演錄》，轉引自詹明信：《晚期資本主義的文化邏輯》，三聯書店1997年版，第246頁。
〔註38〕　拉康：《拉康選集》，上海三聯書店2001年版，第93頁。
〔註39〕　拉康：《拉康選集》，上海三聯書店2001年版，第631頁。
〔註40〕　拉康：《拉康選集》，上海三聯書店2001年版，第312頁。

中產生了深刻的異化，但在「言語」中，作為「實在界」的主體是有可能實現真實的回歸的，即在話語反抗中實現主體的復活。

　　如同從母與子的關係考察自我鏡像的誕生一樣，拉康又從父與子的角度考察了語言象徵秩序的形成。在拉康看來，鏡像階段中嬰兒向母親的認同折射出了弗洛伊德所謂的戀母情結，而擺脫鏡像階段則意味著主體走出戀母情結的幻夢，開始向父親認同。這是一種「繼發性」的認同，它是閹割情結的產物。由於子懼怕父的權力，他被迫將自己的本能欲望從母親身上轉移到父親這裏來。然而，拉康又將父親加以象徵化，他強調的是「父親的名字」〔註41〕，即父親的符號功能。「父名」代表的是某種法規，它具有權力的本質。在物質與制度層面上，「父名」是指某種家庭和社會的制度系統。在精神思想層面上，「父名」指的是某種語言文化象徵秩序，即福柯所謂的規範化權力。這樣，子向父認同本質上是指子向父所代表的權力文化象徵秩序表示認同，認同的結果則是主體喪失了自我意象，淪為了「語言」主體。「語言主體」也就是「意識形態主體」、「知識－權力主體」，相當於人格「超我」。在這裏，我們再一次看到，福柯、阿爾都塞、拉康和弗洛伊德四位思想巨子在理論上走到了一起。

　　以上解答了權力如何建構主體這一命題，然而它只是權力與主體的關係問題的一個方面。問題的另一方面是，主體如何回應權力的運作？尤其是，作為藝術創作主體，文學作品的作者如何應對規範化權力的運作？由此引出了對文學話語實踐問題的探討。

三、權力、主體與話語

　　話語是福柯的知識哲學中的核心概念之一。如同權力一樣，福柯也從未對話語概念下過任何「科學定義」。但這並不意味著福柯在話語範疇的使用上沒有理論原則性。福柯是為了消解索緒爾關於「語言──言語」二元對立模式而賦予「話語」以特別內涵的。這表明話語既不同於語言，也有別於言語。

　　在索緒爾所創立的現代語言學中，語言是一種「共時性」的語法結構，它是言說者在言說中「必然」遵循的語言規則系統。拉康後來將語言加以象徵化使用，語言被泛化成了特定社會的文化象徵秩序。而言語是「歷時性的事件」，它是言說者「偶然」進行的具體言說行為。在索緒爾那裏，語言具有

─────────────────

〔註41〕拉康：《拉康選集》，上海三聯書店 2001 年版，第 289 頁。

普遍性和社會性，而言語則具有特殊性和個人性〔註 42〕。在福柯看來，索緒爾在理論上劃分的純粹的語言和言語在現實社會中是不存在的，在現實社會中只有「話語」。話語介於語言和言語之間，它既具有普遍性和社會性，又具有特殊性和個人性。話語實踐中既有共時性的語言文化規則系統在起作用，又有偶然的言說事件──心靈（精神）事件──在暗中顛覆著前者。由此看來，福柯所謂的話語實際上就是指主體的言說實踐。值得指出的是，福柯特別注重對一些特殊的話語系統的研究，比如對瘋癲話語、醫學話語、法律話語、性話語，以及人文科學話語（人學話語）等的「知識考古」或「權力系譜分析」。這些研究幾乎構成了福柯著作的全部內容。這意味著，福柯的話語概念既有言說實踐的普遍意義，同時又指向現實中相對獨立的話語體系或話語群落，即「話語單位」〔註 43〕。

　　既然話語是主體的話語，而主體又是權力（知識－規範化權力、意識形態權力或文化權力）的主體，因此福柯認為，一切話語都是權力的話語，而一切權力都是話語的權力。這與福柯關於「一切知識都是權力的知識，而一切權力都是知識的權力」的命題是一致的。因為就話語和知識的關係而言，可以說，話語是知識的載體和工具。在福柯看來，任何人文「科學」都是某種知識體系，而知識只有在話語實踐中才能得到運用。任何話語都不是純粹的自由的話語，其中都滲透著權力的身影。福柯相信話語是權力爭奪的對象，因為所謂說話，歸根到底是指說話的權力。話語只有強勢話語和弱勢話語之分，由此帶來主流話語與邊緣話語之別，而根本不可能存在脫離權力的話語。福柯所常用的權力話語概念，在普遍意義上是指任何話語都是權力的話語，但更經常的時候是指某種特定的強勢話語或主流話語。與此同時，權力也只能夠以話語──知識──文化的形態而存在，捨此，權力也就淪為空殼。

　　然而，如同阿爾都塞過於強調意識形態權力對主體的支配和統治作用一樣，福柯似乎過於強調了知識權力對主體的「規訓」作用。在一般情況下，福柯總是將主體僅僅視為權力的主體，由此也將話語僅僅視為權力的話語，這無疑在無形中導致了他時常將話語當成具有內在同一性和連續性的秩序，而忽視了拉康和弗洛伊德都已經認識到的一個事實：任何話語都是具有內在的異質性和斷裂性的秩序，區別僅僅在於異質和斷裂的程度有所不同。由於

〔註 42〕　參閱索緒爾：《普通語言學教程》，商務印書館 1980 年版，第 141～143 頁。
〔註 43〕　參閱福柯：《知識考古學》，三聯書店 1998 年版，第 23～37 頁。

福柯強調主體是權力的主體，所以他把話語主體又主要視爲被動言說的「陳述主體」〔註44〕。陳述主體與其被認爲是指特定的言說者，毋寧看作是一種功能性的「位置」。也就是說，具體的言說者是誰並不重要，重要的是言說者佔據的說話「位置」，後者決定了前者的言說內容和言說方式。福柯認爲陳述是話語的主要構成部分。在現實生活中，我們更多的時候不是在自主地說話，而是在言不由衷地陳述。福柯要追問的問題是「誰在說話？」〔註45〕，他和拉康、阿爾都塞的回答在本質上是一致的：拉康認爲是「語言」，即文化象徵秩序在說話；阿爾都塞認爲是意識形態在說話；而福柯則認爲是「知識」或話語規範在說話；總之，是權力而不是眞正的主體在說話。

儘管福柯在早期也曾強調過主體中的非理性的「瘋癲」的存在，但對於大多數時候的福柯而言，那種「本質沉默」的「前話語」，即超權力的話語是不存在的，「眞正的主體」也是不存在的，如果有，那也只不過是人道主義者虛構的話語而已。現實中只有權力的主體，主體也只有所謂「屈從的尊嚴」。對於阿爾都塞學派學者而言，雖然他們也承認主體是「一般意識形態」權力的主體，但他們同時也注意到了「個人意識形態」對前者的消解潛力和反抗性。然而，正如前面論及的那樣，如果比照經典精神分析學的三重主體結構論，則無論是福柯，還是阿爾都塞派學者，他們的二元主體論都還欠缺一定程度的理論說服力。對於主體結構如此，對於話語結構亦然。因爲，既然話語是主體的話語，那麼話語結構必然和主體結構之間存在一定的同構性。由於在拉康和弗洛伊德那裏，主體都是具有內在的多元性和異質性的主體，故而在他們看來，話語也應該是具有內在的多元性和異質性的空間。

拉康曾指出：「精神分析在無意識中發現的是在言語之外的語言的整個結構。」〔註46〕這意味著，一方面，無意識是語言的產物，因爲語言先於主體，能夠將主體結構化，另一方面，無意識具有類似語言的結構，或者乾脆說，無意識就是一種語言。由此，拉康通過借鑒現代語言學的基本概念而將無意識和意識之間的關係轉化成了索緒爾所謂的語言和言語之間的關係，也就是符號的所指和能指之間的關係。索緒爾將語言符號視爲「一種兩面的心理實體」，儘管他一再強調語言符號的所指（概念）和能指（聲音）之間聯繫的「任

〔註44〕福柯：《知識考古學》，三聯書店 1998 年版，第 114～119 頁。
〔註45〕福柯：《知識考古學》，三聯書店 1998 年版，第 62 頁。
〔註46〕拉康：《拉康選集》，上海三聯書店 2001 年版，第 425 頁。

意性」，但他還是承認符號的能指和所指「這兩個要素是緊密相連而且彼此呼應的」〔註47〕，也就是承認了能指和所指之間約定俗成的確定性關係。換句話說，能指下面隱藏著確定的所指；這就如同言語下面隱藏著確定的語言（規則）。在這一點上，拉康超越了索緒爾，拉康否認能指和所指之間的確定性或對等性，他認爲所指和能指之間存在裂隙和不對等。拉康將能指與所指的關係形象地表示爲「S／s」〔註48〕。這一公式表明，能指是「飄浮」在所指之上的，而所指則在能指下獨立地「滑動」。雖然能指擁有表面上的優先性和主動性，但這一切並不能掩蓋它是所指的產物。這本質上正反映了「語言」對「主體」的先在性和生產性。符號的能指和所指的關係是這樣，以此類推，主體的意識和無意識的關係也是如此。由於主體與世界的關係在本質上是一種話語關係，而符號是任何話語的載體和工具，所以在話語的內部也必然具有能指與所指、意識與無意識之間同樣的不平衡關係。這意味著任何話語空間都是一個異質和斷裂的符號秩序，它在本質上體現了話語主體精神心理空間中的多元化衝突。也就是說，話語主體具有悖謬性，主體之中有他者存在。

　　於是我們接觸到了拉康學說的一個重要命題：「無意識是他者的話語」〔註49〕。前面說過，拉康將主體劃分爲三種秩序或三種功能：實在界、想像界和象徵界。它們大體相當於弗洛伊德爲主體劃分的三重心理人格：本我、自我和超我。在弗洛伊德看來，他的心理學發現不啻於是又一次的「哥白尼革命」，哥白尼質疑了人（地球）在宇宙中的中心地位，而他卻動搖了「人是自己的中心」這一人類神話。人並不具有多少自律性，相反，人經常是他律的。拉康說「無意識是他者的話語」，其實是相對於意識是人們通常所認爲的「主體的話語」而言的。實際上，人既是主體，又是他者，心靈中充滿著對抗和衝突：有時代表意識立言，有時代表潛意識發言，也有時候傳達前意識的心聲。不僅如此，主體和他者的地位也是相對的，在本我、自我和超我之間可以互相置換，一切視心理觀察的視角和立場而異。此外，在意識、前意識和潛意識之間也可以互相轉化，這就決定了「無意識是他者的話語」這一命題在不同的視角下有不同的內涵。比如阿爾都塞所說的意識形態和福柯所說的知識規範，它們在起源上都屬於意識範域，但後來都衍變成了潛意

〔註47〕索緒爾：《普通語言學教程》，商務印書館1980年版，第101頁。
〔註48〕拉康：《拉康選集》，上海三聯書店2001年版，第427頁。
〔註49〕拉康：《拉康選集》，上海三聯書店2001年版，第427頁。

識。當主體被它們所支配時，主體實際上被他者所統治，但主體卻以為正在自由地表達自己。而阿爾都塞所指出的「個人意識形態」和拉康所謂的自我鏡像本質上屬於前意識範疇，但他們經常又蟄伏於潛意識域，同樣也可以成為主體心理結構中的異質因素。總之，本我、自我和超我都有可能被目為他者，它們的話語也就都有可能被目為「他者的話語」。因此拉康無可奈何地、滿懷迷惘地問道：「我維繫於他者比維繫於自我更甚，因為在我承認的我的本性深處是他在策動我，那麼誰是這個人呢？」〔註50〕

　　以上分析了話語與權力、話語與主體的關係，在此基礎上，接下來需要探討的是本書中的另一核心問題，即作為創作主體，作家在其文學話語實踐中如何回應文化權力的運作？當然，在現實或特定的歷史語境中，「主體應對權力」和前面重點論及的「權力建構主體」這兩大問題是無法截然兩分的，它們本質上不過是同一問題的兩個不同的方面，彼此雙向互動、交相滲透。然而這一切都會以或隱或顯的方式投射到主體的話語實踐中去，因為人是話語的動物，話語是人與世界的根本聯繫方式之一。不用說，對於創作主體而言，情形就更是如此。由於作家的文學話語實踐有其物化形態──文學文本──的存在，這就更為我們研究創作主體精神上的權力印痕，及其應對權力的曲折心境提供了客觀的證據。這之中有兩個基本問題期待著我們去叩問：其一是創作主體的話語方式的辨析；其二是創作主體的話語修辭的解讀。如果說話語方式是宏觀的，帶有根本性的問題，那麼話語修辭則是微觀的，需要精細地破譯的問題。然而分析創作主體的話語方式和話語修辭不過是為了展示創作主體的話語困境，這種話語困境從根本上說是創作主體的心理困境的外向投射物，因此創作主體選擇的話語方式和話語修辭本質上不過是話語「症候」，在它的後面潛藏著話語主體內在的心理「癥結」。

　　先看話語方式。作為具有能動作用的話語主體，作家必然會對一定社會的文化權力的滲透和壓抑做出一定的回應，其目的是為了調適創作主體與權力話語之間的關係，從而贏得主體內在的心理結構的平衡，進而釋緩內心深處的文化焦慮。這樣，由於創作個性和文化背景的不同，不同的創作主體在一定的文化權力的作用下必然會形成各自不同的主導性的話語方式。而特定的話語方式的選擇又內在地決定於創作主體心理結構中占主導地位的心理人格，後者則實際上形成了創作主體的主導性格傾向。在這個意義上，所謂話

────────────

〔註50〕拉康：《拉康選集》，上海三聯書店2001年版，第457頁。

語方式其實就是話語主體爲了處理自身與外部世界的關係而形成的特定心理防禦機制。話語方式的選擇，其出發點是爲了維護話語主體心理結構中占主導地位的心理人格的權威性，從而也就在一定程度上遏制了其他類型的心理人格的話語表達權力。這一切將使得話語主體的精神世界不至於陷入崩潰狀態，而至少保持某種相對的同一性和穩定性。所以，從根本上來說，作爲心理防禦機制的話語方式又表現爲創作主體的特定語境中的話語立場。

　　根據創作主體與特定權力話語之間的關係，一般來說，創作主體的話語立場在本質上可以被劃分爲三大類：屈從、反抗和疏離。這裏借鑒了美國社會文化派精神分析學家卡倫・霍妮的理論創見。霍妮根據動物必然會採取或馴服、或搏鬥、或逃離這三種根本性的防禦方式來應付面臨的危險，提出了自己的人際關係防禦理論。霍妮認爲，爲了排解自身的「基本」心理焦慮，主要包括「無助感」、「敵對感」和「孤立感」，人不外乎會運用或「趨眾」、或「逆眾」、或「離眾」這三種人際關係間的心理防禦策略〔註51〕。對於不同的社會主體而言，這三種人際防禦策略實際上是他們各自不同的三種處世方式或行爲模式，分別表現爲順從、攻擊和逃避，由此也就形成了他們各自不同的性格傾向：或謙卑型、或自負型、或超然型。不難看出，我在本書中所謂的三種話語方式或三種話語立場與霍妮所提出的三種人際心理防禦策略之間在根本上是一致的，通過對前者的解碼可以發現後者的性質，即外在的話語方式或話語立場來源於內在的心理防禦機制。值得特別指出的是，如同霍妮的三種人際心理防禦策略，或三種行爲方式和性格傾向一樣，本書所謂的三種話語立場或話語方式之間的關係也都不宜作機械的理解。從共時的角度看，一般而言，屈從、反抗和疏離這三種話語立場在同一個創作主體的心靈中是共存的，不過客觀上在某一個特定時期內必定會有某一種話語立場占主導（顯在）地位，而另兩種話語立場則在不同的程度上處於邊緣，即遭壓抑的狀態。從歷時的角度看，同一個創作主體有可能在不同的時期內採取不同的主導話語立場。這一切意味著創作主體通常會處於不同程度的話語困境之中，深受不同的話語立場或話語方式衝突的困擾，而話語困境折射出的是話語主體的心理困境，因爲不同的話語立場或話語方式對應的是主體心理結構中不同的心理人格的性格傾向。

〔註51〕卡倫・霍爾奈（又譯「荷妮」，通譯「霍妮」）：《我們的內心衝突》，上海文藝出版社 1998 年版，第 17～18 頁。

前面說過，霍妮受到弗洛伊德在自我中分離出個體的「自我典範」的啓示，她將人的自我區分爲眞實的自我、理想化的自我、被鄙視的自我和現實的自我共四種形態。這其實可以被置放回弗洛伊德的三重心理人格結構中去。如同心理結構可被兩分爲意識和無意識，前意識不過是其間一種過渡狀態一樣，人格結構中的自我實際上也可以兩分爲「身體化自我」和「非身體化自我」，或曰「內自我」和「假（外）自我」〔註52〕。內自我是本我化的自我，外自我是超我化的自我。在這個意義上，霍妮所說的眞實自我和被鄙視的自我無疑屬於本我化的內自我，而理想化的自我則屬於超我化的外自我，至於現實的自我則是內自我和外自我的共同體，相當於弗洛伊德所說的自我範疇。在此基礎上，本書糅合霍妮和弗洛伊德的人格理論，站在創作主體的「眞實自我」的立場上，將作家在三種主導的話語立場支配下的寫作分別歸納爲三種不同性質的文學話語實踐。其中，話語屈從立場在本質上是對創作主體的眞實自我的逃避，話語反抗立場是對創作主體眞實自我的堅守，而話語疏離立場則是對創作主體眞實自我的尋找或想像。除此之外，由具體的研究對象——20世紀40～70年代紅色中國作家的實際創作狀況所決定，我又總結出一種特殊的話語立場，即話語懺悔立場。它實際上是介於屈從與反抗之間的一種話語立場，兼有屈從與反抗兩種特性，但以懺悔的獨特形式出現，本質上是站在霍妮所謂的雙重性的現實自我或弗洛伊德界定的矛盾性的自我的立場上來言說的。

至於話語修辭，由於它屬於微觀的話語現象，在此只能加以簡單的提示，具體的分析將在後面對特定的文學話語實踐做心理分析和意識形態分析的過程中出現。按照拉康的說法，如同「夢的工作」一樣，文學話語的實踐也主要運用「凝縮」和「移置」這兩種修辭法。前者相當於結構主義語言學家雅各布森所說的「隱喻」，後者相當於「換喻」〔註53〕。其中隱喻是「症狀」，它的背後潛藏著話語主體的無意識內涵。這種無意識並非只是狹義的性本能欲望，而是一切被語言文化象徵秩序所壓抑的無意識話語。它們本質上是創作主體心靈內部的心理防禦機制的產物，而有別於外部的人際關係間的心理防禦機制。據歷來權威的精神分析學家的總結和歸納，這些話語主體心理內部的防禦機制大致上有這樣一些：壓抑作用、投射作用、補償作用、文飾作

〔註52〕萊恩：《分裂的自我》，貴州人民出版社1994年版，第58～59頁。
〔註53〕參閱拉康：《拉康選集》，上海三聯書店2001年版，第436～440頁和第442頁。

用（合理化）、理想化作用、固置作用、反向作用，等等。無論其中的哪一種，它的運用在根本上只會導致創作主體與眞實自我的某種異化關係，但正是在這種自我異化狀態中客觀上無意地泄漏了創作主體的眞實心理境遇。

　　綜上所述，我將力圖在歷史心理學的層面上去審視和剖析 20 世紀 40～70 年代紅色中國作家的話語困境 —— 心理困境 —— 文化困境。這樣做的目的是試圖實現對紅色中國作家群體心理進行精神分析和心態還原，以期在一定程度上豐富和完善現代中國知識分子精神史和心靈史研究。在我看來，將 20 世紀 40～70 年代紅色中國文學簡單地歸結爲「非知識分子寫作」不是一種尊重歷史的客觀態度，它抹煞或忽視了在紅色中國文化或文學秩序中一部分作家所做的精神掙扎，而這無論是在當時的主流作家還是在邊緣作家的寫作中都有著不同程度的表現。由此，當我們在審視紅色中國文學時，也不應該把視野拘圍在政治層面上，而應該以政治－文化作爲紅色中國特殊的歷史症候，去挖掘和破解紅色中國作家心靈深處隱匿的群體文化心理癥結，以此深化對紅色中國社會歷史文化的反思。

第一章　現代中國文學的話語轉型

　　雖然通行的「中國當代文學史」都以 1949 年中華人民共和國的成立作為寫作的邏輯起點，然而一個不爭的史實是，長達十餘年的「延安（解放區）文學」（1937～1949）畢竟是「十七年文學」和「文革文學」的直接源頭，毋寧說前者是後者「具體而微」的雛形，而後者是對前者「放大」和「誇張」的產物。實際上，「延安文學」、「十七年文學」和「文革文學」在總體上已經構成了一個相對完整的文學形態或文學話語系統。雖然這三個時段的文學歷時地存在著發生、發展、高潮和衰亡的歷史軌迹，然而我的著眼點在於，這三個時段的文學在共時性的話語系統結構中存在著相同的深層話語構成規則，借用福柯的說法，本書稱之為「革命知識型」或「革命話語範型」。在這個意義上，我認為「延安文學」、「十七年文學」和「文革文學」在整體上已構成了一個相對獨立自足的「紅色中國文學話語秩序」。而紅色中國文學正是在這種紅色中國文學話語秩序中生產和建構的結果。

　　迄今為止，將「延安文學」、「十七年文學」和「文革文學」視為一個相對完整的紅色中國文學話語系統來進行宏觀研究（包括歷時性和共時性研究）的著述還並不多見〔註1〕。如導論中所述，本書擬從「權力（文化）── 主體

〔註1〕 參閱：一、劉增傑：《一個具有完整形態的文學運動》（《中國現代文學研究叢刊》1987 年第 3 期）。該文將中國「工農兵」文學思潮（1937～1976）視為一個動態的演化系統，屬於歷時性研究。二、陳美蘭：《40～70 年代中國文學思潮及文學思想論爭特點的探討》（1988），收入《文學思潮與當代小說》（武漢大學出版社 1994 年版）。該文主張應將「工農兵」文學思潮「作為一個完整的歷史階段來把握」，亦屬歷時性研究。三、陳思和：《雞鳴風雨》（學林出版社 1994 年版）中「當代文學研究專輯」（首篇作於 1988 年）。陳思和把「政治權威意識、民間文化意識和知識分子的精英意識」作為整合文學史的三大

（心靈）——話語（文學實踐）」這一特定視角去透視紅色中國文學話語秩序中中國作家的話語困境——心理困境——文化困境。這意味著我接下來主要從事的是一種共時性的宏觀研究。當然，在具體論述的過程中，我也並不排斥對上述三個時段的文學進行歷時性的分析，而是力圖以共時性的研究範式為主，同時兼顧歷時性的研究範式，以期經緯交織。

由於創作主體的話語困境的終極根源在於主體的文化困境，因此首先分析文化困境的發生就顯得尤為必要，而且這還將構成後面重點分析創作主體心理困境的基本前提。為此，本章將首先論述建構紅色中國文學話語秩序的歷史文化語境，即五四落潮後，現代中國文學逐步發生的話語轉型現象。在此基礎上，下一章將圍繞「革命文藝生產範型」具體分析紅色中國文學話語秩序的建構模式，其目的在於揭示造成創作主體的文化困境的權力話語運作機制。

第一節　知識型與文學話語轉型

劉勰曰：「時運交移，質文代變。」（《文心雕龍·時序》）這可以理解為，一個時代的文學話語如果發生轉型，它通常都應以那個時代的社會轉型作為歷史語境。回眸百年現代中國的風雨歷程可以發現，整個 20 世紀於中國社會而言都是一個轉型的時代。實際上，這個巨大的社會歷史轉型時代不僅應該回溯到 19 世紀中葉，而且即使在 21 世紀伊始的今天看來，它也並未完結其歷史使命。這一宏大的歷史使命可以被歸結為一個總的歷史主題，即實現傳統中國的現代化轉型。與此相應，近現代以來的百年中國文學也有一個宏大的歷史使命或主題，即傳統中國古典文學的現代化訴求。回望中國社會的百

板塊，以此展開對從抗戰到「文革」的文學史闡釋，屬於共時性研究。此後，在陳思和主編的《中國當代文學史教程》（復旦大學出版社 1999 年版）中，這一共時性研究範式已被正式付諸文學史寫作實踐。四、李揚：《抗爭宿命之路》（時代文藝出版社 1993 年版）。李揚以「形式的意識形態」為考察視角，認為「社會主義現實主義文學」（1942～1976）存在著一個從「敘事」到「抒情」，再到「象徵」的話語形式演進史，其間顯示了主流意識形態的深刻變革，總體上屬於歷時性研究。五、洪子誠：《中國當代文學史》（北京大學出版社 1999 年版）上編「50～70 年代文學」。洪著通過翔實的史料，立足「價值中立」的學術立場，揭示了「50～70 年代文學」的「一體化」進程，以及這一進程中文學生產（創作）、接受（批評和批判）與「文學規範」之間的深刻聯繫，總體上屬於共時性研究。

年歷史風雲，在政治、經濟、文化諸領域全面啓動現代化的進程中，轉型期的中國在近百年來曾屢次遭遇各種歷史挫折，其間也曾幾度由於內在或外在的歷史原因偏離過現代化的方向，然而每一次的偏離似乎都會變成爲下一次向現代化行程回歸的代價。整個現代中國社會的「時運」既然是如此坎坷，置身其中的現代中國文學的命運也就不會平坦。

　　總的來看，百年現代中國文學迄今爲止經歷過四次大的話語轉型。第一次文學轉型發生在 19 世紀末 20 世紀初，它濫觴於晚清「詩界革命」、「小說界革命」和「文界革命」，終成型於五四「文學革命」，這標誌著傳統中國的古典文學開始向現代中國的「現代文學」，即具有「現代性」的文學轉型。第二次文學轉型發生在 1930 年代前後，其時才初步成型的中國現代「啓蒙」文學在 1920 年代末逐步走向邊緣，代之而起的是新型的「革命」文學，後者在 1940 年代的延安解放區才初具規模，人民共和國成立後則長期佔據主流地位，直至「文革」中盛極而衰。第三次文學轉型發生在 1980 年代前後，它發軔於 1976 年的「四五」天安門詩歌運動，本質上既是對紅色革命文學的反撥，也是對五四啓蒙文學的回歸。然而，在 1980 年代的多次文學浪潮中再一次初步成型的「新啓蒙」文學同樣遭遇了時代的重壓，不過這次不是來自「政治革命」的強力規約，而是來自「經濟改革」的軟性侵蝕，這就是肇始於 1990 年代初的第四次文學轉型。在市場經濟的操縱下，文學開始沿著商業化和世俗化的軌道滑行，啓蒙文學再一次遠離了時代的話語中心。綜上所述，不難看出，五四後的文學走向和「文革」後的文學走嚮之間可謂「異曲同工」，前者擁抱了理想的「政治」，後者則撲向了現實的「經濟」懷抱。

　　在本書中，我們需要重點關注的是現代中國文學的第二次話語轉型，即從五四啓蒙文學向紅色革命文學所發生的話語轉換。在展開具體分析之前，我們有必要先引入福柯「知識考古學」中的核心概念——「知識型」〔註2〕。如同「權力」、「瘋癲」、「話語」等概念一樣，福柯最初在《詞與物》中提出「知識型」的概念時也並未對其作出「科學的定義」，倒是在晚出的《知識考古學》中，福柯對「知識型」有過較爲明確的解釋。福柯說：「知識型（原譯文爲『認識閾』——引者注）是指能夠在既定的時期把產生認識論形態、產生科學，也許還有形式化系統的話語實踐聯繫起來的關係的整體；是指在每

〔註2〕關於福柯的「episteme」概念，國內學術界有多種不同的譯法，如「知識型」、
　　　　「認識型」、「知識共因」、「認識閾」等。本文在使用和引用時，一律採用「知
　　　　識型」的譯名。

一個話語形成中，向認識論化、科學性、形式化的過渡所處位置和進行這些過渡所依據的方式；……是指能夠存在於屬於鄰近的但卻不同的話語實踐的認識論形態或者科學之間的雙邊關聯。……它是當我們在話語的規律性的層次上分析科學時，能夠在某一既定時代的各種科學之間發現的關係的整體。」〔註3〕這說明，一個時代的知識型是制約和支配該時代中各種話語系統或「話語單位」（包括各種學科或「科學」體系）之間的「關係的整體」。

按福柯研究專家，路易絲·麥克尼的理解，知識型是「一套在任何既定時刻決定能夠思想什麼和不能夠思想什麼、能夠說什麼和不能夠說什麼的先驗規則」〔註4〕。麥克尼的概括顯然是受到了福柯關於「檔案」概念的啟發。實際上，「檔案」在《知識考古學》中是一個和知識型極為相近的概念。按照福柯的說法，「檔案首先是那些可能被說出的東西的規律，是支配作為特殊事件的陳述出現的系統」〔註5〕。由此，檔案和知識型之間具有了本質上的同一性，它們都是指在一個特定的時代中，暗中支配和建構各種話語系統的深層話語構成規則。這說明知識型是一個共時性的概念，它作為某種「結構」，即「關係的整體」而隱匿在一個時代的「話語群」的深處。也就是說，知識型是一種「集體共識」，其實毋寧說是一種「集體無意識」。在此我們看到了福柯的「知識型」與導論中曾被論及的阿爾都塞的「意識形態」和拉康的「象徵界」這些概念之間的關聯。在某種意義上，意識形態可以說是「意識型」，而語言象徵界則可視為「文化型」或「符號型」，它們都具有「集體無意識性」。

不僅如此，作為一種「微觀權力」（知識權力），知識型如同意識形態權力或文化權力一樣，它也具備所謂「生產」或「再生產」功能，不僅生產或建構某種「知識」話語，而且還能夠按照固有的知識構造標準體系去製造某種「真理」話語。一旦這種真理化的知識話語被特定時代中的人們所普遍接納，該知識型也就順利地實現了對「權力－主體」的塑造或「生產」。然而，世界上並沒有永恒不變的知識型，相反，特定的知識型從來都是歷史的產物。用福柯的話來說，知識型是一種「歷史的先驗的知識」，這有別於康德的「先驗邏輯」那一類永恒的「形式的先驗的知識」〔註6〕。在福柯看來，不同的時代有不同的知識型，在既定的時代中知識型具有「連續性」，而在不同的時代

〔註3〕 福柯：《知識考古學》，三聯書店 1998 年版，第 248～249 頁。
〔註4〕 麥克尼：《福柯》，黑龍江人民出版社 1999 年版，第 61 頁。
〔註5〕 福柯：《知識考古學》，三聯書店 1998 年版，第 166 頁。
〔註6〕 福柯：《知識考古學》，三聯書店 1998 年版，第 165 頁。

中知識型又具有「非連續性」。為此，福柯在《詞與物》中剖析了西方近現代以來所歷經的三種知識型：文藝復興知識型、古典知識型和現代知識型。在此基礎上，福柯提出了獨具特色的關於「非連續性」的，即「斷裂」的新歷史觀〔註7〕。實際上，福柯的新歷史觀是非連續性和連續性的統一。從共時的角度看，在特定的時代的知識型的配置範圍內，歷史是連續性的，而從歷時的角度看，整個歷史是由不同的知識型所支配的「歷史鏈」所連接起來的，歷史由此又具有非連續性或斷裂性。

　　不難發現，福柯的知識型概念不僅有助於深化我們對現代中國文學話語轉型問題的理解，而且還有助於我們對百年中國文學建立一種新的歷史觀念。如前所述，近現代中國文學已經和正在發生的文學轉型總共有四次，根據福柯的理論提示，在一定程度上，我們可以將這四次文學轉型視為近現代中國知識文化史上所發生的四次知識型轉換的結果。文學是一種話語，只要是話語它就是知識－權力的產物。具體來說，一個時代的文學是一個時代的知識型的產物。然而文學又是一種特殊的話語，用利奧塔爾的話來說，它擁有將知識「合法化」的敘述功能或敘事權力〔註8〕。在福柯看來，文學就是將既定時代的知識型進行合法化和合理化的話語實踐，這本質上是一種具有政治意味的社會實踐。由於知識型是潛匿在一個特定時代的各種話語群體關係中的某種結構，也就是一套深層話語構成規則系統，因此我們也可以將作用在某一特定「話語單位」中的這套話語規則系統命名為「話語範型」。比如在文學話語中運作的知識型可被視為「文學話語範型」，它是特定知識型（意識型或文化型）的特殊表現形態或派生物，決定了一個既定時代的文學的基本形態。

　　在此基礎上，我們可以認為，近現代中國文學歷經了四次話語範型的轉換：簡單地說，第一次話語轉型是現代啟蒙文學話語範型戰勝傳統古典文學話語範型的結果；第二次話語轉型是紅色革命文學話語範型壓倒現代啟蒙文學話語範型的結果；第三次話語轉型是「文革」後「新啟蒙」文學話語範型反撥紅色革命文學話語範型的結果；第四次話語轉型則是西方「後現代」文學話語範型試圖「中國化」或「本土化」的表徵，當然，一切還僅僅是開始，這一話語轉型還遠未結束。不難看出，「文革」後的「新啟蒙」文學話語範型

〔註7〕　參閱福柯：《知識考古學‧引言》，三聯書店 1998 年版，第 8～9 頁。
〔註8〕　參閱利奧塔爾：《後現代狀態》第八章和第九章，三聯書店 1997 年版。

和五四啓蒙文學話語範型具有本質上的同一性，第三次話語轉型由此在本質上與第一次話語轉型具有同一性，雖然後者反叛的是傳統中國的古典知識型及其古典文學話語範型，但前者反撥的紅色革命知識型及其文學話語範型其實具有「新古典主義」〔註9〕或「革命古典主義」性質。在這種意義上可以說，近現代中國文學在本質上只經歷過三種性質的話語轉型。

前面說過，知識型概念還有助於建立一種新的歷史觀念。實際上，我們可以將現代中國文學史視爲「非連續性」和「連續性」的統一。首先，從共時性的角度來看，現代中國文學史實際上可以被分解爲四個相對「斷裂」的歷史板塊，即由上述四種知識型或文學話語範型所支配的文學話語實踐，在它們各自的內部結構中擁有連續性。其次，從歷時性角度來看，現代中國文學其實是由這四個「斷裂」的歷史板塊所構成的一個「非連續性」的歷史「鏈條」。然而，如果從更爲宏觀的歷史視野考察，這個具有「斷裂」或「非連續性」的現代中國文學史又具有更大的共時性和連續性，它在整體上又爲某種宏大的「現代知識型」所支配。由於近現代以來的中國社會至今仍然處於一種巨大的歷史轉型之中，和傳統中國社會及其古典文學相比，現代中國社會和現代中國文學就構成了一個具有本質同一性的、也是開放的歷史整體。這種歷史的同一性體現在一種關於整個社會和文學的「現代性」訴求的「宏大敘事」（利奧塔爾語）之中。五四時期的啓蒙話語和「文革」後的「新啓蒙」話語自不必說，實際上，紅色革命話語本質上是一種激進的現代性話語，儘管它最終走向了保守的新古典話語；而所謂後現代話語也不過是貌似反現代，本質上是對現代性的深化和拓展，它的激進性其實並不亞於當年的革命話語，但如同革命話語一樣，後現代話語的激進性背後同樣隱藏著保守性。看來，現代與傳統的話語扭結將是現代中國知識界長期內無法逃離和掙脫的文化宿命。

第二節　五四啓蒙知識型及其文學話語範型的初建

以上根據福柯的知識型概念從宏觀上描述了近百年中國文學演化過程中的四次話語轉型現象，並在此基礎上初步重建了關於現代中國文學的歷史觀念。接下來的任務是重點分析第二次文學話語轉型的具體內涵，以期在微觀

〔註9〕參閱茅盾：《夜讀偶記》，百花文藝出版社 1979 年第 3 版，第 93～94 頁。

的層面上使此前的宏觀分析部分地落到實處。

現代中國文學的第二次話語轉型是指從五四時期所初步建立的現代啓蒙文學話語範型，在 20 世紀 30 年代前後，逐步向紅色革命文學話語範型所發生的歷史轉換。這裏首先需要回答的問題是，何爲中國現代啓蒙文學話語範型？讓我們還是從什麼是啓蒙開始回答起。本書所謂的「啓蒙」並不是專指 18 世紀以法國爲首的西歐國家中廣泛興起的「啓蒙運動」，而是泛指某種把人類從蒙昧和迷信狀態中解放出來並確立其主體性的精神行動或文化實踐。也就是說，本書通常是在啓蒙（enlightenment）一詞的原義，即「照亮」的意義上加以運用的，而不是特指作爲一個歷史範疇的「啓蒙運動」。法蘭克福學派的兩位思想大家霍克海默和阿多爾諾在他們合著的《啓蒙辯證法》中就是在啓蒙的本原意義上來使用這一概念的。他們指出：「從進步思想最廣泛的意義來看，歷來啓蒙的目的都是使人們擺脫恐懼，成爲主人。」〔註 10〕人要想成爲自身的主人，其途徑就是建立一種理性精神，即啓蒙精神。西方社會自文藝復興以來的近現代思想家莫不推崇這種理性啓蒙精神。人既是啓蒙的主體，也是啓蒙的客體。

西方近現代啓蒙話語實踐的目的就是要根據某種知識－權力，即現代啓蒙知識型來重新建構和製造一種「現代人」，也就是具有現代理性精神這種「主體性」的人。然而物極必反，自 19 世紀末 20 世紀初以來，各種新興的非理性主義哲學思潮開始大力批判日趨意識形態化的「理性主義」啓蒙精神。大約從尼采開始，現代人便因爲墮落爲「理性人」而遭到非理性主義思想家的猛烈批判。這是西方現代啓蒙知識型中「唯理論」核心所釀造的文化偏差，它最終導致現代人異化爲「空心人」，或說是「單向度的人」（馬爾庫塞語）。正是在這種文化背景下，在西方現代思想史上揭開了一個以非理性主義思潮爲主導的「後啓蒙時代」。後啓蒙主義文化的目的是爲了實現唯理型的現代人向「佔有自己的全面的本質」的「總體的人」〔註 11〕回歸，因爲人畢竟是生物人和社會人的統一體，是理性和非理性的聚合體。

然而，對於五四新文化運動時期中國的思想先驅們來說，由於歷史條件的限制，他們在整體上還不可能達到對西方傳入的啓蒙理性精神進行批判的思想高度。在五四先驅者看來，植根於現代理性的「民主」與「科學」精神

〔註10〕霍克海默、阿多爾諾：《啓蒙辯證法》，重慶出版社 1990 年版，第 1 頁。
〔註11〕馬克思：《1844 年經濟學哲學手稿》，人民出版社 2000 年第 3 版，第 85 頁。

是他們反叛傳統專制主義和蒙昧主義、倡導個性解放和思想自由的最犀利的思想武器。至於啓蒙理性的負面價值，即對於人和自然的異化，五四先驅者們大多是無力顧及，也是無暇顧及的。福柯曾說：「康德把啓蒙描述爲人類運用自己的理性而不臣屬於任何權威的時刻；就在這個時刻，批判是必要的，因爲它的作用是規定理性運用的合法性的條件。」〔註 12〕這意味著啓蒙理性精神是一種批判精神，喪失了批判精神的理性實際上已墮落爲某種知識－權力，它是一種異化的理性，或者說「工具理性」（韋伯語）。對於五四思想先驅者而言，啓蒙理性精神在他們手中恰恰具有強大的批判功能。憑藉著它，五四先驅者們大膽地「重估一切價值」，對中國封建專制的政治制度和以儒家爲首的傳統倫理道德規範進行了不遺餘力的批判。與此同時，五四先驅者們又大力張揚西方社會自文藝復興以來的人文主義（人道主義）傳統，主張以理性反對傳統、以自由反對權威、以個性反對專制。正是在這個意義上，我們往往習慣於將五四新文化運動定性爲一場在 20 世紀初的中國發生的思想啓蒙運動，由此也將五四時期的文學視爲中國現代啓蒙文學的發端。

現在的問題是，五四新文化運動時期所確立的中國現代啓蒙知識型與西方現代啓蒙知識型之間是否具有同一性？對此，顯然不應該作簡單的肯定的回答。西方現代啓蒙知識型初步醞釀於文藝復興時代（約 14～16 世紀），「人」在當時開始從「神」的奴仆地位中解放出來，目的是要回歸到古希臘和古羅馬時代的「人」的狀態中去，後者被想像爲某種自在自爲的生命個體，他們的理性和非理性還混沌一團，並沒有被人爲地分離割裂開來，其生活被福柯在《性史》中稱譽爲「藝術」，即一種「生活的美學」而與現代人的生活是某種「技術」相對立。然而在隨後的新古典主義時代（17 世紀）和啓蒙主義時代（18 世紀）中，人的理性被過分地得到強調，或者用福柯的話說，作爲「歷史的產物」的「理性」在「人」身上被製造出來，「人」從而成爲了「主體」。這是西方現代啓蒙知識型的確立或定型時期。這一歷史時代一直延續到了 19 世紀末非理性主義思潮的興起，西方社會開始進入「後啓蒙時代」，啓蒙理性成了眾矢之的，人衍變成了「非理性的人」。

而中國現代啓蒙知識型初步成型於 20 世紀初的五四新文化運動時期，它是一套以現代中國知識分子爲本位的，以現代意義上的「人」的解放爲價值取向和思維中心的深層話語構成規則系統。從這個意義上看，中國現代啓蒙

〔註12〕福柯：《什麼是啓蒙》（汪暉譯），《天涯》1996 年第 4 期。

知識型與西方現代啓蒙知識型之間似乎並沒有什麼分別，因爲前者本來就是後者的直接產物，或者說是後者在傳統中國的一個精神變體。然而二者在關於「人」的理解上還是有著基本的區別，西方現代啓蒙知識型在其定型時期對於「人」作了唯理論的話語設置，而中國現代啓蒙知識型在關於「人」的話語預設上更接近於西方現代啓蒙知識型在醞釀階段時，即文藝復興時期對「人」的理解。其實毋寧說是對「人」的感知，因爲按照福柯「知識考古」的結論，「人」是「近期（約 18 世紀末和 19 世紀初，引者注）的一個發明」〔註 13〕，在文藝復興時期現代的「人」的理念還沒有誕生，當時的「人」只是肉體和精神還未分化的混沌物。而在中國五四時期的啓蒙知識型中，「人」主要被理解爲理性和非理性、靈與肉的化合體，這和西方文藝復興時期對人的感知基本上是一致的，而與新古典主義和啓蒙主義時期對人的理解有著根本的區別。也許正是基於這一根本相似的話語基點，五四文學革命的急先鋒胡適才一直堅持認爲五四新文化運動是一場「中國的文藝復興運動」〔註 14〕，而不是像大多數人那樣將其看作是歐洲啓蒙運動的中國式版本。

　　贊同胡適這一觀點並不意味著應該否認歐洲啓蒙運動對五四新文化運動和文學革命的影響，這幾乎是不言而喻的史實。對於西方思想史而言，沒有文藝復興時代「人」的解放和回歸，就不會有後來啓蒙主義時代「人」的「理性」的建立，歐洲啓蒙主義思想大師們恪守並發揚了文藝復興時代寶貴的人文主義（人道主義）傳統，直到最終走向了它的反面。而對於中國五四思想先驅們來說，18 世紀以法國爲首的西歐各國的啓蒙運動及其啓蒙思潮正是他們在中國發動一場思想文化革命運動的最直接的思想武器。但中國的五四思想啓蒙運動畢竟發生在 20 世紀初年，其時西方的非理性主義哲學思潮已經有了不小的聲勢，這就決定了西方社會自文藝復興以來，曾歷時性地演變的各種人文主義思潮在中國將共時性地得到吸納和接受。事實也確實如此。在五四時期，除了盧梭、伏爾泰、康德、黑格爾、馬克思、羅素、杜威等理性主義或經驗主義思想大師的理論學說，以及現實主義、浪漫主義和自然主義等歐美主流文學思潮之外，叔本華、尼采、柏格森、弗洛伊德等非理性主義思想大師的哲學或心理學學說，以及唯美主義、象徵主義、表現主義、心理分析派

〔註 13〕轉引自阿蘭・謝里登：《求眞意志──米歇爾・福柯的心路歷程》，上海人民出版社 1997 年版，第 114 頁。

〔註 14〕參閱胡適：《中國文藝復興運動》，《胡適哲學思想資料選》（上），華東師範大學出版社 1981 年版，第 538～554 頁。

和意識流等現代主義文學流派在許多中國知識分子（作家）中都喚起了不同程度的理論或創作共鳴。

　　也許是作家的心靈對「人」的身心體驗更加完整和敏感，在五四時期的中國知識分子群體中，相對於那些專門在政治、社會和文化領域中從事理論研究的知識分子而言，魯迅、周作人、沈雁冰、郭沫若、郁達夫等文藝創作家和理論家在當時更能夠吸收和借鑒西方現代非理性主義哲學思潮，以及各種現代主義文學流派的創作理念和技法。正是基於此，支配五四文學話語實踐的中國現代啓蒙知識型或五四啓蒙文學話語範型的中心話語規則，是以理性和非理性相統一的「人」的解放爲價值取向和思維重心的，作家以此來塑造人物、編織情節，或者抒發情感、表現個性。它作爲某種「歷史的先驗的知識」支配著五四知識分子的話語形成，幾乎包括一切人文科學話語的形成，文學則是其中受支配最顯著的話語之一。但由於當時中國社會政治形勢的急劇變化，五四很快落潮，整個社會文化思潮開始加速「左轉」，因此初步在中國成型的現代啓蒙知識型被放逐到了話語邊緣，沒有得到充分的孕育和發展。這就注定了中國現代啓蒙知識型不可能在五四文學話語實踐中得到全面的展示，由此也就造成了現代啓蒙知識型在文學理論和創作話語中表現不平衡的現象。相對而言，五四啓蒙知識型在文學理論領域中有著更爲全面的體現。這突出地表現在周作人五四時期的文學理論思想中。

　　胡適在總結五四文學的理論建設時曾指出：「簡單說來，我們的中心理論只有兩個：一個是我們要建立一種『活的文學』，一個是我們要建立一種『人的文學』。前一個理論是文字工具的革新，後一種是文學內容的革新。中國新文學運動的一切理論都可以包括在這兩個中心思想的裏面。」在胡適看來，周作人的《人的文學》一文無疑是「當時關於改革文學內容的一篇最重要的宣言」，因爲「那個時代所要提倡的種種文學內容」都被包括在了「人的文學」這一「中心觀念」裏〔註15〕。胡適的這一評價決非過譽，事實上，我們甚至可以認爲，就連胡適倡導的「活的文學」或「國語的文學」這一文學形式（語言）革新的中心理論也能夠被周作人的「人的文學」這一中心理論所涵蓋。因爲白話文奉行「言文合一」的「人道」原則，故而運用白話文創作的所謂「活的文學」在本質上也就是「人的文學」。而文言文遵從的是「言文分離」

〔註15〕胡適：《新文學的理論建設》，《中國新文學大系導論集》，上海良友復興圖書印刷公司 1940 年版，第 47～50 頁。

的「異化」原則，因此在某種意義上，運用文言文創作的所謂「死的文學」在本質上被視爲「非人的文學」也就不足爲怪了。在這個意義上，周作人的「人的文學」理論可以說是五四時代關於文學的唯一的「中心觀念」，它是中國現代啓蒙文學話語範型中最基本的話語構成規則，同時它也是以「人的解放」爲話語構成中心的中國現代啓蒙知識型在文學話語中的集中體現。

　　那麼，什麼是「人」？按照周作人在《人的文學》〔註16〕中的說法，中國人雖然生了四千餘年，卻並不知人爲何物，還得重新去「發見『人』，去『闢人荒』」。即使是在歐洲，「關於『人』的眞理的發見」迄今也只有三次：第一次是「宗教改革和文藝復興」時期，第二次是「法國大革命」時期，「第三次大約便是歐戰以後將來的未知事件了」。這意味著，在周作人看來，西方近現代以來的人道主義話語到 20 世紀初年爲止歷經了三個不同的階段：文藝復興時代、啓蒙主義時代、還有他本人一時還無法看清的非理性主義時代。這和我們前面對西方現代啓蒙知識型的描述基本上是一致的。周作人正是在西方現代啓蒙話語的背景下做出自己關於人的判斷的。周作人將人理解爲**「從動物進化的人類」**，這意味著，一方面，人是**「從動物」**進化的；另一方面，人是從動物**「進化」**的。也就是說，人既有動物性，又有社會性；既有自然性，又有文化性；既有非理性，又有理性；總之，人是獸性和神性的統一體，二者「合起來便只是人性」。周作人「相信人的一切生活本能，都是美的善的，應得完全滿足。凡有違反人性不自然的習慣制度，都應該排斥改正」。周作人在西方現代心理學和各種人道主義哲學的理論基礎上，大力肯定人的生命本能和自然的人性，這是對中國傳統儒家哲學，尤其是宣揚「存天理，滅人欲」的宋明理學的勇敢「反動」，同時也爲中國現代啓蒙文學話語範型奠下了堅實的理論基石。不難發現，周作人的「人」的觀念帶有強烈的現代非理性色彩，但又不同於非理性主義的「人」的觀念，因爲後者將人理解爲靈肉衝突的矛盾體，比如弗洛伊德關於人的無意識學說等，而周作人所倡導的「人」是「靈肉一致」的同一體。這使得周作人的「人」的觀念更趨近於歐洲文藝復興時代「靈肉合諧」的人的觀念。與此同時，周作人的「人」的觀念也不同於歐洲 17～18 世紀理性主義時代的人的觀念，雖然周作人也主張用理性來調節本能，這也是五四思想先驅們的一個共同的主張，但是先驅們並未陷入「唯理論」的陷阱，無論是在理論還是在創作中都給予了非理性以寬容的話語空間。

〔註16〕載《新青年》第 5 卷第 6 號，1918 年 12 月 15 日。

在「人」的觀念的基礎上，周作人在《人的文學》中又闡述了自己的人道主義思想。客觀上說，這種人道主義思想在五四時期已經是一種時代主潮，或者說是一種集體的「社會無意識」（弗洛姆語）。實際上，我們可以在陳獨秀、胡適、魯迅等五四思想先驅者的著作中發現大體上和周作人相同的人道主義思想觀念，正是這種新進的思想觀念支配了五四時期的文學話語實踐。周作人將人道主義概括爲「一種個人主義的人間本位主義」，以此與那種「悲天憫人」或「博施濟眾」的「慈善主義」相區別。也就是說，雖然要「講人道，愛人類」，但必須「先使自己有人的資格，占得人的位置」。這意味著，五四時期的人道主義首先是一種「個人本位主義」，即每個人生來都是自由和平等的，應該擁有自己的個性意識和主體意識。用《傷逝》中子君的話來說，「我是我自己的，他們誰也沒有干涉我的權利」〔註17〕。正是在這個意義上，陳獨秀主張人是「自主的而非奴隸的」，因而他提倡尼采式的、「有獨立心而勇敢者」的「貴族道德」，反對傳統的、「謙遜而服從者」的「奴隸道德」〔註18〕。出於大致相同的理論立場，胡適也對易卜生提倡的「一種眞正純粹的爲我主義」大加讚賞，認爲這「其實是最有價值的利人主義」〔註19〕。與此同時，魯迅也大力倡導一種「對庸眾宣戰」的「個人的自大主義」，而對中國傳統的「愛國的自大」和「合群的自大」〔註20〕進行猛烈的攻擊。在周作人看來，人道主義就是要營造「一種利己而又利他，利他即是利己的生活」。他借用耶穌「愛鄰如己」的箴言，認爲「利己」和「利他」二位一體，合之雙美、離則兩傷。由此，周作人將「個人主義的人間本位主義」的人道主義與自私自利的極端個人主義區別了開來。

正是在上述嶄新的「人」的觀念和人道主義思想的基礎上，周作人提出：「用這人道主義爲本，對於人生諸問題，加以記錄研究的文字，便謂之人的文學。」〔註21〕不久周作人又提出了一個風行一時的文學口號，即「平民文學」。按照周作人的理解，所謂平民文學與貴族文學的區別與作者、讀者和人物的身份是平民還是貴族無關，二者的根本差異在於作者採用的「文體」和「思想與事實」是否「普遍和眞摯」。在周作人看來，帝王將相、英雄豪傑和

〔註17〕 魯迅：《傷逝》，《魯迅全集》第二卷，人民文學出版社 1981 年版，第 112 頁。
〔註18〕 陳獨秀：《敬告青年》，《青年雜誌》第 1 卷第 1 號，1915 年 9 月 15 日。
〔註19〕 胡適：《易卜生主義》，《新青年》第 4 卷第 6 號，1918 年 6 月 15 日。
〔註20〕 魯迅：《隨感錄三十八》，《新青年》第 5 卷第 5 號，1918 年 11 月 15 日。
〔註21〕 周作人：《人的文學》，《新青年》第 5 卷第 6 號，1918 年 12 月 15 日。

才子佳人都被籠罩上了一層神聖的光環，與其說他們是「人」，不如說他們是
「神」；只有世間占大多數的「普通的男女」，即既有七情六慾，又食人間煙
火的「平民」才是真正的「人」。因此，周作人認為平民文學「乃是研究平民
生活——人的生活——的文學」〔註22〕。由此看來，周作人所謂的平民文學
在本質上還是屬於人的文學。為此，周作人特別強調指出，平民文學並不是
淺薄媚俗的「通俗文學」，也不是廉價虛偽的「慈善主義文學」。總而言之，「人
的文學」是周作人五四時期的基本文學觀念，同時這也是五四時期的主導性
文學觀念。也就是說，「人的文學」是中國現代啟蒙文學話語範型中的中心話
語構成規則。作為五四時期最傑出的批評家之一，周作人超越了文學研究會、
創造社、語絲社、湖畔詩社等文學社團的界限，譬如他對汪靜之的「情詩」
集《蕙的風》和郁達夫的小說集《沉淪》的著名評論，以及他兼採文研會和
創造社之長提出的「人生的藝術派的文學」主張等等，因此周作人對五四文
學的理論建構和批評實踐具有普遍性和代表性。在某種意義上可以說，周作
人是五四文學的「立法者」。「人的文學」就是五四啟蒙文學的權威話語規範。
顯然，這樣說並不意味著我們認為周作人的「人的文學」的話語法則代表了
五四啟蒙文學話語範型的全部。但掌握了這一中心話語法則無疑也就把握住
了中國現代啟蒙文學話語範型的根本。

　　如前所說，中國現代啟蒙知識型是一套以個體的知識分子為本位的，以
「人」的解放為價值中心和思維中心的話語規則系統。這意味著，中國現代
啟蒙文學話語範型是以五四知識精英為話語主體的，也就是說，五四時期的
創作主體是以啟蒙者、預言者或知識英雄的文化身份而出現的，其創作目的
主要是為了喚醒民眾的覺悟，幫助民眾建立自己的主體意識和個性意識。一
句話，使愚昧麻木的民眾像一個真正的人一樣活著。用魯迅的話來說，這種
知識精英的啟蒙主義文學立場的目的就是「立人」，或者說其「意思是在揭出
病苦，引起療救的注意」〔註23〕。顯然，在知識精英眼裏，愚昧的民眾就像
「病人」一樣期待著「醫生」的治療，知識分子／作家充當的就是「醫生」
的角色，文學話語就是他們的解剖工具。此外，魯迅在《吶喊·自序》中的
那個著名比喻「鐵屋中的吶喊」也非常形象地揭示出了啟蒙主義作家和萬馬

〔註22〕周作人：《平民文學》，《每周評論》第 5 期，1919 年 1 月 19 日。
〔註23〕魯迅：《我怎麼做起小說來》，《魯迅全集》第 4 卷，人民文學出版社 1981 年
　　　　版，第 512 頁。

齊喑的民眾之間的關係性質。

　　與魯迅一樣，五四落潮之前的周作人也堅守著這種知識精英的啓蒙主義文學話語立場。在《貴族的與平民的》一文中，爲了消除人們對「平民文學」的誤解，周作人又提出了「平民精神」與「貴族精神」的概念。平民精神指的是叔本華所說的「求生意志」，而貴族精神指的是尼采所謂的「求勝意志」。前者「固然是生活的根據」，然而後者作爲「進化」的理想境界也是不可或缺的。因此周作人主張：「文藝當以平民的精神爲基調，再加以貴族的洗禮，這才能夠造成眞正的人的文學。」也就是說，文藝的目的是要促成「平民的貴族化」或「凡人的超人化」，「因爲凡人如不想化爲超人，便要化爲末人了」。周作人在這裏顯然是在強化知識分子精英作家的啓蒙功能，而表達自己對於剛剛在中國萌生的紅色革命文學的不安，因爲其時由李大釗和陳獨秀等人所極力倡導的馬克思主義無產階級革命文學觀開始贏得了文藝界一些人士的呼應。但在周作人看來，「倘若把社會上一時的階級鬥爭硬移到藝術上來，要施行勞農專政，他的結果一定與經濟政治上的相反，是一種退化的現象，舊劇就是他的一個影子。」〔註24〕在這裏，周作人顯然意識到了現代中國文學的話語危機，如果紅色革命文學話語範型眞正確立了自己的統治地位，那將是中國現代啓蒙文學話語範型的末路。隨後的文學話語轉型事件證實了周作人的擔憂並非杞人憂天，因爲文學「大眾化」方向正是紅色革命文學話語範型的基本話語法則之一，而文藝大眾化的重要話語資源之一就是以「舊劇」「舊小說」爲代表的傳統文學樣式。

第三節　從啓蒙文學話語範型到革命文學話語範型

　　雖然中國革命文學話語範型是在 1940 年代以延安爲中心的解放區文學話語實踐當中初步確立的，然而在此之前，從五四啓蒙文學話語範型向紅色革命文學話語範型的轉換早在 1920 年代末就已經大規模地開始了。事實上，在1919 年「五四運動」前後，隨著李大釗和陳獨秀等早期中國共產主義知識分子對馬克思主義理論的傳播，中國革命文學話語範型就已經播下了紅色火種。這意味著，「革命」的馬克思主義在五四新文化運動中也是以「啓蒙」的身份出場的。1928 年「革命文學」的主要倡導者成仿吾就明確聲明，革命文

〔註24〕周作人：《貴族的與平民的》，《周作人批評文集》，珠海出版社 1998 年版，第49 頁。

學家所從事的無產階級性質的「文化批判」是「一種偉大的啓蒙」〔註 25〕。直到延安整風運動時期，毛澤東仍將在中国共產黨黨內外進行的馬克思主義宣傳教育運動視爲一種「啓蒙運動」〔註26〕。因此，「革命」也是一種「啓蒙」。比較而言，這種「革命型啓蒙」和五四式的「文化型啓蒙」的相同之處在於，其目的都是爲了「救亡」，即最終在中國建立一個現代民族國家。在這個意義上二者都具有「現代性」。但由於二者內在的「知識型」根本上有別，所以各自主張的救亡途徑或方式也就不一樣。前者主張一種激進的社會政治革命，後者鼓吹一種漸進的思想或文化革命。由於前者的激進性質，最終使它在形式上靠近後者時，即發動「文化大革命」時走向了現代性的反面。

　　前面說過，五四啓蒙文學話語範型的中心話語法則是「人的文學」，而它的歷史替代物是紅色革命文學話語範型的中心話語法則——「階級的文學」或曰「人民文學」。由於一定時代的文學話語都是既定時代的知識型的合法化實踐，因此在分析兩種文學話語範型的轉換之前，我們還得從宏觀上把握兩種性質的知識型的轉換。畢竟一定時代的文學話語範型不過是該時代的知識型在文學話語中的衍生形態。如前所述，五四啓蒙知識型有兩大特徵，其一是以現代知識分子爲個體本位，其二是以現代意義上的個體的「人」的解放爲價值取向和思維中心。其實，五四啓蒙知識型還有第三個特質，即以「事實」爲出發點的構造知識（真理）的標準方法。與之相對應，中國紅色革命知識型也有三大特徵，它是一套以「工農兵」爲集體本位的，以馬克思主義的集體的「階級」解放或「人民」解放爲價值取向和思維中心的，並以「立場」爲構造知識的出發點的深層話語構成規則系統。

　　關於兩種知識型的第三種特質，這裏借鑒了 20 世紀 40 年代「戰國策派」〔註27〕的一位學者林同濟的觀點。按照林同濟在《第三期的中國學術思潮》

〔註25〕 成仿吾：《祝詞》，《文化批判》1928 年 1 月創刊號。

〔註26〕 毛澤東：《整頓黨的作風》，《毛澤東選集》第三卷，人民出版社 1966 年版，第 785 頁。

〔註27〕 長期以來，「戰國策派」被視爲「法西斯主義」文化和文學流派而遭世人唾棄。1990 年代以來，溫儒敏等學者開始對戰國策派的文化和文學主張進行重新評估，還其歷史本來面目。本書在借鑒福柯以「斷裂」爲標誌的新歷史觀的同時，也從林同濟和雷海宗的「文化形態史觀」或「形態歷史觀」中獲過啓示。參閱溫儒敏、丁曉萍編選《時代之波——戰國策派文化論著輯要》（內收二位編選者合撰《「戰國策派」的文化反思與重建構想》一文，代前言），中國廣播電視出版社 1995 年版。

〔註28〕一文中的看法，五四以來中國知識學術界經歷過兩個階段：一個是五四時期的「經驗實事時代」，一個是 20 世紀 30 年代前後形成的「辯證革命時代」。前一學術時代以胡適的《中國哲學史》（卷上）爲開山之作，後一學術時代以郭沫若的《中國古代社會研究》爲標誌性作品。五四時代的主流學術的中心目標在於搜求「事實」，其構造知識的標準方法是經驗主義的「實驗派」方法。林同濟將其具體描述爲：「先標出種種個別的，零星的，以至暗昧的『問題』Problems 而到處搜羅其所謂有關的『事實』或『材料』，然後再就一大堆的亂雜事實與材料而類別之，分析之，考據之，論斷之。風尚所被，居然彌漫一時。」作爲五四中國現代學術的開創者之一，胡適將這一學術方法概括爲著名的十字要訣：「大膽的假設，小心的求證」。胡適派學者以「經驗實事」爲出發點的學術方法雖然不能說是五四時代在人文科學領域唯一的知識生產方式，但它無疑是那一學術時代最有代表性和權威性的知識生產方式。這是胡適在總結五四新思潮的意義時也引以自豪的事情〔註29〕。在五四人文科學領域裏，包括錢玄同、傅斯年、顧頡剛、俞平伯等風雲人物都是這一學術方法的支持者。而且從 1923 年學術界爆發的「科玄論戰」中可以發現，包括丁文江等自然科學領域的知識分子也是這一學術方法的擁蠆。這意味著，這種中國化了的「實驗主義」學術範式在五四時代是以「科學」或「眞理」的面目出現並存在的，而在後來取代其主流話語地位的「歷史唯物主義」學術範式看來，只有自己才握有「科學」和「眞理」，至於前者則不過是「資產階級」的「意識形態」。

　　這種歷史唯物主義的學術範式是在 20 世紀 30 年代前後發生的關於中國社會性質問題的論戰，以及大規模的中國古代歷史研究思潮中初步成型的。無論是關於中國社會性質的現實分析，還是中國古代社會形態的歷史辨析，「新思潮」派知識分子和郭沫若、呂振羽等歷史學者都堅持從馬克思主義的歷史唯物主義原理出發，也就是從「普羅」階級的革命立場出發來解釋中國的歷史和現狀。林同濟認爲這一革命時代的學術思潮的中心概念是「立場」，因爲「『決定立場』和『把住崗位』是那時代學術的最高風尚」。這和啓蒙時代的中心概念「事實」，以及高呼「拿證據來」的學術風氣形成了鮮明的對照。後來毛澤東在《在延安文藝座談會上的講話》中向文藝知識分子提出的首要

〔註28〕載《戰國策》第 14 期，1940 年 11 月 1 日。
〔註29〕參見胡適：《新思潮的意義》，《新青年》第 7 卷第 1 號，1919 年 12 月 1 日。

問題就是「立場和態度問題」，歸根結底是「世界觀的問題」，這應該不是偶然。這意味著在革命知識型中，區別任何知識話語是合法還是非法的標準就是看它是從何種階級的「立場」出發。易言之，「革命」知識話語是以歷史唯物主義的世界觀，尤其是階級分析的立場為前提來進行構造或生產的。在林同濟看來，經驗主義的學術範式執迷於具體和微觀的「點」，而歷史唯物主義的學術範式更注重宏觀的「面」的把握，後者對前者而言雖然是一種進步，但確有空疏之嫌。這種評價應該說是符合現代學術史的實際情形的。

　　不難發現，無論是五四啟蒙知識型以「事實」為構造知識話語的出發點，還是紅色革命知識型以「立場」或「世界觀」為生產知識話語的出發點，二者的共同之處在於，它們都堅持一種「理性」的話語立場。然而，同是以「科學」或「真理」的面目出現並存在，在前者和後者中被固守的理性卻有「經驗理性」和「先驗理性」之別。據德國哲學家卡西爾考辨，17 世紀新古典主義時代的理性概念和 18 世紀啟蒙主義時代的理性概念的性質並不相同。在笛卡爾、斯賓諾莎、萊布尼茨等人的形而上學體系裏，理性是「永恆真理」的王國，是「人和神的頭腦裏共有的那些真理的王國」。「理性的每一個活動，都使我們確信我們參與了神的本質，並為我們打開了通往心智世界、通往超感覺的絕對世界的大門。」這意味著，17 世紀的理性是一種「先於現象、可以先驗地被把握和表述的秩序、規律」，呈現出一種「封閉的體系性」。由此，17 世紀的哲學知識是從「最高的確定性」—— 理性出發，「通過嚴密而系統的演繹」方法而構成的。而在伏爾泰、達朗貝爾、康德這些 18 世紀的啟蒙主義哲學家那裏，他們「在一種不同的、比較樸素的意義上看待理性。理性不再是先於一切經驗、揭示了事物的絕對本質的『天賦觀念』的總和。現在，人們把理性看作是一種後天獲得物而不是遺產。它不是一座精神的寶庫，把理性像錢幣一樣窖藏起來，而是一種引導我們去發現真理、建立真理和確立真理的獨創性的理智力量。」「整個 18 世紀就是在這種意義上理解理性的，即不是把它看作知識、原理和真理的容器，而是把它視為一種能力，一種力量。」和 17 世紀的「先驗理性」注重「演繹」的思維不同，18 世紀的「經驗理性」更看重對「事實」，即經驗材料的分析和歸納，以期發現「關於事實的邏輯」。也就是說，經驗理性堅持的是一種「實證精神」和「推理精神」〔註 30〕。顯

〔註 30〕參閱卡西勒（通譯卡西爾）：《啟蒙哲學》，山東人民出版社 1988 年版，第 4～11 頁。

然，關於卡西爾對 17 世紀和 18 世紀的理性概念所作的區分，我們不應作絕對化的理解，但說新古典主義時期的理性主要是先驗理性，而啓蒙主義時期的理性主要是經驗理性卻是大致不差的。

　　既然如此，我們不妨將中國現代啓蒙知識型和革命知識型中的理性概念與西方 17 世紀和 18 世紀的理性概念作一比照。不難發現，五四啓蒙知識型所堅持的是相當於西方 18 世紀啓蒙主義時代的「經驗理性」，而紅色革命知識型所堅持的是趨近於西方 17 世紀新古典主義時代的「先驗理性」。五四啓蒙時代的「經驗主義」學術範式注重對經驗事實的分析和實證，這是再明顯不過的事。而說革命時代的「歷史唯物主義」學術範式堅持一種先驗理性，這似乎有點費解。必須承認，馬克思主義的「歷史唯物主義」原理是「經驗理性」而不是「先驗理性」的產物，因為馬克思是站在 18～19 世紀之交的德國古典哲學家的肩膀上構築自己的思想大廈的。然而，作為馬克思主義經典理論體系中最早被中国共產黨人所接受的「歷史唯物主義」，尤其是其中的「階級鬥爭」理論，它在中國革命知識分子的學術研究中扮演的卻是「先驗理性」的角色。這在郭沫若等人的中國古代歷史研究中有著明顯的體現，譬如將中國古代社會歷史解釋為一系列階級鬥爭的歷史，劃分為三個發展階段（原始社會、奴隸社會、封建社會），等等。貫穿其中的「經濟決定論」和「歷史目的論」等話語原則在當時的歷史研究話語中被視為某種「科學的規律」或「永恒的真理」而加以演繹，經驗的歷史事件成為了圖解和說明先驗理性的材料。先驗理性於是走向了反理性，成為了意識形態的神話。理性神話帶來的後果是具有重複性和規範化的知識話語的生產，最終形成了一種權威主義的話語秩序，而在經驗理性支配下的知識型所試圖構築的卻是一種相對自然有序的人本主義或自由主義的話語秩序。這種話語秩序的分化在五四時代的啓蒙中國和 20 世紀 40～70 年代的紅色中國知識界中有著較為明顯的分野。

　　作為革命知識型在文學話語中的派生物，革命文學話語範型相應也具有三大基本特徵：一是以「工農兵」為集體本位，二是以「立場」或「世界觀」為出發點的構造文學話語的標準方法，三是以「階級的文學」為話語的中心構成法則。先看第一個特徵。如前所述，五四啓蒙文學話語範型是以現代知識分子為個體本位的，由此決定了五四啓蒙文學作家的精英姿態。如果借用魯迅的比喻，知識精英和廣大民眾之間其實是「醫生」和「病人」的關係。

然而這種啓蒙與被啓蒙的關係到 1928 年「革命文學」風起雲湧時卻有被顛倒的架勢。當錢杏邨宣佈「阿 Q 時代」已經「死去」〔註31〕，當眾多革命文學倡導者對魯迅和郁達夫這樣的五四文學先驅開始群起而攻之之時，工農大眾已經由阿 Q 式的「病人」向著革命英雄式的「醫生」轉變。直到延安時代的毛澤東那裏，這種轉變才得以眞正完成。在毛澤東看來，「許多所謂知識分子，其實是比較地最無知識的，工農分子的知識有時倒比他們多一點」。因此，關於中共黨內外知識分子的整風運動要秉著「懲前毖後，治病救人」的方針，而那些患病的知識分子則不能夠「諱疾忌醫」，而是必須「老老實實」地接受醫治〔註32〕。這雖是針對所有解放區的知識分子的泛泛而談，但對於當時延安的文藝工作者而言，這些話無疑首先是針對著他們來的。只要瞭解一下初到延安的文藝作家丁玲、艾青、蕭軍、羅烽、王實味等人發表的文章，我們就會發現，在《我們需要雜文》（丁玲）、《瞭解作家，尊重作家》（艾青）、《還是雜文的時代》（羅烽）、《政治家‧藝術家》（王實味）諸文中，所謂「諱疾忌醫」「保衛精神健康」「醫治靈魂」等說法可謂比比皆是〔註33〕。而在《在延安文藝座談會上的講話》發表之後，在「延安文學」、「十七年文學」和「文革文學」所構成的紅色中國文學中，這些秉承魯迅的啓蒙聲音幾乎都受到了抑制，至多也只能以某種隱晦的方式或「地下」寫作的形式得到表達。這一切正反映了在革命文學話語範型和五四啓蒙文學話語範型之間的根本衝突。

再看第二個特徵，即從「立場」或「世界觀」，即「先驗理性」出發來生產文學話語。這和五四啓蒙作家主要從「經驗理性」出發來構造文學話語有著明顯的不同。五四作家是思考的一代，五四文學也具有濃厚的理性色彩。但無論是從屬於哪一個文學社團，五四作家大都能恪守自身的生活經驗和心理體驗來進行創作。也就是說，他們的理性是在經驗中提升出來的理性。對於他們而言，理性不是某種眞理的王國，不是某種刻板的概念，而是一種認識社會生活和現實人生的能力。所以，即使是像魯迅這樣深刻的思想者的文學在當時也具有深厚的主觀色彩，就更不消提「主情」的創造社諸君

〔註31〕錢杏邨：《死去了的阿 Q 時代》，《太陽月刊》1928 年 3 月號。

〔註32〕參閱毛澤東：《整頓黨的作風》，《毛澤東選集》第三卷，人民出版社 1966 年版，第 773 頁。

〔註33〕參閱黃子平：《病的隱喻與文學生產》，收入《批評空間的開創》（王曉明主編），東方出版社中心 1998 年版，第 317～333 頁。

的文學了。然而，自 1928 年無產階級革命文學大規模倡導之後，尤其是 1930年「中國左翼作家聯盟」成立之後，逐步取得文壇主導話語權的「左翼」革命文學界開始逐漸被一種「先驗理性」所支配，即尤爲注重作家的既定的階級立場和世界觀的無產階級性質。革命文學的倡導者們從馬克思主義的歷史唯物主義原理出發，認爲文學作爲上層建築的一部分，它應該隨著社會經濟基礎和革命政治鬥爭的變化而變化。李初梨強調「一切的文學，都是宣傳」，革命文學應當成爲無產階級的「鬥爭武器」〔註 34〕。成仿吾要求革命作家「努力獲得階級意識」，「努力獲得辯證法的唯物論」。爲此，革命作家「要以農工大眾爲我們的對象」，同時進行自我批判，「克服自己的小資產階級的根性」〔註 35〕。總之，在革命文學的倡導者們看來，革命作家應當以文學爲階級鬥爭的工具，而做到這一點的根本前提就是首先要確立無產階級「立場」和革命的「世界觀」。實際上，1940 年代毛澤東在延安所作的權威《講話》並非沒有歷史淵源可尋，我們可以在 1930 年代的革命文學倡導者郭沫若、成仿吾、李初梨、蔣光赤、瞿秋白等人的文藝主張中發現《講話》的基本精神的來龍去脈。當然，由於毛澤東在中共黨內享有崇高的政治地位和革命威望，他最終歷史地成爲了中國革命文藝的「立法者」。從此，在 1930 年代的文壇中並不代表全部的革命作家，他們成爲無產階級革命的「留聲機」〔註 36〕（郭沫若語）的願望在 20 世紀 40～70 年代的紅色中國文學話語秩序中變成了一個普遍的現實。這種現實無疑是嚴峻的，革命文壇從此盛行「概念化」和「公式化」的創作傾向。許多革命文學作品因此淪爲對中国共產黨的具體理論和政策的圖解。一系列的紅色眞理話語被視爲神聖的、絕對化的「先驗理性」規範而得到革命作家忠實的遵循和貫徹，而創作主體個人的生活經驗和生命體驗則在很大程度上被壓抑和遮蔽了。

最後想探討的是革命文學話語範型中關於「階級的文學」這一中心話語構成法則。如前所述，五四啓蒙文學話語範型的中心話語法則是個體本位的「人的文學」。在五四作家那裏，用周作人的話說，人是「獸性」和「神性」的化合物，即靈與肉的聚合體。五四是追求個性解放的時代，五四時代的作家大都是「人性論」的支持者。但他們並未將人性理解爲一種絕對抽象的意

〔註 34〕李初梨：《怎樣地建設革命文學》，《文化批判》1928 年 2 月第 2 號。
〔註 35〕成仿吾：《從文學革命到革命文學》，《創造月刊》1928 年 2 月第 1 卷第 9 期。
〔註 36〕麥克昂（郭沫若）：《留聲機器的回音》，《文化批判》1928 年 3 月第 3 號。

識形態，而是視其爲在歷史和現實的社會文化環境中客觀存在的生命個體的一種固有屬性，即人的「類本質」。這種類本質是自然性和社會性的統一體。五四作家從自身的生活經驗和生命體驗出發，堅決反抗不合理的社會文化制度給生命個體強行塑造的社會性，而追求社會性和自然性相和諧的一種理想的人性。所以大多數五四作家並不主張描寫感官欲望的泛濫，而是堅持運用一種理性來節制欲望，不過這是一種「經驗理性」，而根本有別於傳統文化中「滅人欲」的超驗「天理」。然而，隨著無產階級革命文學的倡導，以集體爲本位的「階級解放」話語思潮開始對個體本位的「個性解放」主流話語進行大規模的清算，五四文學由此也被倡導者們當作建立在抽象人性論基礎上的「（小）資產階級反動文學」而受到全面的否定和批判。在革命文學倡導者看來，所謂人性論必然是抽象的，它和階級論格格不入，因此他們否認世界上存在著共通的人性，以及建立在這種共通的人性基礎上的文學。郭沫若宣稱，當時「需要的文藝是站在第四階級說話的文藝」，即無產階級的「社會主義文藝」，從而宣判了自己曾經十分熱衷的「主張個人主義自由主義的浪漫主義」文藝的死刑〔註37〕。瞿秋白則號召革命作家勇敢地「脫棄『五四』的衣衫」，並主張來一個「無產階級的『五四』」，即在文化界和文學界進行五四後的「二次革命」〔註38〕。瞿秋白高揚「階級的文學」的紅旗，與魯迅一道，同「自由人」胡秋原、「第三種人」蘇汶、尤其是「新月派」梁實秋等主張「人性論」的自由主義文藝理論家進行了大規模論戰。

客觀上看，和五四時期的人性論相比，梁實秋等人宣揚的人性論確實有「抽象」之嫌。梁實秋宣稱「人性是測量文學的唯一標準」，但他理解的人性是一種「固定的普遍的人性」。而且在梁實秋看來，文學「與當時的時代潮流發生怎樣的關係，是受時代的影響，還是影響到時代，是與革命理論相合，還是爲傳統思想所拘束，滿不相干，對於文學的價值不發生關係」〔註39〕。這就未免將人性和文學抽象化、絕對化、神聖化了，以至最終落入了「先驗理性」窠臼。梁實秋在這裏和他攻擊的對象，即革命文學倡導者其實走到了一起，因爲後者同樣將「階級」視爲某種安插在作者和人物身上的先驗的、固定的符

〔註37〕郭沫若：《文藝家的覺悟》，《洪水》1926 年 5 月第 2 卷第 16 期。
〔註38〕史鐵兒（瞿秋白）：《普羅大眾文藝的現實問題》，《文學》1932 年 4 月第 1 卷第 1 期。
〔註39〕梁實秋：《文學與革命》，《新月》1928 年第 1 卷第 4 期。

號或標籤。瞿秋白意識到了「文藝的自由和文學家的不自由」〔註40〕，這是他的洞見，然而，瞿秋白在批駁胡秋原、蘇汶和梁實秋等人的「抽象」人性論時，卻將五四時期的「現實或具體」的人性論也一併拋棄，這就不能不說是他們那一代革命文藝倡導者的盲視。而魯迅則不然，他始終清醒地同「極左」和「極右」兩種傾向同時進行論戰，這使得他的觀點更為合理和辯證。魯迅指出：「文學不借人，也無以表示『性』，一用人，而且還在階級社會裏，即斷不能免掉所屬的階級性，無需加以『束縛』，實乃出於必然。」〔註41〕這意味著，魯迅所說的文學的階級性是從屬於文學的真實性的，即文學的階級性是在對現實人生的忠實摹寫中自然地流露出來的，而不是靠作家人為地凸顯出來的。因此，針對當時革命文壇中「階級性」話語日益增長和膨脹的現狀，魯迅指出，階級社會的文學「都帶」有階級性，而非「只有」階級性。階級性只是人的一種社會屬性而已，如果將階級性誇大到遮蔽人的所有其它屬性，那將是對「唯物史觀」的「糟糕透頂」的歪曲〔註42〕。這表明，雖然魯迅對梁實秋等人的「抽象人性論」進行了不遺餘力的鞭笞，但這並不意味著他否定了五四時代的「現實或具體」的人性論。魯迅後期確如瞿秋白所言，從「進化論」轉變到了「階級論」，但他雖信仰階級論，卻並未服從「唯階級論」的「左傾」文藝思潮。然而，在 1930 年代革命文學的倡導者和實踐者中，像魯迅那樣清醒而理智地看待五四啟蒙文學和紅色革命文學關係的人畢竟是鳳毛麟角，大多數革命文學家則在「階級的文學」這一權威話語法則的支配下逐步消褪了自身的生命色彩和創作個性。

自1940年代毛澤東發表《在延安文藝座談會上的講話》以後，隨著紅色中國革命文學話語範型的初步確立，「階級的文學」作為中心話語構成規則也被賦予了相應的合法性和更大的權威性，此後，它以「人民文學」的名義在紅色中國文學話語秩序中發揮著更為重要的作用。

〔註40〕 易嘉（瞿秋白）：《文藝的自由和文學家的不自由》，《現代》1932 年第 1 卷第 6 期。

〔註41〕 魯迅：《「硬譯」與「文學的階級性」》，《魯迅全集》第 4 卷，人民文學出版社 1981 年版，第 204 頁。

〔註42〕 魯迅：《文學的階級性》，《魯迅全集》第 4 卷，人民文學出版社 1981 年版，第 127 頁。

第二章　紅色中國文學話語秩序的建構

福柯曾這樣描述非理性的「欲望」與理性主義的「體制」之間的對話：

欲望的表白：「我不喜被迫進入這危險的話語界；亦不喜捲入它的專橫決斷裏；而願話語如同一平靜、深渺的透明體，縈繞我四周，無限地開放，其間別人亦會迎合我的期望，真理將一一從中呈現，我唯一可爲的是隨波而行，在其中或其旁，如同一快樂的殘骸。」

體制的回覆：「你不應該恐懼開端；我們在此即爲向你表明話語屬於規則範疇，我們長期以來一直在監視它的出現；已經爲他準備好一予其榮譽卻也繳其械的處所；話語也許某些時候具備些許威力，卻也是從我們這兒，也只能從我們這兒獲得。」〔註1〕

這意味著，一方面，信奉快樂主義和理想主義的「欲望」與嚴格執行權力監控的「體制」之間存在著鮮明的對立，另一方面，「制度化權力」又通過製定一系列的「規範化權力」來壓抑並塑造話語的主體。相對於制度化權力，即「宏觀權力」而言，福柯更強調規範化權力或「微觀權力」的作用。而這種微觀的規範化權力實際上是一套龐大的社會文化話語規則系統，其核心即「知識型」，其本質就是「知識－權力」，或者說是「意識形態權力」（阿爾都塞語）和「文化權力」／「文化霸權」（葛蘭西語）。從福柯的描述中不難看出，話語其實已經成爲了權力的戰場，它不僅是話語主體的欲望的載體，而且更是權力體制的對象和目標。總之，話語是必須控制的力量。因此

〔註1〕 福柯：《話語的秩序》，《語言與翻譯的政治》，中央編譯出版社 2001 年版，第2頁。

福柯深刻地指出：「在每個社會，話語的製造是同時受一定數量程序的控制、選擇、組織和重新分配的，這些程序的作用在於消除話語的力量和危險，控制其偶發事件，避開其沉重而可怕的物質性。」〔註2〕

　　福柯的理論洞察無疑爲我們深入分析20世紀40～70年代紅色中國文學話語秩序提供了一個獨特的視角。實際上，自中國工農紅軍結束長征、抵達陝北後，擺脫了國民黨「軍事圍剿」與「文化圍剿」的中國共產黨便在毛澤東的領導下，開始以延安爲軸心，在政治、軍事、經濟、文化諸領域全盤著手構築一個中華大地上史無前例的紅色中國社會秩序，這其實就是後來中華人民共和國的雛形。這裏我們需要關注的是以紅色政權爲依託的紅色中國革命文學秩序的話語建構。自 1936 年底「中國文藝協會」在延安成立，直到1942 年「延安文藝座談會」的召開，乃至中華人民共和國建國以後，毛澤東始終在謀求實現延安解放區和共和國文藝工作者的組織化和文藝的體制化，並試圖建構一套完整的、中國化的紅色革命文藝規範體系來服務於紅色政治社會理想和軍事目標。

　　當然，《在延安文藝座談會上的講話》的產生標誌著紅色革命文學話語秩序在延安已基本建立。因爲《講話》其實是在爲當時的延安解放區文藝「立法」，這種紅色文藝法規對文藝的內容（「爲什麼人服務」）和形式（「如何去服務」）整體上進行了規範。本質上，這一套紅色文藝法規體系的核心就是前面曾重點論及的革命知識型及其文學話語範型。但由於它在理論上具有體系性和在實踐上富有操作性，所以我們認爲這套紅色文藝法規系統實際上已構成了一種「革命文藝生產範型」。在它的支配下，文藝作爲一種計劃性的產品被不斷地按照特定的範型生產或重鑄出來，儘管這些文藝產品在表面上也會有形態各異的風貌，但仍然掩飾不住其內在的某種質的同一性。當然，這種革命文藝生產範型在延安時期還不過是初具規模，但它在建國以後不但未能及時地根據新的時勢得到調整，反而沿著既定的模式不斷得到補充和強化〔註3〕，到「文革」中則因被人利用而極度僵化〔註4〕，由此最終走向解

〔註2〕福柯：《話語的秩序》，《語言與翻譯的政治》，中央編譯出版社 2001 年版，第3 頁。

〔註3〕據胡喬木回憶，郭沫若在重慶讀到《講話》後曾致電毛澤東，認爲「凡事有經有權」。毛引郭言爲知音之論。多年以後，胡亦認爲，產生於「戰爭環境」和「農村環境」的《講話》確爲一時的「權宜之計」，而不應當成「經常的道理」。參閱《胡喬木回憶毛澤東》，第一部分第八章和第二部分第九章，人民出版社 1994 年版。

體。

　　接下來我們將對革命文藝生產範型展開福柯所謂的權力分析，這其實也就是探析紅色中國革命文學話語秩序的深層建構機制和具體建構過程。其中，以對前者的共時性分析爲主，同時兼顧到對後者的歷時性分析。這不失爲重新審視紅色中國文學思潮的一個獨特角度。

第一節　話語外部的排斥程序

　　作爲一種強勢的規範化權力，在延安時期初步成形的中國革命文藝生產範型，它首先通過一種福柯所謂的「排斥程序」（procedures of exclusion），試圖從文學話語的外部來控制話語主體的表達空間。這種話語排斥程序主要表現爲設置文學話語禁區（「禁止」）和構築文學話語等級制度（「區別」）兩個方面，而這兩個方面又統一在話語主體在文學話語實踐中對「紅色眞理」的追求意志之中。

一、文學話語禁區的設置

　　如前所述，既然革命知識型及其文學話語範型與五四啓蒙知識型及其文學話語範型的中心話語法則存在著「階級的解放」與「人的解放」、「階級的文學」與「人的文學」的對立，那麼「人性論」話語遭致革命文藝生產範型的排斥就是理所當然的結果。實際上，《在延安文藝座談會上的講話》在理論上並未完全抹煞人性的存在價値。毛澤東說：「有沒有人性這種東西？當然有的。但是只有具體的人性，沒有抽象的人性。在階級社會裏就是只有帶著階級性的人性，而沒有什麼超階級的人性。」〔註5〕前一個判斷主張具體的人性論，反對抽象的人性論，這無疑是合理的。但後一個判斷卻有將階級性絕對化和神聖化之嫌，而無形中把具體的人性給放逐出了紅色中國文學話語秩序。「愛」無疑是人類的基本本能之一。《講話》說「世上決沒有無緣無故的愛，也沒有無緣無故的恨」，這固然也是合理的，但認爲自從人類分化爲階級

〔註4〕　《林彪同志委託江青同志召開的部隊文藝工作座談會紀要》（1966）曾經晚年毛澤東審閱修改，它是對《延座講話》的歪曲和擴張，使當時的文學話語空間窄化到歷史的最低限度。

〔註5〕　毛澤東：《在延安文藝座談會上的講話》，《毛澤東選集》第三卷，人民出版社1966年版，第827頁。

以後就沒有過統一的「人類之愛」，這就又未免將階級性絕對化和固定化了。不僅如此，由於《講話》將延安解放區出現的人性論話語一併當成「小資產階級知識分子所鼓吹的人性」，或者「資產階級的個人主義」，並且宣佈了其「反人民大眾」的「錯誤」本質，這就從政治的高度將人性論話語驅逐出了紅色中國文學的「理想國」。

關於人性論話語禁區的設置不僅在《講話》中以文藝法規的形式得以公開規定，而且它還通過不同歷史時期的眾多有爭議性的文學批評話語實踐表現了出來。在紅色中國文學話語秩序中，文學批評或批判實際上是實現革命文學話語整合的主要途徑。如果作一個深入的調查，我們能夠把在 20 世紀 40～70 年代紅色中國因為「人性論」問題而遭受過批評或批判的中國作家及其作品列出一個長長的名單來。這裏只想把那些涉嫌人性論的作家和作品分作兩類來進行初步考察。

首先一類的特徵是將無產階級工農兵人物的「性格強行分裂，寫成了有著無產階級革命行動和小資產階級感情、趣味的人物」〔註6〕。在紅色中國的主流批評家們看來，現實生活中的工農兵都是言行一致，沒有內心衝突的「同一體」。如果有作家展示了工農兵人物的內心鬥爭，也就是將其視為某種「矛盾體」看待，那肯定是因為作家沒有真正深入生活，擺脫不了自身「小資產階級的惡劣情趣」，故意「歪曲」工農兵高大形象，從而弄成了《講話》中所指責的那種「衣服是勞動人民」，而「面孔是小資產階級」的雙重性格人物。換句話說，這類作家及其作品表面上是在刻畫無產階級的工農兵形象，實際上卻是在為身為小資產階級知識分子的作家自己畫像。這就不難理解，為何在延安整風運動時期，一些來自大都市「亭子間」的作家，諸如蕭軍等人就因為鼓吹「人性論」、「人類之愛」和人道主義思想而受到了毛澤東的批評。從創作實踐來看，剛到延安不久的丁玲寫的小說《我在霞村的時候》（1941）、《夜》（1941）等在當時也因「歪曲了工農兵形象」而受到過指責。

以《夜》為例，它寫了一個鄉指導員何華明因無法拒絕內心欲望的誘惑而感受到的心理痛苦。丁玲通過細膩的心理分析展示了一個共產黨員作為活生生的人的一面。首先，何華明與他早衰的妻子之間存在著靈與肉的雙重隔膜，他無法隱瞞對妻子的嫌厭甚至憎惡，但也為此稍感不安。其次，何華明雖然明知婦聯委員侯桂英對自己心儀已久，但為顧及「影響」，他只能竭力壓

〔註6〕林誌浩、張炳炎：《對孫犁創作的意見》，《光明日報》1951 年 10 月 6 日。

抑住自己的本能衝動。最後，對妻子與情人均深感絕望的何華明只能到一個與自己毫無利害衝突的女性身上去尋找想像的補償。於是我們發現他無意中被充滿青春活力的清子所吸引，儘管作為共產黨的幹部他必須在口頭上大罵清子及其地主父親的落後。丁玲在這篇小說中顯然試圖穿過人物心靈的暗夜，去諦聽人物潛意識中「他者」的聲音。此外，在《我在霞村的時候》中，丁玲同樣通過去發掘人物內心深處的非理性衝突來刻畫了一個農女貞貞的特別形象。不僅如此，我們發現，丁玲塑造的共產黨員何華明和農家姑娘貞貞在一定程度上已成為了某種涉嫌「人性論」的性格「原型」而頻繁出現在「延安文學」和「十七年文學」中。在丁玲後來名噪一時的紅色經典作品《太陽照在桑乾河上》（1948）中，農會主任程仁和寄居在地主家的黑妮姑娘就分別與何華明和貞貞之間有著很深的精神血緣。這兩個無產階級人物身上的「小資產階級個人主義情調」正是使他們遭致批評家責難的主要原因。

在「十七年文學」中，和何華明一樣遭受到「資產階級人性論和人道主義」指責的「著名」無產階級人物形象主要有朱定創作的《關連長》（1950）中的關連長，路翎創作的《窪地上的「戰役」》（1954）中的志願軍戰士王應洪，王願堅創作的《親人》（1958）中的曾司令員，高纓創作的《達吉和她的父親》（小說／1958，電影／1960）中的馬赫和任秉清，歐陽山創作的《一代風流》（《三家巷》／1959 和《苦鬥》／1962）中的工人階級「風流人物」周炳等。朱定在作品中表露了關連長置身於戰爭與人道之間的心理困境，在究竟是執行革命戰爭的鐵的紀律，還是挽救一群被圍困的孩子之間，關連長選擇了後者。與之相似，路翎則更充分地展示了志願軍戰士王應洪在革命紀律和愛情之間的內心衝突，不同於關連長的是，王應洪最終選擇了服從革命的紀律，雖然他為此忍受了巨大的心理痛苦。王願堅則獨闢蹊徑，他展示了一位高級將領對一位錯將自己當成早年參加革命的兒子的老人的人道主義情懷。高纓沒有像王願堅、路翎和朱定那樣去叩問「兵」的心靈，他筆下的兩位農民父親有著對女兒的無限深情。但這一切卻被定性為「資產階級人性論」和「溫情主義」。作為多卷本長篇小說的主人公，歐陽山筆下的周炳因為與「資產階級小姐」陳文婷的戀愛而備受指責，不僅如此，他的多次戀愛經歷也被視為「愛情至上」而遭到攻訐。此外，吳強的《紅日》（1957）中，共產黨高級將領沈振新與黎青、梁波與華靜之間的愛情描寫，以及曲波的《林海雪原》（1957）中，小分隊指揮員少劍波與白茹之間的愛情描寫也都受到了一些批

評家的責難，吳強甚至還被迫對小說作了大量的修改，以儘量符合革命文藝生產範型的話語準則。總之，這些無產階級先進人物都因爲染有不同程度的（小）資產階級情調而被紅色中國的主流批評家「棒喝」或「棒殺」。他們之所以被認爲應該排斥出紅色中國文學話語秩序，主要原因在於他們的形象不完全符合革命文藝生產範型排斥「人性論」的標準化話語法則。

至於另一個與貞貞和黑妮具有性格血緣的，同樣涉嫌人性論的農女形象系列也無一例外地在紅色中國文學話語秩序中受到了不同程度的批判。1951年，有人指責孫犁寫於人民共和國成立以前的小說《鐘》（1946）裏的女主人公慧秀的性格被作家「強行分裂」〔註7〕。實際上，小說不過是忠實地寫下了窮苦出身的青年女尼慧秀的坎坷人生經歷，及其與麻繩工人大秋的愛情悲喜劇而已。與此同時，孫犁的另一中篇小說《村歌》（1949）的女主人公雙眉也橫遭指責〔註8〕。雙眉之所以被村莊周圍的人，甚至被紅色中國主流批評家視爲「異端」，原因不過在於其父曾暗裏開過賭局，其母有過風流韻事，而她天性活潑、能歌善舞，頗得男性青睞，故而招來了滿村的流言碎語。人民共和國建立後，孫犁的中篇小說《鐵木前傳》（1956）中的小滿兒也曾受到訾議。小滿兒屬於那種在舊社會中性格被扭曲了的農村女性。雖然她行爲舉止放蕩不羈、野性難馴，但這一切並不能完全掩蓋她內心深處殘留的對幸福的追求和對愛情的渴望。實際上，孫犁只不過是寫出了這個農村女性的性格複雜性和真實性，但在一些主流紅色批評家看來，這無疑是「強行分裂」了勞動人民原本單純的心靈世界。

此外，在 1950 年代中後期，陸文夫的《小巷深處》（1956）中的女主人公徐文霞，楊履方的話劇《布穀鳥又叫了》（1956）中的女主人公童亞男，李準的《信》（1957）中的志願軍妻子，以及雪克的長篇小說《戰鬥的青春》（1958）中的女區委書記許鳳，甚至柳青的《創業史》（第一部，1960）中的素芳等女性人物也都因爲涉嫌「資產階級人性論」而受到不同程度的批評。徐文霞在解放前曾淪落爲妓，這使她在解放後仍然留有很深的內心隱痛，小說較爲深入地展示了她心靈衝突的痛苦與迷惘。童亞男被批評家判定爲「愛情至上主義者」，她和孫犁筆下的雙眉一樣，也被視爲穿著農村姑娘服裝的「小資產階級個人主義者」。李準筆下的妻子則如同王願堅塑造的將軍一樣滿含人道主義

〔註7〕林誌浩、張炳炎：《對孫犁創作的意見》，《光明日報》1951 年 10 月 6 日。
〔註8〕王文英：《對孫犁的〈村歌〉的幾點意見》，《光明日報》1951 年 10 月 6 日。

情懷，為了讓公婆避免晚年喪子之悲，她默默地獨自承受了原本屬於兩個人的巨大心靈苦痛。許鳳對叛徒胡文玉的愛情更是讓當時的紅色中國批評家不能容忍，他們紛紛指責作者扭曲了女主人公的性格，並認為這本質上反映了作者自身的小資產階級知識分子情趣。值得一提的是，當時的紅色批評家對柳青的《創業史》固然給予了更多的褒揚，但是也沒忘了指出作家在塑造素芳的「變態性格」時的「失誤」。這導致了柳青在新版《創業史》中對素芳的性格刻畫作了多處修改〔註9〕。總之，從延安時期的貞貞、黑妮、慧秀、雙眉，再到建國後的小滿兒、蔣俗兒、徐文霞、童亞男、許鳳、素芳，以及在此未被論列的其他多重性格形象，實際上已經構成了一個紅色中國文學話語秩序中的「另類」女性系列。從她們的「文學接受」命運中我們不難發現革命文藝生產範型中「非（反）人性論」的話語法則。

第二類涉嫌人性論的作家及其作品的特徵是，身為小資產階級知識分子的作家在其作品中的知識分子主人公身上或顯或隱地「頑強地表現他們自己」。毛澤東在《講話》中尖銳地指出，這些「偏愛小資產階級知識分子的乃至資產階級的東西」的作家，他們的「立足點還是在小資產階級知識分子方面，或者換句文雅的話說，他們的靈魂深處還是一個小資產階級知識分子的王國」〔註10〕。這意味著，許多置身於紅色中國文學話語秩序中的作家其實並未完全遵從革命文學話語範型，即以「立場」或「世界觀」為出發點來生產文學話語，而是固執地遵循五四啟蒙文學話語範型，企圖從「經驗理性」的「人性論」出發來構造他們理想中的革命文學話語。然而，由於有悖於紅色中國革命文藝生產範型的基本話語規則，因此，那些期望「化大眾」而不是「大眾化」的「小資產階級」知識分子／作家及其作品除了接受政治批判，完成思想感情的改造之外，就不會有更好的命運。

在延安時期的文學創作中，丁玲的小說《在醫院中》的主人公陸萍就被當時的批評界判定為「小資產階級個人主義者」。她不識時務地以知識者的滿腔理想主義情懷，希冀通過知識精英的個人力量去改變「醫院」這個具有象徵意味的物質和文化環境，等待她的只會是現實的碰壁和精神的痛苦。陸萍在延安的紅色社會文化秩序中想充當「醫生」的角色，這說明她還沒有放棄知識精英的啟蒙理想。然而在毛澤東看來，以陸萍為代表的這幫小資產階級

〔註9〕 閻綱：《新版〈創業史〉的修改情況》，《新文學史料》1980年第2期。
〔註10〕 毛澤東：《毛澤東選集》第三卷，人民出版社1966年版，第827頁。

知識分子還不具備做「醫生」的資格，他們必須首先做好工農大眾的「學生」，「在思想感情上和工農大眾的思想感情打成一片」，這樣才能獲得做「先生」的本錢。另外，何其芳收在詩集《夜歌》（1945）中的部分詩篇，如《歎息三章》等在《講話》發表後也遭到了許多批評。這些詩篇實際上反映了一個剛參加革命隊伍不久的小布爾喬亞知識分子的心靈痛苦和意識形態認同的危機。雖然詩人主觀上竭力想向其時已日趨成型的紅色中國文藝生產範型皈依，但他過去業已形成的以個人主義爲價值本位的自由知識分子人格和精神仍然想頑強地表達自己。和丁玲筆下的神似唐吉訶德的陸萍相比，《夜歌》的抒情主人公少了那份理想主義情懷，多了一份感傷主義色彩。但這並不妨礙他們同作爲「小資產階級個人主義者」的階級本質。

人民共和國成立之初，蕭也牧的小說《我們夫婦之間》（1950）中的男主人公李克也作爲在革命隊伍的熔爐中沒有被改造好的小資產階級知識分子受到了批判。丁玲甚至說「李克完全只像一個假裝改造過，卻又原形畢露的洋場少年」，並對其流露的小資產階級的「惡劣情趣」進行了尖銳的批評〔註11〕。1955 年，何其芳在沉默已久後發表的詩作《回答》（1954）被認爲是延續了《夜歌》中的小資產階級個人主義和感傷主義情調而受到責難。批評家斷定「詩人自己遠離了人民的沸騰的歌聲」，不恰當地傳達出了一種「不健康的感情」〔註12〕。在 1957 年的「反右」運動中，又有一大批在短暫的「百花時期」中產生的小說、藝術特寫和詩歌因其知識分子主人公或抒情主體身上帶有濃重的（小）資產階級個人主義色彩而受到了無情的批判，這些作品的作者中的大部分，甚至因此而在以後遭受了漫長的監禁或社會管制生涯。我們可以爲這批作家及其筆下的知識分子主人公開一個很長的名單，這裏僅將其中的著例開列如下：王蒙的《組織部新來的青年人》中的林震，劉賓雁的特寫《本報內部消息》中的黃佳英，宗璞的《紅豆》中的江玫，鄧友梅的《在懸崖上》中的「我」和加麗亞，劉紹棠的《西苑草》中的蒲塞風，豐村的《美麗》中的季玉潔，流沙河的散文詩《草木篇》中的抒情主體和寄情客體（「白楊、僊人掌和梅花」），張賢亮的詩作《大風歌》的抒情主人公等等。不難發現，林震和黃佳英等人在精神上接近於丁玲筆下陸萍的理想主義，而江玫和季玉潔

〔註11〕 丁玲：《作爲一種傾向來看──給蕭也牧的一封信》，《文藝報》1951 年第 4 卷第 8 期。

〔註12〕 曹陽：《不健康的感情》，《文藝報》1955 年第 6 期。

等人更接近於何其芳式的感傷主義的抒情主人公，至於被譏爲「感情騙子」的加麗亞，則與蕭也牧筆下的李克更爲神似。

在 1950～1960 年代還相繼有一些小說的知識分子人物或詩作的抒情主體，在當時或以後，因爲「（小）資產階級個人主義」的罪名而遭到不同程度的批評乃至批判。其中著名的有高雲覽的《小城春秋》（1956）中的四敏、何劍平與丁秀葦，梁斌的《紅旗譜》（1957）中的江濤和嚴萍，以及楊沫的《青春之歌》（1958）中的女主人公林道靜等。在詩歌領域中受到同樣性質批評的詩人是郭小川。在他的幾首「探索詩」，如敘事詩《白雪的讚歌》（1957）、《深深的山谷》（1957）、抒情詩《望星空》（1959）中，無論是知識分子主人公還是作爲知識分子言說的抒情主人公，紛紛受到了包括「小資產階級個人主義、自由主義、感傷主義、甚至虛無主義」的責難。郭小川爲此還在中國作協內部作了檢討。

以上從工農兵和知識分子的形象塑造兩個方面，分析了紅色中國文學秩序中人性論話語禁區的兩種設置情形。實際上，在「延安文學」和「十七年文學」中存在的人性論話語禁區在後來「文革文學」中被變本加厲地擴大化了。如果將「地下寫作」或「潛在寫作」暫且存而不論，我們會發現在「文革文學」中存在著福柯所謂「人之死」的歷史情形。知識分子形象普遍從文學話語中消失了，即使是有限地存在，也只不過是充當符號性的、被公開奚落的政治玩偶。「文革」時期的工農兵形象則普遍被塑造成了「高大全」式的「神」，他們除去集體本位的革命理想，即宏大的政治訴求之外，基本上喪失了個人性質的私人欲望。這顯然是當時社會上「大公無私」的人格理想在文學中的反映。在「文革」中流行的「革命樣板戲」中，那些工農兵英雄們幾乎都沒有普通人所應有的七情六慾，他們不僅不需要愛情，甚至連血緣親情也變得不再重要，唯一需要的就是無產階級集體主義的「階級情誼」。這種特徵集中體現在革命現代京劇《紅燈記》的人物關係模式中。不僅李奶奶既不是李玉和的生母，也不是李鐵梅的親祖母，甚至連李玉和也不是李鐵梅的生父。李玉和原本姓張，李鐵梅原本姓陳。這祖孫三代實際上並沒有任何血緣關係，但這並不妨礙他們因爲共同的階級仇和民族恨而組建成一個革命大家庭。在強大的集體主義意識形態面前，個體的「人」沒有了藏身之地。就在絕大多數中國人陶醉在集體的革命狂歡中不能自拔的時候，他們生命中最有價值的個性卻悄然遁逃了。

再看關於「政治」話語禁區的設置。相對於人性論而言，這是一個更爲敏感也更爲危險的話語禁區。《講話》中用了大量篇幅重點談到了「歌頌與暴露」、寫「光明」與寫「黑暗」、直白與「諷刺」的問題。總體上，《講話》站在「革命功利主義」的立場上肯定前者，而否定後者。在一定程度上，這實際上是一種在文學中主張「無衝突論」的表現，它並不符合現實主義「寫眞實」的根本法則。在延安時期，丁玲、蕭軍、艾青、羅烽、王實味等人在 1941年前後曾先後公開著文或私下主張「暴露現實中的黑暗」，以及繼承魯迅雜文的「諷刺」筆法。其中，以丁玲的《我們需要雜文》、王實味的《政治家‧藝術家》、羅烽的《還是雜文的時代》等篇最爲著名。不僅如此，在當時的延安文壇中還出現了一系列針砭時弊、大膽干預現實的小說和諷刺型雜文。丁玲在小說《在醫院中》裏披露了「醫院」在物質和精神環境上存在的問題。馬加在小說《間隔》中揭示了現實中老幹部與知識女性的戀愛和婚姻隔閡。此外，丁玲的《三八節有感》和王實味的《野百合花》等雜文也紛紛對延安的民主、平等和自由問題進行了批判性思考。但這些小說和雜文在《講話》後均受到不同程度的批判。毛澤東甚至認爲有些文章「像是從日本飛機上撒下來的」，或者「應該登在國民黨的《良心話》上」〔註13〕。事實上，不僅在延安和陝甘寧地區，就是在其他抗日民主根據地也存在著不同程度的「暴露」文學。比如 1942 年在晉綏地區展開的對莫耶創作的小說《麗萍的煩惱》的批評。這篇小說與《間隔》揭示了相同的敏感問題，結果同樣遭遇到了「醜化」老幹部和「挑撥」老幹部與知識青年的關係的責難。

儘管在「百花時期」（1956～1957）裏，由於毛澤東發表了《關於正確處理人民內部矛盾的問題》等重要講話，一時之間，「揭露現實生活中的陰暗面」似乎獲得了「合法化」支持，當時文壇上甚至還曾出現過一股很有藝術生氣的「干預生活」的文學創作和理論潮流，但這一切畢竟太過於短暫。至於 1962年「大連農村題材短篇小說創作座談會」上提出的「現實主義深化」的創作口號，由於隨後的階級鬥爭擴大化形勢，它也並未來得及產生實際的深刻影響。相反，由於人民共和國成立後不久就相繼開展了對胡風、秦兆陽、邵荃麟等人的現實主義理論的批判，整個「十七年文學」中眞正大膽觸及現實生活矛盾的作品並不多見，大量存在的還是主動配合政治宣傳的「趕任務」式的作品。號稱「干預生活」的「百花文學」其實是對 1940 年代延安「暴露文

〔註13〕胡喬木：《胡喬木回憶毛澤東》，人民出版社 1994 年版，第 257 頁。

學」的一個短暫的回響。實際上，凡是干預現實或藝瀆政治的文學作品，一經出現就免不了挨批判的命運。

　　1950 年，方紀的小說《讓生活變得更美好罷》因為將重大的政治問題「庸俗化」而遭到批評。女主人公趙小環是一個活潑漂亮、能歌善舞的外向型女子。她的個人魅力使得村裏的一些男青年居然都不願報名參軍。在家長座談會、婦女座談會、青年座談會頻頻召開都無濟於事的情況下，村支部適時地求助於趙小環，結果迎來了小夥子們踴躍應徵的大好局面。《人民日報》在為批評文章所加的編者按中認為，作者誇大了一個姑娘的政治作用，從而打消了農民參軍的政治意義。「這是一種戀愛至上主義者或弗洛依德主義者對於人民政治生活和婦女社會作用的歪曲描寫。」〔註 14〕無獨有偶，1951 年，有人在《光明日報》撰文批評孫犁的小說《村歌》，指出作者將李三當逃兵和重回部隊的原因均歸結於女主人公雙眉的個人魅力，這是「強調了一個女人的政治力量」，而「忽視了黨的領導作用」〔註 15〕。因為觸犯政治禁區而受到批評，這樣的情形甚至連被譽為「工農兵文學方向」的革命作家趙樹理也未能幸免。早在共和國成立前夕，趙樹理就曾因為中篇小說《邪不壓正》（1948）中暴露了農村土改中的政策問題而受到了不少批評家的責難。1958 年，他的小說《「鍛鍊鍛鍊」》又因為有歪曲農村幹部形象之嫌，和未能正確處理人民的內部矛盾問題而再次受到責難。

　　在 1950 年代中期，和《「鍛鍊鍛鍊」》遭受到同樣性質批評的作品還有「山藥蛋派」作家馬烽的小說《四訪孫玉厚》（1957）、以及海默的話劇劇本《洞簫橫吹》（1956）、楊履方的話劇劇本《布穀鳥又叫了》（1957）等。這些小說和劇本都大膽地暴露了當時中國農業合作化運動中的問題和矛盾，尤其是對共產黨基層政權中的官僚主義進行了暴露和批判。當然，共和國成立後真正敢於「干預生活」、大膽觸及政治禁區的作品還得首推「百花時期」的小說和特寫。其中著名的有王蒙的《組織部新來的青年人》、劉賓雁的《在橋梁工地上》和《本報內部消息》、耿簡的《爬在旗杆上的人》、白危的《被圍困的農莊主席》、李準的《灰色的帆蓬》、劉紹棠的《田野落霞》、何又化（秦兆陽）的《沉默》、李國文的《改選》、耿龍祥的《入黨》、南丁的《科

〔註 14〕參見《人民日報》1950 年 3 月 12 日為郝彤的《從一篇小說看文藝創作的一種傾向》所加的編者按。

〔註 15〕王文英：《對孫犁的〈村歌〉的幾點意見》，《光明日報》1951 年 10 月 6 日。

長》等。對形形色色的官僚主義者和社會腐敗分子的揭露和批判是這批小說和文學特寫的顯著特徵。這批新銳作家觸犯政治話語禁區的後果是災難性的,他們中大多數人被打成右派分子,有的淪落到社會底層長達二十餘年。

1960 年代初,以陳翔鶴的《陶淵明寫〈輓歌〉》和《廣陵散》、黃秋耘的《杜子美還家》爲代表的一些古代歷史題材小說也被認爲「影射」了現實政治而受到批判。李建彤的長篇小說《劉志丹》在 1962 年甚至被康生誣衊爲「利用小說進行反黨活動」。而「文革」爆發的導火線正是由對吳晗的新編歷史劇《海瑞罷官》的大批判而引爆的。在毛澤東看來,《海瑞罷官》的「要害問題是『罷官』。嘉靖皇帝罷了海瑞的官,一九五九年我們罷了彭德懷的官。彭德懷也是『海瑞』」〔註16〕。隨後,包括「三家村」成員(鄧拓、吳晗、廖沫沙)在內的一大批著名作家及其作品都被無限地上綱上線,統統被誣衊爲「文藝黑線專政論」下的「黑作家」和「黑作品」。一部分作家甚至因此而喪失了生命。至此,紅色中國文學秩序中的政治話語禁區已經到達極點。

二、文學話語等級的構築

以上分析了以「禁止」爲特徵的話語排斥程序,接下來進一步探討以「區別」爲特徵的另一種話語排斥程序。這就是紅色中國文學秩序中話語等級的建立。借用西方接受美學的說法,如果說毛澤東在《在延安文藝座談會上的講話》的「引言」中強調的「立場問題和態度問題」本質上規定著一種「理想作者」或「隱含作者」,那麼他強調的「工作對象問題」就相應地指涉著一種「理想讀者」或「隱含讀者」。在毛澤東看來,前者決定於後者,後者對前者具有支配作用。所以毛澤東在「結論」中將「我們的文藝是爲什麼人的?」作爲首要的「根本原則」問題加以解決。總體上看,《講話》將紅色中國文藝的理想接受對象「區別」爲兩大類,即首先是工農兵,其次才是小資產階級。後者包括城市小市民和小資產階級知識分子。不僅如此,在工農兵這一佔有話語消費優先權的接受群體的內部,《講話》又加以進一步的「區別」:處於第一位的是作爲革命領導階級的工人,排在其次的是作爲「革命中最廣大最堅決的同盟軍」的農民,至於「武裝起來了的工人農民」,即作爲革命戰爭的實際主力的「兵」,被列在第三位。實際上,由於「兵」並不能構成一個獨立的社會階級,因此第三位的說法已不再重要。凡此種種,這其實已經構成了

〔註16〕毛澤東:《在杭州會議上的講話》,《紅旗》1967 年第 9 期。

一個關於紅色文學讀者的等級序列。

而且，由此還派生了一個更為重要的文學問題，即現實中不同的社會階級在文學作品中究竟該擁有何種等級的被描寫或被塑造的權利。既然紅色中國文藝首先是為工農兵的，那麼，工農兵在紅色中國文學話語中將擁有最大限度的被「生產」權。與之相應，紅色中國作家的最大職責就是嚴格遵照革命文藝生產範型構造出最大限度的工農兵文學話語。由於工人階級是革命的領導階級，所以革命勝利以後，伴隨著中國工人階級的不斷壯大，紅色中國批評工作者開始大力提倡作家塑造工人階級的藝術典型。當然實際創作中並沒有產生足以構成藝術典型的工人形象，相反倒是成就了一批農民藝術典型，但那已經是另外一個問題了。至於小資產階級，他們在紅色中國文學話語秩序中的地位一直非常尷尬。1949 年 8 月至 11 月，在上海《文匯報》上甚至展開過「可不可以寫小資產階級」的大討論。爭論的結果實際上是使得大多數作家從此對「小資產階級」人物望而卻步。

作為小資產階級的一部分，知識分子必須接受無產階級（工農兵）的「再教育」或曰「思想改造」，這是毛澤東一貫的思想主張。這意味著，知識分子雖然名義上擁有在紅色中國文學話語中的被「生產」權，但他只能像周揚所規定的那樣，「作為與體力勞動者相結合的腦力勞動者被描寫著」，因為「知識分子離開人民的鬥爭，沉溺於自己小圈子內的生活及個人情感的世界，這樣的主題就顯得渺小與沒有意義了」〔註 17〕。這種說法無異於剝奪了知識分子作為一種社會群體存在的精神本質。它使得知識分子在紅色中國文學話語秩序中陷入了困境。一種情形是，知識分子形象從紅色中國文學話語中消失，或者至少是從精神上完全消失，只是以身著知識分子衣裝的符號而在文學作品中出現。再一種情形是，知識分子在紅色文學作品中淪落為被無產階級嘲笑和譏諷的對象，比如《太陽照在桑乾河上》中的文采同志等。當然，為知識分子／作家所最能接受的，也是最現實的一種情形還是以一種處於被改造過程中的知識分子形象出現。這方面最典型的例子莫過於楊沫《青春之歌》裏的林道靜。但即使是這樣也難免於受到極左批評家的責難，因為所謂「被改造的知識分子」本質上一身二任，他兼有知識分子和工農階級的雙重思想感情。由此我們不難發現知識分子在紅色文學話語中艱難的屈從地位。

<hr>

〔註 17〕周揚：《新的人民的文藝》，《中華全國文學藝術工作者代表大會紀念文集》，
　　　　新華書店 1950 年版，第 71 頁。

以上是從紅色中國文學話語秩序的宏觀角度探討了其中人物形象的等級序列問題，實際上這種人物形象的等級序列在單個的文學作品中還以另一種形態得以存在。雖然《講話》沒有明確提出創造工農兵英雄形象的說法，但這種人物塑造觀念是內含在《講話》之中的。《講話》之後的「延安文學」明顯加大了對工農兵英雄形象塑造的力度。以《呂梁英雄傳》和《新兒女英雄傳》爲代表的一大批「新英雄傳奇」作品應運而生。1949 年，周揚在第一次文代會上明確地向全國的文藝工作者提出了塑造工農兵英雄形象的歷史任務（《新的人民的文藝》）。在 1953 年召開的第二次文代會上，周揚進一步提出了塑造高大完美的英雄模範人物的創作理念（《爲創造更多的優秀的文學藝術作品而奮鬥》）。儘管這類提法後來相繼遭到馮雪峰、唐摯、蔡田、杜黎均等人的質疑，但它仍然是紅色中國的主導文學創作觀念之一。雖然 1960 年代初周揚支持邵荃麟的「寫中間人物論」，但這時他已不能主宰急劇走向「文革」的歷史大勢。終於，「四人幫」在「文革」中炮製出「三突出」〔註18〕的人物塑造法則，即「在所有人物中突出正面人物；在正面人物中突出英雄人物；在英雄人物中突出主要英雄人物」。從純理論上看，這是對周揚等人的主流文學觀念的「放大」和「誇張」。非常明顯，所謂「三突出」創作原則本質上不過是企圖建立一種極端的文本內部的人物形象等級制度。追根溯源，這種極端的人物形象等級制度在「十七年文學」中，甚至在「延安文學」中就已經不同程度地出現了。

在紅色中國文學話語秩序中除了人物形象的等級序列之外，還存在著一種文學題材的等級序列〔註19〕。本質上，這兩種文學話語等級序列之間存在著「同構」的關係。前一等級序列決定了後一等級序列的存在。但前者又決定於文學讀者，即接受對象的等級序列的建立。由於在紅色中國文學讀者群中存在著「工／農／兵」與「小資產階級」的區分，因此在文學的人物形象世界裏也存在著與文學讀者群的區分相對應的等級秩序，由此也就注定了在紅色中國文學話語秩序中會存在一種常見的題材分類模式，即依照不同的階級在社會中所處的不同地位，將所有的文學題材依次劃分爲「工業題材」、「農村題材」、「軍事題材」和「知識分子題材」四大類。當然，題材的階級重要

〔註18〕 于會泳：《讓文藝舞臺永遠成爲宣傳毛澤東思想的陣地》，《文匯報》1958 年 5 月 23 日。

〔註19〕 參閱洪子誠：《中國當代文學史》第六章第二節，北京大學出版社 1999 年版。

性和政治意義與該題材的文學所取得的實際藝術成就是兩碼事。但這種題材的等級結構卻是客觀存在的事實。比較而言，前三種題材在當時的文學實踐中屬於「主要題材」，而「知識分子題材」屬於「次要題材」。在「主要題材」中，那些被作家從「正面」切入的「主要題材」又被公認為「重大題材」。這說明，那些「主要題材」如果被作家從「側面」加以處理，那就淪為了「非重大題材」，甚至是「次要題材」。

　　比如孫犁以《荷花淀》為代表的「軍事題材」小說，由於作者堅持從「側面」切入戰爭生活，故而和杜鵬程在《保衛延安》中所「正面」展開的宏闊戰爭場面相比，就顯得「不重要或次要」了。茹志鵑的《百合花》那類「戰地浪漫曲」也可作如是觀。惟其如此，孫犁和茹志鵑創作的那種將重大的戰爭予以輕鬆化和浪漫化敘寫的小說在 20 世紀 40～70 年代紅色中國文學中就始終未能佔據文壇的主流地位，而且在當時也不過是獲得了主流文學的有限的藝術承認。不僅如此，茹志鵑以「家務事，兒女情」為特徵的一批日常生活化的小說在 1950 年代末還受到了不少責難。這種批評是紅色中國文學話語秩序中長期盛行的一種「題材決定論」的必然產物。儘管在 1955 年被批判的胡風早在 1940 年代便堅持主張「到處有生活」，堅決反對所謂「題材決定論」，但這種機械的文學論調卻一直在紅色中國文學秩序中佔據著主導地位。雖然在 1960 年代初張光年等主流文藝理論工作者也開始提倡題材的「多樣化」，但這已無濟於事，因為此時的中國正向「文革」的軌道急速滑行。終於，在「文革」中，「題材決定論」被正式「合法化」了，而「反『題材決定論』」成了「四人幫」欽定的「黑八論」之一。

　　紅色中國文學秩序中的話語等級結構無疑是多方面的。以上從文學讀者的等級序列出發，分析了人物形象和創作題材中存在的兩種等級序列。接下來將從文學批評標準的等級結構出發，進一步分析在文學功能、文學構成和文學風格方面存在的等級序列。由於文藝批評是文藝界的主要「鬥爭方法」之一，所以《在延安文藝座談會上的講話》對文藝批評標準作了硬性規定。毛澤東從革命功利主義出發，將文藝批評標準「區分」為政治標準和藝術標準，而且斷定在階級社會中，兩種批評標準的「正確」排序應「以政治標準放在第一位，以藝術標準放在第二位」，批評界遂簡稱為「政治標準第一，藝術標準第二」。這種文藝批評標準中存在的權力等級結構從整體上匡定了紅色中國革命文學生產的方向。當然，這一權威話語規範也並非沒有受到一些潛

在或隱形的消解。

早在 1940 年代，胡風就在堅持現實主義「眞實性」的根本原則下試圖「修正」已經日漸強大的革命文學生產規範的偏差，其中就包括「政治標準第一」的問題。1950 年，「胡風派文人」阿壠曾撰文試圖調整文藝與政治的關係，即藝術性與傾向性的關係。阿壠認爲：「藝術和政治，不是『兩種不同的原素』，而是一個同一的東西；不是『結合』的，而是統一的；不是藝術加政治，而是藝術即政治。」〔註 20〕阿壠在該文的末尾還說：「毛澤東底旗幟，魯迅底方向，就是我們底傾向。」這符合胡風派文人一貫的理論立場，即試圖「調和」毛澤東所製定的革命文藝生產範型和魯迅所代表的五四啓蒙文學話語範型，而沒有意識到二者之間已經歷史地存在著某種無法修復和彌補的話語「斷裂」。阿壠的觀點很快受到陳湧等人的批評，說它「歪曲」了《講話》關於藝術性和政治性、藝術標準與政治標準的「法定」關係。實際上，早在延安時期，王實味在《政治家·藝術家》一文中就有「調和」政治與藝術、革命和啓蒙之間關係的意向。王實味將政治與藝術「並列」，而阿壠視政治和藝術爲「同一體」，目的都是爲了消解文學批評中政治標準和藝術標準之間的權力等級結構。在毛澤東看來，如果反對這兩種標準的擺法，就「一定要走到二元論或多元論」，陷入托洛茨基設下的理論陷阱〔註 21〕。事實上，王實味在延安整風中確實淪爲了「托派分子」，而阿壠等胡風派文人在 1955 年則被判定爲「反革命集團」。

除胡風派文人外，人民共和國建立之初，馮雪峰也曾試圖「中和」文學的「黨性」和「眞實性」的關係〔註 22〕，但也遭到了批判。1950 年代中期，秦兆陽在《現實主義 —— 廣闊的道路》一文中再一次試圖通過強調藝術的「眞實性」而潛在地消解「政治標準」的權威。周勃、陳湧、劉紹棠等人也撰文支持這一立場。後來等待他們的是一場大規模的「反右」運動。直到 1960 年，李何林還曾著文將「思想性、藝術性、眞實性三者等同起來」，含蓄地質疑了兩個批評標準的等級結構。他的文章被作爲「反面教材」在 1960 年的《文藝報》第 1 期上刊出，同時還加有作者進行自我批判的「附記」。總之，上述這

〔註20〕阿壠：《論傾向性》，《文藝學習》（天津）1950 年第 1 卷第 1 期。

〔註21〕毛澤東：《在延安文藝座談會上的講話》，《毛澤東選集》第三卷，人民出版社 1966 年版，第 822～823 頁。

〔註22〕參閱馮雪峰的《英雄和群眾及其它》中「關於黨性」部分。載《文藝報》1953 年第 24 期。

些「異端」的聲音一經發出，就被鋪天蓋地的附和權威話語的聲浪所淹沒。至於在「文革」期間的主流文學界中，已經不可能再有任何「公開」質疑政治標準的權威性的聲音了。政治標準從此不僅是首要的標準，甚至成了紅色中國文學批評的「唯一」尺度。

《在延安文藝座談會上的講話》對文藝批評標準的等級結構的設定在整個紅色中國文學話語秩序中帶來了一系列的影響。首先是在文學功能話語中也出現了權力等級結構。既然衡量一部文學作品好與壞的首要標準是看它的政治性的高與低，那麼，在具體看待文學功能的問題上，就會出現將文學的政治功能置於審美功能之上的觀念。實際上，由於毛澤東時代的紅色中國社會本質上是一種以「政治」為文化價值取向的「政治型」社會，所以，在紅色中國文學話語秩序中被過於看重的文學的「政治功能」本質上是一種以「政治」為價值取向的社會文化功能。它是對我們通常所理解的文學的「教育功能」和「認識功能」進行「政治化」提煉的產物。這種被淨化和神聖化了的「政治功能」在紅色中國文學時代將文學的審美愉悅功能很大程度上遮蔽了。毛澤東在《講話》中重點論及了「文學工作」的「普及」與「提高」的關係問題，並站在革命功利主義的立場上肯定了「普及工作」的首要性，而將「提高工作」放在了次要地位。用毛澤東的那兩個著名比喻來說，即「雪中送炭」比「錦上添花」更重要。這種「普及第一，提高第二」的文學工作原則是具有內在權力等級結構的革命文學功能觀，即「政治功能第一，審美功能第二」式的文學功能觀在現實「文學工作」中的體現。同時它們也都完全符合「政治標準第一，藝術標準第二」的文藝批評標準等級結構。

其次，這種文藝批評標準的話語等級的建立還使得在「文學構成」話語中也出現了權力等級結構。人們通常習慣於將一部文學作品分解為「內容」和「形式」這兩個構成部分。撇開兩個構成部分本質上並不可截然分開不談，從學理上看，它們之間的關係應該是平等的，原本不存在主次先後之分。但在紅色中國文學話語秩序中，「內容」被賦予了「第一性」，而「形式」被插上了「第二性」的標籤。準確地說，應是「內容」中的「政治性」、「思想性」或「傾向性」話語佔有首要地位，這種「內容」實際上就是在文學中被傳達的政治話語。為了使文學構成話語中的這種等級結構具有「合理性」，《講話》指出：「有些**政治**上根本反動的東西，也可能有某種藝術性。**內容**愈反動的作

品而又愈帶藝術性，就愈能毒害人民，就愈應該排斥。」〔註 23〕在這句著名的引文中，「內容」被「政治」置換了，而「形式」被視爲某種完全外在於「內容」的「附屬物」。當然，這種「內容」和「形式」之間的權力等級結構並非爲紅色中國文學秩序所特有，但它在後者之中無疑表現得至爲穩定和強烈。

再次，文藝批評標準的話語等級的建立還使得在「文學風格」話語中出現了與前面性質相同的權力等級結構。中國古代文人習慣於將風格大體上分爲「陽剛」與「陰柔」，或「豪放」與「婉約」兩種，這與西人常說的「崇高」與「秀美」兩種風格相似。但在紅色中國文學話語秩序中，這兩種原本應該平等共處、互相補充的文學風格卻受到了不同的禮遇。如果說在延安時期，由於戰爭環境的限制，像孫犁那種陰柔婉約的文學風格遭到忽視還具有某種歷史的合理性，那麼在人民共和國建立後的和平時代裏，仍然是所謂陽剛與崇高的豪放風格統治甚至獨霸文壇，這就顯然是一種歷史的偏頗。但在相對封閉的紅色中國文學話語秩序之內，這一切無疑又具有必然性。因爲任何具有陰柔秀美風格的文學都會招來「逃避政治」或「藝術至上」的責難，而那種「僞崇高」的作品雖然忽視藝術性，但它卻極可能因爲直接配合了現實政治而受到主流紅色批評家的推崇。

當然，「十七年」時期也並不是完全沒有主張文學風格「多樣化」的聲音。1959 年，唐弢就曾撰文對周立波的短篇小說《山那面人家》的藝術風格大爲讚賞。在含蓄地表達了對紅色中國文學風格的「萎縮」現象不滿的同時，作者主張「暴風驟雨是一種風格，風和日麗也是一種風格；絢爛是一種風格，平易也是一種風格」，而無論是雄偉剛健還是清新雋永，它們「都符合於我們民族氣派與時代精神」〔註 24〕。與此同時，紅色中國文藝界在 1959 至 1960 年期間還曾兩度對茹志鵑小說的藝術風格展開過討論。包括茅盾在內的許多權威文學評論家都對茹志鵑這種「清新、俊逸」〔註 25〕的風格做出了高度的肯定。1961 年，《文藝報》第 3 期還專門發表過由張光年執筆的專論《題材問題》，文中在提倡題材「多樣化」的同時也倡導了風格的「多樣化」。但這一切還談不上從根本上扭轉當時紅色中國文學藝術風格「萎縮」的現狀。及至「文革」時期，紅色中國主流文學已陷入「僞崇高」的風格泥沼。

〔註 23〕毛澤東：《在延安文藝座談會上的講話》，《毛澤東選集》第三卷，人民出版社 1966 年版，第 826 頁。

〔註 24〕唐弢：《風格一例——試談〈山那面人家〉》，《人民文學》1959 年 7 月號。

〔註 25〕茅盾：《談最近的短篇小說》，《人民文學》1958 年 6 月號。

　　以上分別從文學話語禁區的設置和文學話語等級的構築兩個方面對革命文藝生產範型展開了剖析，著重分析了它是如何運用話語外部排斥程序來構建紅色中國文學秩序的實際情形。實際上，在上述關於「禁止」和「區別」的兩種話語排斥程序的運作中，均貫穿著話語主體對「紅色真理」的追求意志。在福柯看來，尤其是在人文科學話語中，只有「知識」沒有「真理」，所謂真理不過是被神聖化的知識，它和權力如影隨形。知識考古學家的職責之一就是將「真理」「祛魅」，驅除它神聖的光環，還原其權力的本質。真理屬於歷史的範疇，在一定程度上，一個時代有一個時代的真理。人類不僅具有一種「求知意志」，它還具有更強烈的「求真意志」。在特定的真理意志的支配下，必然有一些知識淪為「謬誤」。真理如果越出了它所隸屬的知識型的範域，那它就有變成謬誤的危險。

　　從前面的分析中不難看到，一些在五四啟蒙知識型中被公認為真理的知識，一旦走進革命知識型範域就極可能被視為「錯誤的思想」而遭到排斥和批判。在紅色中國文學話語秩序中，對異己話語的整改和清算一直都是實現革命文學話語整合的主要戰略。最明顯的例子莫過於對「人性論」話語的理論清算了。人性論話語原本是五四啟蒙知識型的中心話語，它曾經是一個偉大啟蒙時代中被公認的真理，得到過無數人的信奉。然而，當巴人、王淑明、錢穀融等人在 1950 年中後期重提人性論的時候，他們在文藝界的「反右傾」鬥爭中受到了批判，他們的觀點也被視為「修正主義」文藝論調接受批判。因為「階級論」話語是革命知識型的中心話語，「階級的文學」是革命文學話語範型的中心話語法則，它們與「人性論」話語和「人的文學」話語法則之間在知識型的意義上是不可通約的。也許，後來的人們不必為了高揚曾經受到壓抑的人性論及其文學話語而故意迴避或否定階級論及其文學話語，因為它們也曾是特定知識型中的真理，我們需要做的是站在一種價值中立的學術立場，對這種特定的話語及其所屬的知識型展開權力分析，以便還原其本來面目。

第二節　話語內部的提純程序

　　按照福柯的觀點，從外部對話語進行控制的「排斥程序」「一定是與話語裏關乎權力和欲望的那部分相關的」，而在內部調控話語的「提純程序」或曰「沖淡程序（procedures of rarefaction）」則要求「控制話語的另一緯度：事件

和偶然性」〔註 26〕。如果說話語外部排斥程序主要是對話語主體的話語空間實施的「水平」控制戰略，那麼話語內部提純程序則主要是對話語主體的話語空間實施的「垂直」控制戰略。也就是說，前者控制的是話語空間的「廣度」，而後者控制的是話語空間的「深度」。前者決定著話語主體能夠「說什麼話？」，而後者操縱著話語主體應該「怎麼說話？」。

一、演繹型思維定勢

作為一種規範化權力，革命文藝生產範型不僅通過話語外部排斥程序來調控話語主體的個人化「欲望」的存在形態，而且也同時通過話語內部提純程序來規範話語主體的言說方式，從而在根本上防止任何有悖於權力規範的物質或精神「事件」進入到主體的話語空間。在紅色中國文學話語秩序中，這種話語內部提純程序主要表現為規範創作主體的思維方式，由此形成一種特有的思維定勢。

按照福柯的思路，一個時代有一個時代的知識型，而思維方式又是知識型中的核心範疇之一，因此一個時代也有一個時代占主導地位的思維方式。我在第一章中曾經論證過紅色革命知識型與五四啟蒙知識型的三大基本區別，其中之一就是前者遵循以「事實」或「經驗」為出發點來構造知識話語，從而初步形成了一種以「經驗理性」為核心的歸納型的思維方式，而後者堅持以「立場」或「世界觀」為出發點來生產知識話語，最終確立了一種以「先驗理性」為核心的演繹型的思維定勢。與之相應，革命文學話語範型也堅持從「立場」或「世界觀」，即「先驗理性」出發來生產紅色文學話語，革命文學因此成為了使主流意識形態合法化的話語實踐。

在 1920 年代末革命文學話語勃興以後，以瞿秋白和周揚為代表的一批革命文學理論倡導者開始逐步試圖將這種強調「立場」或「世界觀」的文學話語生產方式予以體系化和合理化闡釋。但這種突出「先驗理性」的文學話語生產方式一直到 1940 年代在毛澤東親手締造的革命文藝生產範型中才得以正式合法化。創作主體的「立場問題」是毛澤東在《講話》的「引言」中強調的首要問題。在《講話》的「結論」中，毛澤東又將「立場問題」最終歸結為創作主體的「世界觀的改造問題」。儘管《講話》中強調「生活」是文藝的

〔註26〕福柯：《話語的秩序》，《語言與翻譯的政治》，中央編譯出版社 2001 年版，第 8 頁。

「唯一的源泉」，但《講話》在根本上更爲看重創作主體的立場問題，即世界觀的階級性質和內容。毛澤東在《講話》中指出：「作爲觀念形態的文藝作品，都是一定的社會生活在人類頭腦中的反映的產物。革命的文藝，則是人民生活在革命作家頭腦中的反映的產物。」〔註27〕

　　不難看出，在這兩個判斷中存在著兩個並不同一的「生活」概念。前一個「生活」是在最寬泛的意義上使用的「社會生活」，它先在於主觀理性，屬於「經驗現象」的範疇。而後一個「生活」是內涵和外延都被限定了的「人民生活」，它將前一個「生活」中的政治性內容主觀地或先驗地凸顯了出來，其本質主要是指以工農兵爲主體的無產階級的「階級生活」或「社會鬥爭生活」，因此它屬於「理性本質」的範疇。可以認爲，前一個判斷適用於五四啓蒙文學話語範型，而後一個判斷則適用於革命文學話語範型。前一個判斷表明，五四啓蒙文學話語範型忠實於創作主體對客觀生活的主觀體驗以及理性感悟，它以「經驗理性」爲核心範疇，堅持一種以「生活的現象的眞實」爲創作立足點的歸納型思維方式。而後一個判斷則揭示出，革命文學話語範型堅持創作主體的「革命頭腦」或「世界觀」，即一種主觀的「先驗理性」對「人民生活」的「認識作用」或支配作用，由此確立了一種以「生活的本質的眞實」爲寫作出發點的演繹型思維定勢。當然，這兩種思維方式的分野僅止於相對自足的「知識型」範域內才得以存在，在實際寫作過程中，由於特定的創作主體有可能同時受到不同的知識型的支配，因此它們之間並不存在絕對的分離，這也是不言而喻的事實。

二、本質主義

　　大體上而言，紅色中國革命文學話語範型中的這種演繹型思維定勢具有兩大特徵：首先，它是一種「本質主義」〔註28〕思維；其次，它還是一種「歷史決定論」思維。當然，這兩種思維定勢或思維傾向並不能截然分開，這裏主要是爲了論述的便利才分而述之。

　　先看演繹型思維定勢的本質主義特徵。在卡爾·波普看來，本質主義思維主張透過事物的外在顯相去發現其內在的本相，它看重事物的共性或普遍

〔註27〕毛澤東：《在延安文藝座談會上的講話》，《毛澤東選集》第三卷，人民出版社
　　　　1966 年版，第 817 頁。
〔註28〕參閱卡爾·波普：《歷史決定論的貧困》，華夏出版社 1987 年版，第 21 頁。

性，而輕視事物的個性和特殊性。這是一種深度思維模式，它和「唯名主義」思維方式形成了鮮明的對照。後者唯一看重的就是事物的偶然性的現象，它否認事物具有深度的必然性本質，而認為所謂本質不過是人為構造的知識話語。我這裏無意於站在唯名主義的立場上去否定本質主義的深度思維方式，我的目的在於考察本質主義在演繹型思維定勢中的實際表現形態。同是深度思維模式，紅色革命文學話語範型中的演繹型思維定勢和五四啓蒙文學話語範型中的歸納型思維方式相比，前者更為看重事物的本質的優先性，而後者更為強調事物的現象的先在性。前者是本質決定論者，後者是現象經驗論者，二者的區分一目了然。

中國五四作家首先是感性解放的一代，然後才是理性思考的一代。這和革命作家首先皈依於一種以「先驗理性」形態出現的紅色真理體系，然後對經驗形態的生活展開政治性篩選和圖解的寫作模式有著根本的不同。革命作家的這種本質主義思維方式在《講話》中被正式合法化。毛澤東指出：「文藝作品中反映出來的生活卻可以而且應該比普通的實際生活更高，更強烈，更有集中性，更典型，更理想，因此就更帶普遍性。」〔註29〕顯然，由毛澤東親手締造的紅色中國文藝生產範型看重的是具有典型性和理想化的生活，其實質是強調生活的普遍性或共性，即生活的本質。而對於置身於紅色中國文學話語秩序中的革命作家而言，這種「生活的本質」並不是他們直接的「經驗理性」的產物，而是由權威的中國馬克思主義者在接受和改造馬克思主義經典理論的基礎上所建構出來的一個「紅色真理王國」。從深層次來看，這個真理王國是一個主要建基於歷史唯物主義中的階級鬥爭學說的，涉及到政治、經濟、意識形態諸領域的知識話語系統。從表層來看，這個真理王國往往僅止於被規約為共產黨的具體政治路線和特定的方針政策。實際上，毛澤東所強調的知識分子的世界觀改造，其實質就是要驅除知識分子靈魂深處的那個「小資產階級思想王國」，從而重建一個嶄新的紅色真理王國。

作為一種「元話語」，這個紅色真理王國成了創作主體在具體的文學話語實踐中展開敘述的出發點，紅色中國文學於是成了革命意識形態進行合法化實踐的工具。這樣，在紅色中國文學話語秩序中，大量的概念化和公式化的文學作品被集中地批量生產出來，出現了許多大同小異的紅色文本複製現

〔註29〕毛澤東：《在延安文藝座談會上的講話》，《毛澤東選集》第三卷，人民出版社1966年版，第818頁。

象。從作品的主題來看，「主題先行論」到處流行，文學作品的主題顯得格外明確和單一，基本上是對各種紅色眞理的形象化圖解。從作品的題材來看，「題材決定論」也是盛行一時，能夠直接體現紅色眞理的「重大題材」受到革命作家的廣泛靑睞。「大躍進」時期甚至還曾流行一種「三結合」的創作主張，即「領導出思想，群眾出生活，作家出技巧」。這是紅色文學話語範型中演繹型思維定勢的本質主義特徵的集中體現。權威政治話語成了文學作品競相詮釋的主題，工農兵的階級鬥爭生活成了創作者踴躍選擇的題材，而作爲創作主體的所謂作家卻淪爲了實現政治意識形態的工具。生活被本質化了，題材被本質化了，主題被本質化了，連創作主體也被本質化了。文學成了對作爲本質而存在的紅色眞理王國的形象化演繹。也就是說，相對於紅色眞理王國這一元話語而言，紅色文學話語不過是一種派生的次級話語。這種次級話語本質上不過是對元話語的某種「評論」。元話語如同教義或法典一樣具有無上的權威性，它有相對固定和自足的同一性，而作爲次級話語的「評論」唯一能做的就是最終說出在元話語中已經和可能被表述的東西。這種元話語中沒有被明確表達出來的潛話語雖然有可能被身爲「評論者」的作家所形象化地演繹出來，但它本身並不爲「評論者」所有，因爲它屬於元話語的應有之義。因此在紅色中國文學話語秩序中，身爲「評論者」，作家必須遵從一種「評論原則」，它「通過採取重複和相同這種形式的同一性作用來限制話語中的偶然因素」的出現〔註30〕。

　　由此在元話語和次級話語之間構築了紅色中國文學話語秩序中一種根本性的話語等級結構。而凡是有意或無意地企圖顛覆這一話語等級結構的文學理論話語都會遭到不可避免的清算和批判。在延安時期，丁玲和王實味等人主張如實「暴露」現實生活的陰暗面，這種強調「生活的現象的眞實」的文學觀點在本質上與強調「生活的本質的眞實」的權威文學觀念格格不入，因此在延安整風運動中受到了嚴厲的批評。1955 年，「胡風反革命集團」被集體放逐，胡風竭力倡導的「寫眞實」主張也被一併清算。原因即在於胡風試圖讓作家從「生活的現象的眞實」出發，在體驗客觀生活的基礎上去發現「生活的本質的眞實」，這是典型的五四啓蒙文學話語範型中的歸納型思維方式，它在實踐中必然會遇到作家個人所發現的「生活的本質」與紅色眞理王國所

〔註30〕福柯：《話語的秩序》，《語言與翻譯的政治》，中央編譯出版社 2001 年版，第
　　　　11 頁。

先在規定的「生活的本質」之間不一致的情形。這有暗中拆解紅色元話語之嫌，破壞了作爲次級話語的文學話語與元話語之間的話語等級結構，故而受到大規模批判在所難免。人民共和國成立後還出現過與胡風的「寫眞實」論在精神上有聯繫的文學主張，如秦兆陽的「現實主義 —— 廣闊的道路」論（1956）和邵荃麟的「現實主義深化」論（1962）等，但基於同樣的理由都受到了理論清算。惟其如此，到「文革」時期，包括「主題先行論」、「題材決定論」和「根本任務論」在內的本質主義理論僭越爲至高無上的權威話語法規，而一系列反本質主義的理論話語則被無情地宣判爲「黑八論」而遭到殘酷的清洗。

在紅色革命文學話語範型中，演繹型思維定勢的本質主義特徵還集中體現在紅色文學作品中的人物形象塑造上。前面說過，五四啓蒙文學話語範型和革命文學話語範型在中心話語上存在著明顯的不同：前者以「人的文學」爲中心話語，而後者以「階級的文學」或「人民文學」爲中心話語。毛澤東在《講話》中明確地批判了「（小）資產階級人性論」話語，而賦予無產階級「階級論」話語以無上的權威。人性作爲「抽象」的意識形態被否決，而階級性或人民性作爲人的「本質」屬性得到了無限張揚。在《講話》發表後的「延安文學」中很快出現了創作「革命新英雄人物」的熱潮。五四啓蒙文學中像阿Q和祥林嫂那樣亟待啓蒙的典型農民形象在1942年以後的「延安文學」中已經不可能成爲革命文學作品中的主角了，取而代之的是「洋鐵桶」吳貴（《洋鐵桶的故事》，1945）、鐵鎖和二妞（《李家莊的變遷》，1946）、雷石柱和孟二愣（《呂梁英雄傳》，1946）、王貴與李香香（《王貴與李香香》，1946）、趙玉林和郭全海（《暴風驟雨》，1948）、牛大水和楊小梅（《新兒女英雄傳》，1949）等具有強烈階級性和革命性的「新英雄人物」。這些新型的工農兵英雄人物大都被塑造成無產階級革命時代中先進階級的代表，在他們身上體現著社會歷史發展的方向。由於階級性被大多數革命作家認同爲「人的本質」，因此上列農民英雄形象普遍存在著不同程度的概念化傾向，他們基本上是作爲農民階級的階級化身而出現的，而讓人物的「個性消融到原則中」（恩格斯語）去了。

在1949年召開的第一次文代會上，周揚在題爲《新的人民的文藝》的報告中對解放區文學中出現的新英雄人物做出了極高的評價，並向新中國作家指出了塑造「英雄模範人物」的文學方向。到1953年，周揚在第二次文代會

上所做的報告《爲創造更多的優秀的文學藝術作品而奮鬥》中進一步提出了塑造「理想人物」的文學口號。周揚所謂的理想人物實際上是後來「文革」中盛行的「高大全」人物的濫觴。周揚的核心觀點有兩個：一是「不可以把這（指「描寫落後人物被改造的過程」——引者注）看爲英雄人物成長的典型過程」；二是「許多英雄不重要的缺點在作品中是完全可以忽略或應當忽略的」〔註31〕。前者在歷時的向度上拒絕了英雄人物性格的發展的可能，後者否認了英雄人物的性格在共時態上的多元性。遵照這種模型塑造出來的「理想人物」往往是高度概念化和本質化的英雄人物，人物眞實性格的豐富性被淨化和抽空了。這種理想的工農兵英雄人物實際上是對無產階級的階級性這一革命本質進行形象化演繹的產物。英雄在這裏變成了虛假的「神」，而不是實在的「人」。

　　早在 1950 年，胡風派文人阿壠就對一些作家將新英雄人物塑造得「空洞如神」提出過批評。阿壠認爲「把一切好的東西」往英雄人物身上「堆積」會導致他們「畸形發展，膨脹而又膨脹，如同氣球一樣，不是膨脹得炸破，就是膨脹得逍遙乎太空；或者如同塡鴨子一樣，不是把它喂得肥死，就是使它肥得再也不能夠走一步了」〔註32〕。直到 1954 年，阿壠還再一次表達過自己對一些主流批評家要求把英雄人物塑造得「通體漂亮，通體透明，如同神，如同水晶」的權力話語的不滿。阿壠的批評語言也許是尖刻的，但他關於新英雄人物塑造可能會出現的可怕後果的預言，最終在「文革」中變成了歷史事實。《林彪同志委託江青同志召開的部隊文藝工作座談會紀要》（1966）是「文革」時期主流作家的「聖經」，它實際上是對《講話》基本精神的「歪曲」和「誇張」，但二者之間仍然存在著不容否認的精神聯繫。《紀要》要求當時的作家「滿腔熱情地，千方百計地去塑造工農兵的英雄形象」，因爲「他們的優秀品質是無產階級階級性的集中體現」〔註33〕。爲了順利完成這一「社會主義文學的根本任務」，「四人幫」御用文人又炮製出所謂「三突出」和「三陪襯」之類的「三字經」公式來進一步規範作家的寫作，其目的就是要塑造

〔註31〕周揚：《爲創造更多的優秀的文學藝術作品而奮鬥》，《人民文學》1953 年 11 月號。

〔註32〕關於阿壠的兩處引文均轉引自：《十五年來資產階級是怎樣反對創造工農兵英雄人物的？》（《文藝報》資料室），《文藝報》1964 年第 11 期和第 12 期合刊。

〔註33〕《林彪同志委託江青同志召開的部隊文藝工作座談會紀要》，《人民日報》1967 年 5 月 29 日。

出「高大全」式的新神話英雄人物形象來。這一切將「延安文學」和「十七年文學」在人物塑造方面原本就存在的「本質主義」傾向變本加厲地發展到了極端。直至新英雄們最終成了為「理想」所膨脹欲裂的「氣球」，或者說成了因飽食「理想」而無法邁步的「鴨子」。

在新英雄人物塑造上的這種本質主義思維傾向在人民共和國成立後也不是沒有受到過抵制，但反抗的聲音不是過於微弱，就是被強大的政治權力壓制了下去，未能從根本上撼動本質主義思維模式的權威地位。1953年，馮雪峰曾撰文論述英雄和普通群眾之間的辯證關係，並對周揚在第二次文代會上提出的塑造「理想人物」或創造「正面英雄人物」的本質主義思維誤區作了間接的批評〔註34〕。到了「反右」之前的「鳴放」期間（1956～1957），一批在不同程度上接受了五四啟蒙知識型影響的「新銳」文學批評家則在短時期內紛紛撰文對周揚等人的權威紅色文藝理論話語提出了質疑。其中，唐因甚至明確將紅色中國主流文藝批評概括為「三大公式」，排在首位的即是「一個階級一個典型」，其次為「一種生活一個題材」和「一個題材一個主題」〔註35〕。唐因在文章中對主流紅色文藝理論話語在人物、題材和主題等方面所誤入的「本質主義」歧路進行了直接的反駁。

在這期間及隨後不久，巴人、王淑明、錢穀融等人還撰文從「人性論」和「人道主義」的角度對主流紅色批評家所深陷的本質主義思維誤區進行了間接的反駁。巴人援引青年馬克思關於「人的異化」的哲學觀點來論證「人有階級的特性，但還有人類本性」〔註36〕，要求賦予「人性論」和「人道主義」話語以合法地位。在此基礎上，巴人還提出了關於文學典型問題的看法。他認為：「作為典型形象的『人』來說，也不是僅僅具有階級性而已。從整個人類社會來看人，那麼，人有他人類的共同性，還有他階級的特殊性。從階級社會來看人，那麼，人有他階級的共同性，還有他個人的特殊性。」〔註37〕雖然囿於當時的政治文化語境，巴人不可能動搖文學典型中的階級性的權威話語地位，但他畢竟在為文學典型的特殊性和個性辯護，這在當時必然會有離經叛道之嫌。王淑明和錢穀融與巴人的觀點基本相同，他們都企圖調和五四啟蒙知識型中的人性論話語與革命知識型中的階級論話語之間的關係，這

〔註34〕馮雪峰：《英雄和群眾及其它》，《文藝報》1953年第24期。
〔註35〕于晴（唐因）：《文藝批評的歧路》，《文藝報》1957年第4期。
〔註36〕巴人（王任叔）：《論人情》，《新港》1957年第1期。
〔註37〕巴人（王任叔）：《典型問題隨感》，《文藝報》1956年第6期。

在根本上違背了革命知識型的演繹型思維定勢，尤其是有悖於演繹型思維定勢的本質主義特徵。

這一時期值得一提的還有何其芳和李希凡在 1956 年就文學典型問題展開的論爭，這一論爭在 1965 年還曾再度發生，但論爭的性質並未發生變化。李希凡站在階級論的立場上指摘何其芳的典型「共名說」有「超階級」、「超時代」和「超社會」之嫌，從而「抹煞了文學典型的階級的政治傾向」，並認為這種觀點如若任其發展，「只能走向人性論的陷阱」〔註38〕。儘管何其芳為自己百般辯解，但實際上並不能否認他在文學典型問題上其實與巴人等人並未有實質性的區別。顯然，至少在文學典型的問題上，身處紅色共和國的何其芳還沒有全面走出五四啟蒙知識型，同時他對革命知識型的認同也並不徹底。也許這正是文學史上的「何其芳現象」耐人尋味的地方。

1960 年代初，王西彥借評論茹志鵑小說之機，再一次重提馮雪峰關於人物塑造上的「非英雄化」觀點〔註39〕。與此同時，當時文藝界領導人之一的邵荃麟也在反覆提倡「寫中間人物」的觀點。邵荃麟認為：「強調寫先進人物、英雄人物是應該的。英雄人物是反映我們時代的精神的。但整個說來，反映中間狀態的人比較少。兩頭小，中間大；好的、壞的人都比較少，廣大的各階層是中間的，描寫他們是很重要的。矛盾點往往集中在這些人身上。」〔註40〕邵荃麟還公開為一些因為描寫「中間人物」而受到批評的作家和作品辯護，包括西戎的《賴大嫂》、趙樹理的《「鍛鍊鍛鍊」》等。實際上，邵荃麟是在維護本質論的典型觀的前提下來提倡寫「中間人物」的。但他提倡的這種「中間人物」論和何其芳的「共名說」一樣，最終還得以「人性論」作為理論基礎，由此在暗中消解了階級論的本質主義典型觀。隨著 1960 年代初中國政治形勢的加速「左傾」，邵荃麟和周揚等人已不再能主宰自己的命運，他們也開始逐步從權威話語中心的位置淪落話語邊緣，直至「文革」中也被作為「思想異端」而受到殘酷的批判和監禁，邵荃麟甚至還被折磨致死。於是，在公開的「文革」文壇中，真正大行其道的就只有極端本質化的「根本任務論」和「三突出」創作原則了。

〔註38〕 李希凡：《阿 Q、典型、共名及其他》，《新建設》1965 年 2 月號。
〔註39〕 細言（王西彥）：《有關茹志鵑作品的幾個問題》，《文藝報》1961 年第 7 期。
〔註40〕 邵荃麟：《在大連「農村題材短篇小說創作座談會」上的講話》（1962），《中國新文學大系（1949～1976）·文藝理論卷一》，上海文藝出版社 1997 年版，第 518 頁。

三、歷史決定論

前面分析了革命文學話語範型中演繹型思維定勢的本質主義傾向，接下來將探討這種演繹型思維定勢的歷史決定論特徵。這種歷史決定論思維模式主要體現在置身於紅色中國文學話語秩序的革命作家的歷史觀念之中。

據李澤厚在《試談馬克思主義在中國》中考辯，「馬克思主義在中國，主要是以其唯物史觀（歷史唯物論）中的階級鬥爭學說而被接受、理解和奉行的」〔註41〕。唯物史觀在近代進化論的基礎上認爲人類社會的發展存在著自身所固有的「歷史規律」，這種歷史規律在社會形態上體現爲眾所週知的遞進式的「歷史五階段說」（原始社會－奴隸社會－封建社會－資本主義社會－共產主義社會），而其歷史發展的「直接動力」在階級社會中則被歸結爲「階級鬥爭」。因此，馬克思和恩格斯在《共產主義宣言》中斷定：「到目前爲止的一切社會的歷史都是階級鬥爭的歷史。」〔註42〕

在卡爾・波普看來，唯物史觀是一種典型的「歷史決定論」的表現〔註43〕，它從「社會動力學」的角度試圖發現「客觀」的「歷史規律」，從而進行「科學」的「歷史預測」。這種歷史決定論從共時的層面上看，它是一種本質主義思維，但從歷時的層面上看，它又是一種先驗的目的論思維，因爲它既規定了「歷史的本質」又預定了「歷史的目的」。顯然，這兩種思維傾向對於歷史決定論而言是密不可分的，由此也就帶來了歷史決定論的某種悖論色彩。歷史決定論是一種線性的歷史觀，它將時間之流理解爲一種通過因果規律將偶然的「事件」關聯起來的邏輯之流，也就是說，偶然的歷史事件被主觀地納入到了一種必然的解釋圖式中，人類社會的歷史被想像爲正是按照這種解釋圖式而朝著預定的宏大目標或烏托邦邁進。這一切使得歷史決定論雖然在表面上具有強烈的樂觀主義精神，但在骨子裏卻又具有某種無法迴避、別無選擇的悲觀主義情調。正是在這個意義上，卡爾・波普認爲，歷史決定論「可以說是宿命論的特殊形式」，或者說是「關於歷史趨勢的宿命論」〔註44〕。

西方進化論對近現代中國作家的歷史思維影響深遠。對五四作家是如此，對革命作家也是這樣。對於生活在紅色中國的革命作家而言，從根本上

〔註41〕李澤厚：《中國現代思想史論》，安徽文藝出版社 1994 年版，第 154 頁。
〔註42〕馬克思、恩格斯：《馬克思恩格斯選集》（第一卷），人民出版社 1972 年版，第 250 頁。
〔註43〕卡爾・波普：《歷史決定論的貧困》，華夏出版社 1987 年版，第 39～40 頁。
〔註44〕卡爾・波普：《歷史決定論的貧困》，華夏出版社 1987 年版，第 40 頁。

植根於近代進化論的唯物史觀關於人類社會發展的五個階段的「歷史規律」，無疑是他們的「世界觀」或「紅色眞理王國」中的重要組成部分。由於這種「歷史規律」被認爲揭示了人類社會歷史發展的「本質」進程，所以在革命文學話語範型中演繹型思維定勢的支配下，它成爲了紅色中國革命作家在文學話語實踐中競相圖解或詮釋的對象。當然，這種「歷史規律」並沒有以全面和直接的形式進入到革命文學話語實踐之中，而是首先主要表現爲一種樂觀主義的歷史意識，即堅信在「新」與「舊」或「將來」與「過去」的歷史對比中，前者必然會戰勝後者，換句話說，前者是後者「進化」的必然歸宿或歷史目的。

這種「先驗目的論」的樂觀主義歷史精神在「延安文學」的諸多代表作中有著鮮明的體現。趙樹理的短篇小說《小二黑結婚》（1943）是「延安文學」最早的代表作。這部充滿喜劇色彩的作品其實是根據作者在太行山區親自訪問過的一個眞實的悲劇改編而成的。小二黑的原型叫岳多至，小芹的原型叫智英祥，他們的愛情遭到了「新政權」內部腐敗分子的陷害和播弄，岳多至甚至被剝奪了生命。據說，趙樹理認爲原故事結局過於悲慘，因此爲了展示革命的光明的歷史前景，他在小說的末尾來了個大團圓式的結局〔註45〕。其實，趙樹理筆下的大團圓故事並不同於古典作家一再套用的大團圓模式，因爲後者是以「善惡因果報應」觀念爲核心的古典的歷史宿命論的產物，而前者則主要植根於歷史決定論的「先驗目的論」，故二者表面上相同而本質上各異。

在戲劇領域，「延安文學」的代表作首推由賀敬之和丁毅執筆的新歌劇《白毛女》（1945）。據賀敬之回憶，該劇的故事源自一個共產黨的區委幹部帶人上山抓「白毛仙姑」，最終卻發現了一個避難荒野的「苦大仇深」的女人的眞實經歷。和趙樹理在生活中遭遇到的眞實故事一樣，賀敬之們面對的同樣是一個悲劇素材。由於置身於相同的紅色中國文學話語秩序，並且接受著相同的革命知識型的支配，他們都將眞實的悲劇素材加工和改編成了有著大團圓式結局的喜劇故事。據賀敬之說，以「白毛仙姑」爲「本事」的歌劇最初準備寫成一出以「破除封建迷信」爲主題的作品，但「魯藝」的文化人最終決定把它寫成一個以「舊社會把人變成鬼，新社會把鬼變成人」爲主題

〔註45〕董均倫：《趙樹理怎樣處理〈小二黑結婚〉的材料》，《文藝報》1949 年 7 月第
　　　　10 期。

的新歌劇〔註46〕。這種「新與舊」和「人與鬼」的對立在本質上正體現了「先驗目的論」思維特徵,洋溢著「革命樂觀主義」的歷史精神。在這一點上,歌劇《白毛女》和小說《小二黑結婚》如出一轍。

實際上,這兩部作品的相同點還不止於此。譬如趙樹理並未完全拋棄了古典的歷史宿命論思維,也就是說,他仍然在一定程度上根據善惡因果報應的思維模式來結構作品的故事情節(金旺興旺兄弟伏法、小二黑和小芹有情人終成眷屬),而賀敬之則更是以喜兒和大春的愛情故事為線索編織出了一系列的傳奇情節(「棒打鴛鴦」——「絕處逢生」——「衣錦還鄉」——「落難重逢」——「善惡有報」)〔註47〕,這說明《白毛女》在延續古典的歷史宿命論思維模式上比《小二黑結婚》走得更遠。當然,無論是《小二黑結婚》還是《白毛女》,在這兩部「延安文學」的紅色經典作品中,現代的歷史決定論,尤其是歷史目的論的思維定勢都起著主導作用,而古典的歷史宿命論思維模式不過是在文本的深處融合於前者之中的潛話語罷了。這也從一個角度暗示了紅色中國革命文學的「新古典主義」性質。

李季的長篇敘事詩《王貴與李香香》(1946)是「延安文學」在詩歌領域的標誌性作品。和另兩部在小說和戲劇領域的代表作品一樣,這部長詩也有著大團圓結局和善惡因果報應的歷史宿命論色彩。但它在人物結構上和《白毛女》更為接近,都是以地主(黃世仁／崔二爺)作為「第三者」干預男女主人公的愛情這一中心情節來結構故事的。而且男主人公最後都以黨的化身形象出現,並最終使悲劇變成了喜劇。也正是在這一點上,李季和賀敬之在作品中表現出來的歷史觀念都是帶有強烈的歷史目的論思維特徵的,男女主人公的命運故事在本質上屬於現代革命敘事,階級壓迫和階級鬥爭是這種宏大敘事的主旋律,它將因果報應的古典歷史宿命論及其思維模式排擠到了文本的潛結構之中。

人民共和國建立以後,通過「新與舊」的對比而展示歷史先驗目的論思維定勢的作品還有很多,其中最著名的莫過於老舍創作的話劇《龍鬚溝》(1951)。該劇描寫了龍鬚溝旁的四家人在新社會和舊社會中不同的生活命運和不同的精神狀態。作者借助這種新舊對比傳達了「人民政府愛人民,人民

〔註46〕 賀敬之:《〈白毛女〉的創作和演出》,《賀敬之文集》第 5 卷,作家出版社 2005年版,第 225～226 頁。

〔註47〕 參閱錢理群、溫儒敏、吳福輝:《中國現代文學三十年》(修訂本),北京大學出版社 1998 年版,第 623 頁。

政府人民愛」的中心題旨。劇作的中心人物程瘋子最終也人盡其才，和作者後來一樣成了光榮的「人民藝術家」。程瘋子和「白毛女」喜兒一樣，在「舊社會」被當成了「非人」（「瘋子」／「鬼」）看待，只有到「新社會」裏他們才能成為真正的「人」。但創造他們的作者的根本用意並不在於傳達某種人道主義精神，而是通過他們的命運的今昔對比來揭示一種「革命樂觀主義」的歷史精神。顯然，在《龍鬚溝》的文本結構中也潛藏著歷史決定論的先驗目的論思維模式。

　　共和國成立後不久，伴隨著「新民主主義革命」的走向終結和新一輪的「社會主義革命」的全面啟動，紅色中國作家的心中普遍湧起了一股將歷史敘事納入到文學敘事中的政治激情。他們試圖按照一定的「歷史圖式」，即以毛澤東為代表的中國共產黨人所總結出來的「革命歷史規律」來認識近現代以來中國的歷史進程，尤其是由共產黨參與並領導的「新民主主義革命」的歷史進程。不僅如此，他們還著重將自己在上述歷史進程的不同歷史階段中親身經歷或間接耳聞到的重大「歷史事件」，依照「革命的歷史觀」進行全面和系統的歷史整合，然後運用文學敘事功能將其「合法化」。與此同時，他們還迫切地力圖將當時已經和正在發生的具有「重大歷史意義」的「現實事件」，通過文學話語實踐有機地整合進「革命歷史規律」之中。這些重大的「現實事件」主要包括「土地改革」和「農業合作化運動」，它們被認為是此前的「歷史事件」的符合「歷史邏輯」的發展和延伸。

　　正是在這種試圖對歷史和現實進行「宏大敘事」的政治衝動下，以「三紅一創」（梁斌的《紅旗譜》、吳強的《紅日》、羅廣斌和楊益言的《紅岩》、柳青的《創業史》）為代表的一大批「革命歷史題材」和「重大現實題材」的長篇小說相繼問世。毫無疑問，這些作家及其作品是從「階級鬥爭」的視角來理解和詮釋「新民主主義革命」和「社會主義革命」的歷史進程的，因為階級鬥爭學說被紅色中國的馬克思主義者認為是唯物史觀中最核心的部分，承認階級鬥爭與否被視為「唯物史觀」和「唯心史觀」的政治分界線。不僅如此，這些作家及其作品還將「新民主主義革命」和「社會主義革命」進程中不同的歷史階段，以及其間發生的各種歷史事件視為「一種偉大變化的無形統一」（福柯語）。也就是說，特殊性的事件被嵌入了一種普遍性的歷史解釋圖式，歷史從而被賦予了一種虛構的整體感和想像的同一性。其中每一個事件都被認為和其他事件之間存在著某種因果邏輯關係。而且「重大事件」

都被認為具有某種「本質特性」、「基本價值」或「歷史意義」。作為時間之流的歷史從而成了邏輯之流，各種事件之間也被認為形成了某種神秘的歷史合力，它甚至預先指向了某一終極的歷史目的。

這種兼具本質主義和先驗目的論特徵的歷史決定論思維在20世紀40～70年代紅色中國的一大批主流作家的作品中都有著不同程度的表現。它不再滿足於僅僅在「新」與「舊」的歷史對比中簡單地展示一種革命樂觀主義的歷史精神，而是試圖揭示歷史和現實之間的來龍去脈，也就是揭示歷史發展的邏輯規律。當這種具有整體主義特徵的歷史決定論思維支配了紅色中國作家的文學話語實踐的時候，它將展示其雙重的話語功能。一方面，它是在為主流的歷史解釋圖式作合法性辯護，另一方面，它又是在保衛現實社會存在和未來歷史發展圖景的合法性。歷史決定論的這種雙重話語功能在「十七年文學」中的多卷本長篇小說的創作中得到了淋漓盡致的發揮。

梁斌的《紅旗譜》（1957）是「革命歷史題材」長篇小說中被公認的「紅色經典」。小說描寫了「大革命」時期共產黨領導下的中國農民階級與封建地主階級之間尖銳的階級矛盾和複雜的階級鬥爭。書中賈湘農是黨代表，朱老忠是革命的農民階級的代表，而馮蘭池則是反動地主階級的代表。前二者與後者之間的階級矛盾和階級鬥爭如同「一條金線」將脯紅鳥事件、反割頭稅運動和保定二師學潮這三個重大的「歷史事件」貫穿了起來。這三個重大程度不斷加深的「歷史事件」無疑象徵著共產黨領導下的農民革命由低潮逐步走向高潮的「歷史規律」。不僅如此，作者還在小說的「楔子」中通過描寫朱老鞏自發的階級反抗的失敗進一步揭示了由共產黨領導農民階級進行革命的「歷史必然性」。雖然在小說結尾革命再度陷入低潮，但這不過是「前進中的曲折」，短暫的低潮在本質上潛在地指向了即將到來的革命高潮。這正如小說最後一句話所說的那樣，「在冀中平原上，將要掀起波瀾壯闊的風暴啊！」

實際上，這部作品不過是作者原計劃的六部系列長篇小說中的「序幕」而已。1962 年，寫高蠡暴動的第二部《播火記》出版，這部長篇直接描寫了共產黨領導下的農民階級與封建地主階級之間的軍事對壘。高蠡暴動正是《紅旗譜》中所預言的革命風暴，它是《紅旗譜》中敘述的三個重大「歷史事件」的符合歷史邏輯的發展。至於第三部《戰寇圖》（後改名《烽煙圖》）的書稿則在「文革」中被查抄，當時還未及面世。據作者說，「第四部計劃寫冀中抗日游擊根據地的建設」，「第五部寫兩面政策和地道戰」，而第六部則「寫反蔣

復仇⋯⋯」，但當時「因身體不好，沒有寫」〔註48〕。從作者的構思中我們不難發現，梁斌的這六部未及完成的多卷本長篇小說本質上是希圖展示中國農民階級在共產黨的領導下逐步將「新民主主義革命」從低潮推向高潮，最終獲得勝利的「歷史必然規律」。只不過由於客觀的外部政治環境因素的干擾，作者企圖囊括「大革命」、「抗日戰爭」和「解放戰爭」，也就是整個中國現代革命歷史進程的宏大敘事目標未能來得及全面地實現。

在「十七年文學」中，與梁斌懷有同樣性質的宏大敘事目標的作家還有歐陽山。歐陽山的五卷本系列長篇小說《一代風流》由於政治變故在當時也未能完成，作者在當時只發表了第一部《三家巷》（1959）和第二部《苦鬥》（1962）。據作者說，《一代風流》構思於1942年延安整風運動期間，「經過這次整風，我對中國革命的來龍去脈有了一個比較明確的認識。於是想到寫一部小說來反映這個問題」〔註49〕。歐陽山想必是從毛澤東的《新民主主義論》（1940）和《中國革命和中國共產黨》（1939）等紅色基本文獻中認識到了中國新民主主義革命的「歷史規律」，故而他在為《一代風流》的英譯本作序時強調，他創作這部作品的目的就是要揭示中國現代革命歷史進程的「謎底」〔註50〕。與梁斌主要通過農民階級出身的朱老忠的革命經歷來揭示中國新民主主義革命的歷史進程的內部規律不同，歐陽山選擇了工人階級家庭出身的革命知識分子周炳，通過他從1919年五四運動的爆發到1949年人民共和國的成立這期間整整三十年的人生歷程，作者力圖展示從「大革命」到「抗日戰爭」，再到「解放戰爭」的中國新民主主義革命的歷史邏輯進程。在已發表的前兩部作品中，作者將「五卅慘案」、「省港大罷工」、「北伐戰爭」、「四・一二政變」、「廣州起義」等一系列相關的重大歷史事件全都納入到了自己的歷史敘事視野之中。從中我們不難發現作者試圖在紅色文學敘事中整合中國現代革命歷史進程的訴求。與梁斌相同，歐陽山實際上也是在從事一種使主流的歷史解釋圖式得以合法化的紅色文學話語實踐。本質上，這不僅是在為人民共和國建立的歷史合理性作辯護，同時也是在捍衛其未來的歷史目標的正義性。一種整體主義的歷史決定論思維的雙重話語功能由此也就可見一斑。

〔註48〕梁斌、侯金鏡等：《老戰士話當年——舉行〈紅旗譜〉座談會記錄摘要》，《文藝報》1958年第5期。

〔註49〕本刊專訪：《歐陽山談〈三家巷〉》，1959年12月5日《羊城晚報》。

〔註50〕歐陽山：《〈一代風流〉序》，《作品》1962年8月新1卷第8期。

不難發現，在《紅旗譜》和《一代風流》這樣的多卷本革命歷史題材長篇小說的創作中，中國革命的「歷史規律」首先是作爲一種先驗的「理性本質系統」成爲作家在藝術創作中演繹或圖解的對象的。然而，由於這種「歷史規律」具有一個特定的線性的發展目標，故而使得遵從歷史決定論的作家的思維方式又具有先驗的歷史目的論傾向。這意味著我們在探討紅色中國作家的歷史決定論思維模式的時候，其本質主義傾向和先驗目的論傾向是密不可分的。

如果說《紅旗譜》是展示中國「新民主主義革命」的歷史邏輯進程的紅色文學範本，那麼《創業史》則是展示中國「社會主義革命」的歷史邏輯進程的紅色經典文本。同是作爲中國革命的歷史主體，從梁斌筆下的朱老忠到柳青筆下的梁生寶，其間反映了中國農民階級在中國共產黨的領導下「不斷革命」，「從勝利走向勝利」，以期最終走向紅色烏托邦的歷史目的或歷史歸宿。從梁斌到柳青，「十七年」時期的紅色中國作家在以一種精神接力的方式釋放著他們胸中難以釋解的革命歷史敘事情結。對一個先驗的理想化的社會歷史目的的追尋，成了他們不斷地將歷史敘事納入到文學敘事中來的潛在集體衝動。如同《紅旗譜》的革命歷史敘事的終點是「人民民主專政」的人民共和國的建立一樣，《創業史》的革命現實敘事的目標是「一大二公」的紅色中國烏托邦的出現。

正如《創業史》的作者柳青所言：「這部小說要向讀者回答的是：中國農村爲什麼會發生社會主義革命和這次革命是怎樣進行的。」〔註51〕換一種方式回答，柳青將其表述爲：「我的這個小說沒有別的主題，就是一個：農民放棄私有制，接受公有制的過程、方式、心理……第三部、第四部還是這個主題，沒有新的：習慣公有制、捍衛公有制。」〔註52〕這說明，柳青寫作《創業史》原本就是爲了運用文學敘事的話語功能來使「農民放棄私有制、接受公有制」這一已經被唯物史觀所闡明了的「歷史規律」進一步「合法化」。不僅如此，由於作者自信《創業史》「選擇的是以毛澤東思想爲指導思想的一次成功的革命，而不是以任何錯誤思想指導的一次失敗的革命」〔註53〕，所以柳青在創作中進一步依據毛澤東所揭示的有關農業合作化進程的「歷史規

〔註51〕柳青：《提出幾個問題來討論》，《延河》1963 年 8 月號。

〔註52〕徐民和：《一生心血即此書——柳青寫作〈創業史〉漫憶》，《延河》1978 年 10 月號。

〔註53〕柳青：《提出幾個問題來討論》，《延河》1963 年 8 月號。

律」，比如「兩條道路的鬥爭」、「兩種性質的矛盾」等社會規律來結構作品的故事情節。按照柳青的構想，《創業史》就是要展示這樣的一個歷史「必然」進程：通過毛澤東所說的「典型示範」的方法，被引導的農民從「互助組」走向了「合作社」，最終邁進「人民公社」。也就是說，柳青試圖在自己的革命文學話語實踐中「同步」完成現實社會生活中的革命歷史敘事。然而，伴隨著毛澤東的中國紅色烏托邦工程的幻滅，支配著柳青創作構思的「歷史決定論」也就陷入到了某種絕對的「貧困」（卡爾・波普語）之中。

通常，歷史決定論及其目的論思維不僅習慣於預先設定一個歷史終極目的，而且首尾呼應的是，它還往往醉心於對歷史的「開端」或「起源」做某種形而上的追求，甚至崇拜。這在《紅旗譜》的「楔子」和《創業史》的「題敘」中有著非常明顯的表現。如同《紅旗譜》在「楔子」中描寫朱老鞏大鬧柳樹林，由於缺乏共產黨的領導，這種自發性的階級反抗最終以朱老鞏的吐血身亡而陷入失敗一樣，《創業史》在「題敘」中也勾勒了以梁三老漢為代表的中國舊式農民艱難創業的辛酸歷程，同樣由於缺乏共產黨的領導，這種自發性的階級自救行動最終還是以失敗而收場。梁斌和柳青不約而同地選擇以這種方式來展開其宏大的革命歷史敘事，個中原由不過是為了揭示中國現代農民革命的來龍去脈，或者說展示由共產黨領導中國農民進行「新民主主義革命」和「社會主義革命」的「歷史必然規律」。

總的來看，置身於紅色中國文學話語秩序中的革命作家在文學創作中是服膺於歷史決定論的思維定勢的，因為階級鬥爭學說在當時真正是深入人心。但在人民共和國建立之初，由於一大批來自「國統區」和「淪陷區」的作家剛剛被正式納入紅色文學話語秩序中，所以還是出現了少量有悖於唯物史觀及其歷史決定論的聲音。這方面的著例莫過於由孫瑜編導的電影《武訓傳》。

1951 年 5 月，當這部影片獲得國內文化界如潮好評的時候，毛澤東敏感地意識到「《武訓傳》所提出的問題帶有根本的性質」。在毛澤東看來，「一些號稱學得了馬克思主義」的「社會發展史——歷史唯物論」的黨內文化人，「一遇到具體的歷史事件，具體的歷史人物（如像武訓），具體的反歷史的思想（如像電影《武訓傳》及其他關於武訓的著作），就喪失了批判的能力，有些人則竟至向這種反動思想投降」〔註54〕，這簡直是不能容忍的事情。毛

〔註54〕毛澤東：《應當重視電影〈武訓傳〉的討論》，《人民日報》1951 年 5 月 20 日。

澤東在《武訓傳》中發現了與唯物史觀格格不入的「唯心史觀」。因爲孫瑜歌頌武訓的「個人英雄主義」（在毛澤東的眼裏本質上是「奴才主義」和「投降主義」），實際上是以「誣衊農民革命鬥爭」（以周大爲代表的農民起義）和「誣衊中國歷史」爲代價的。正如毛澤東所言：「在許多作者看來，歷史的發展不是以新事物代替舊事物，而是以種種努力去保持舊事物使它得免於死亡；不是以階級鬥爭去推翻應當推翻的反動的封建統治者，而是像武訓那樣否定被壓迫人民的階級鬥爭，向反動的封建統治者投降。」〔註55〕前一個判斷點明了《武訓傳》的創作違背了唯物史觀的先驗目的論思維定勢，後一個判斷點明了《武訓傳》的構思有悖於唯物史觀的本質主義思維模式。在由毛澤東親自發動的這場對電影《武訓傳》的批判運動中，文藝界包括郭沫若、周揚、夏衍等在內的一批領導人也都公開檢討了自己的「錯誤思想」。從此，唯物史觀及其歷史決定論的思維模式也就更加深入人心，很少再有作家及其作品犯同樣性質的「思想錯誤」。

　　不過，老舍創作於 1957 年的話劇《茶館》還是值得一提。共和國建立後，從海外歸來的老舍在創作上一直是有名的「跟跟派」。包括《龍鬚溝》、《春華秋實》、《青年突擊隊》、《紅大院》在內的一系列話劇都屬於緊密配合現實政治和時代潮流的遵命之作。一直到「鳴放」期間，老舍才開始嘗試著轉向自己熟悉的歷史題材的寫作。據康濯回憶，老舍在創作《茶館》的初期心中很是困惑。「老舍發愁的是怎麼寫下去：『最大的問題是解放後的茶館怎麼寫？』」當康濯和劉白羽等人勸他別寫解放後的一幕時，老舍「驚訝」地反問道：「不寫可以嗎？」〔註56〕雖然老舍最終還是沒有寫解放後的「茶館」，而且《茶館》出臺之初也曾得到過曹禺「夠古典水平」的很高評價，但不久，批判的聲浪淹沒了微弱的讚譽之音。從唯物史觀的立場出發，批判的觀點集中表現爲兩點：一是「全劇缺乏階級觀點，有濃厚的階級調和色彩」。二是「該劇沒有充分地表現出日益發展中的人民的力量，也就不可能把光明的未來展示給讀者……顯示的光明是如此微弱，希望是這樣渺茫」〔註57〕。前者指摘《茶館》的創作違背了歷史決定論的本質主義思維特徵，後者揭示了該劇的創作有悖於歷史決定論的先驗目的論思維準則。

〔註55〕毛澤東：《應當重視電影〈武訓傳〉的討論》，《人民日報》1951 年 5 月 20 日。
〔註56〕陳徒手：《人有病，天知否》，人民文學出版社，2000 年版，第 74 頁。
〔註57〕陳徒手：《人有病，天知否》，人民文學出版社，2000 年版，第 94 頁。

　　這一切和毛澤東在 1951 年批判《武訓傳》的觀點如出一轍。如果站在革命知識型的立場上看，客觀上我們不得不承認這種指謫可謂是「切中肯綮」，或說是「一針見血」。首先，自稱「不十分懂政治」的老舍當時是在明知「沒法子躲開政治問題」的情況下，有意選擇從「茶館」這個「小社會」中來「側面地透露出一些政治消息」的。他以「不熟悉政治舞臺上的高官大人」為由，拒絕去「正面描寫他們的促進與促退」。所以當有人建議他「用康順子的遭遇和康大力的參加革命為主去發展劇情」的時候，老舍仍然堅持自己「新的嘗試」，他不願繼續「叫老套子捆住」〔註 58〕。顯然，這可以理解為老舍試圖迴避以「階級鬥爭」為矛盾衝突的「本質」來結構故事情節，也就是說，他在嘗試著從歷史決定論的本質主義思維模式中掙脫出來。其次，老舍自陳創作《茶館》的目的是為了「葬送三個時代」〔註 59〕，即維新變法失敗後行將滅亡的晚清時代、民國建立後民不聊生的軍閥混戰時代、抗戰勝利後國民黨即將垮臺的腐朽時代。正是這三個時代分別構成了全劇的三幕場景。如果從歷史決定論的先驗目的論思維定勢來考察，老舍所結構的這三幕陰沉的歷史畫面確實有失「悲觀」，至少是顯得有點「曖昧」，因為《茶館》沒有像《龍鬚溝》那樣明確地在新與舊的歷史對比中表達一種革命樂觀主義的先進歷史意識，而是容易給人留下悲觀的歷史循環論和宿命論的印象。

　　至少從當時該劇的受眾的角度來看，他們對由該劇所產生的歷史期待存在著兩種截然不同的回答。一種是理想主義的回答，認為老舍是在以一種特殊的敘事方式，即葬送三箇舊的歷史時代的方式，來捍衛新的人民共和國的歷史合法性。也就是說，老舍通過《茶館》要傳達給受眾的是，今天的現實是過去的歷史的必然結果。顯然，這種回答是符合革命歷史決定論的先驗目的論思維準則的。再一種則是前面所引的悲觀主義回答，認為老舍既然「沒有充分地表現出日益發展中的人民的力量，也就不可能把光明的未來展示給讀者」。問題在於，置身於紅色中國文學話語秩序中的大部分讀者和主流批評家在當時得出的是這種悲觀主義的回答，這說明老舍的《茶館》確實是逸出了革命知識型及其紅色文藝生產範型的藩籬，所以它不久遭到批評甚至禁演也就不足為怪了。然而，當後來者重新站在五四啟蒙文學話語範型的立場上來觀照《茶館》時，卻不得不欽佩劇作家有限地突破了革命歷史決定論的

〔註 58〕老舍：《答覆有關〈茶館〉的幾個問題》，《劇本》1958 年 5 月號。
〔註 59〕老舍：《答覆有關〈茶館〉的幾個問題》，《劇本》1958 年 5 月號。

思維模式，以及他在這種思想和藝術突破中表現出來的藝術勇氣。

　　至此，我已全面剖析了紅色中國文學話語範型中演繹型思維定勢的兩大特徵，即本質主義傾向和歷史決定論傾向。從而也就從思維定勢的角度基本上完成了對革命文藝生產範型規約文學話語實踐的內部提純程序的權力分析。當然，話語內部提純程序並不僅僅是只作用於話語主體的思維方式，但思維方式無疑是其中最核心和最重要的部分。對於置身於紅色中國文學話語秩序中的大多數作家而言，這種具有本質主義和歷史決定論傾向的演繹型思維定勢無疑已經成爲了某種「神話思維」。然而，在福柯看來，這種「神話思維」本質上只是一種權力話語，它的神聖性是話語權力的產物。而對於利奧塔爾而言，這種「神話思維」原本不過是一套話語規則，歸根結底還是一種「語言遊戲」〔註60〕。對於許多依舊執迷於紅色文藝生產範型的作家來說，這類說法無異於某種「褻瀆」行爲。但長期以來，這種「神話思維」確實在很大程度上遮蔽了中國作家許多原生態的個體生命體驗。不過，價值評判並不是我們的目的，我們的任務是去剝離神話思維的權力外衣，讓人們看到其真實的本相。

第三節　話語生產的組織程序

　　在紅色中國文學話語秩序中，作爲一種強勢的話語權力，中國革命文藝生產範型不僅通過話語外部排斥程序對創作主體的話語空間的廣度進行了限制，而且還通過話語內部提純程序對創作主體的話語空間的深度進行了規約，對此我已在前面分別作了辨析。值得指出的是，這兩種話語程序主要是以一種「規範化權力」或「微觀權力」的形態作用於話語主體的。實際上還存在著一種直接控制話語主體的「組織程序」（procedures of organization），它以一種「制度化權力」或「宏觀權力」的形態將整個文學話語生產過程進行「組織化」，從而建立起一種高度「體制化」的文學話語秩序。

　　實際上，制度化權力和規範化權力是不可分離的。制度化權力是規範化權力的物質前提和安全保障，而規範化權力是制度化權力的精神凝聚力和「合理化內核」。但相對而言，在本書的視域內，精神形態的規範化權力更爲重要，因爲它在作用於話語主體時顯得更爲隱蔽和深入。然而，這並不意味著可以

〔註60〕利奧塔爾：《後現代狀態》，三聯書店 1997 年版，第 17～18 頁。

忽視制度化權力的功能。其實，早在發表《在延安文藝座談會上的講話》以前，毛澤東最先（至少是同步）謀求的就是將先後進入「解放區」的作家及其文學生產過程納入組織化的軌道。在他的親自指導下，以延安爲中心的陝甘寧邊區先後成立了一系列由共產黨的宣傳部門直接領導和管理的重要文藝組織、團體或機構，其中著名的有中國文藝協會（1936）、西北戰地服務團（1937）、魯迅藝術學院（1938）、陝甘寧邊區文化協會（1940，通稱「文協」，會刊爲《中國文化》）、中華全國文藝界抗敵協會延安分會（1940，通稱「文抗」，會刊爲《文藝月報》）等。（據丁玲回憶，從 1941 年起，「文協」基本上就併入了「文抗」〔註 61〕。）不僅如此，在其他的抗日民主根據地或「解放區」也先後成立了「文抗」的晉察冀分會、晉東南分會、晉西分會。此外，各根據地還創建了晉察冀詩會、戰鬥劇社、燕趙詩社、太行詩社、七月劇社、湖海藝文社等文學社團並積極開展文學活動。

在中國共產黨的領導下，這些不同等級或級別的文藝組織有計劃地將外來的知識分子（作家）安排到部隊或農村中去「深入生活」，讓他們創作出爲工農兵所「喜聞樂見」的大眾化文學作品，以便更直接地爲中國共產黨的革命事業服務。爲了使這些信奉個人主義的啓蒙知識精英逐漸轉變到中國共產黨所要求的以集體主義爲行動準繩的革命者立場上來，黨組織要求他們從原來的「自由人」角色蛻變爲「組織人」的角色。對於紅色中國革命作家而言，「思想上入黨」固然更加重要，但「組織上入黨」也是不可或缺的前提之一。在一定程度上，紅色中國文藝生產範型是一種行政指令性的、計劃型文學話語生產模式，它要求創作主體首先必須加入各種革命文藝組織團體，或曰「文藝工廠」，以一種「文藝工作者」或「文化工人」的身份，而不是單純的個體藝術家的身份參與革命文學話語生產。毛澤東曾將革命文藝工作者整體上視爲一支「文化軍隊」，這意味著對革命作家所潛在施行的是一種高度組織化的類似「軍事化」的管理。實際上，置身於紅色中國文學秩序中的革命作家幾乎都表示過不僅甘作「革命機器」上的一顆「永不生鏽的螺絲釘」，而且還要力爭當上「毛主席的好戰士」的願望。在毛澤東眼裏，革命作家首先應該是堅決服從上級命令的「文藝戰士」，當然也是習慣於按照權威話語規範去生產文藝產品的「文化工人」，否則就陷入了某種文化身份或社會角色的誤區。

〔註61〕關於「文抗」和「文協」，以及「文抗派」和「文協派」的歷史淵源，可參閱《丁玲自傳》，江蘇文藝出版社 1996 年版，第 220～223 頁。

這方面最著名的例子是延安時期的蕭軍。眾所週知，毛澤東在當時比較賞識蕭軍，但蕭軍基本上還是堅持五四時期的啓蒙主義文學觀念和人生姿態，這與毛澤東和共產黨的革命文藝觀之間還是有著原則性的區別。據胡喬木回憶，「文藝座談會召開時，蕭軍第一個講話，意思是說作家要有『自由』，作家是『獨立』的，魯迅在廣州就不受哪一個黨哪一個組織的指揮。」蕭軍的觀點當時就遭到了胡喬木的反駁，理由是「文藝界需要有組織，魯迅當年沒受到組織的領導是不足，不是他的光榮。歸根到底，是黨要不要領導文藝，能不能領導文藝的問題」〔註62〕。「黨的組織和黨的文學」的關係，這是列寧的文藝觀中，也是毛澤東的文藝觀中的一個原則問題。繼承魯迅的啓蒙主義或自由主義立場的蕭軍自然也就成了延安文藝圈中的「另類」。大體上，在《講話》之前的延安「文抗派」作家，如丁玲、蕭軍、艾青等人都在內心深處堅持一種有限的自由主義文學立場。比如艾青曾經公開宣稱：「作家除了自由寫作之外，不要求其他的特權。」又說：「作家不是百靈鳥，也不是專門唱歌娛樂人的歌妓。」〔註63〕顯然，艾青像蕭軍一樣，也在要求藝術創作主體的獨立自由精神，反對作家淪爲集體組織的「傳聲筒」。當然，經過延安文藝整風運動後，丁玲和艾青都逐漸地向原來的啓蒙文學立場告別，艾青還一度成爲了延安的革命文藝「勞動模範」。只有執拗的蕭軍仍然守護著心中的自由主義文學理想，但他終於還是在1948年因「文化報」事件而遭到主流文壇的放逐。如此看來，在「自由人」與「組織人」之間，革命作家只能選擇後者，否則就會被排斥或清除出紅色中國文學話語秩序。

在延安時期，由於客觀的歷史條件的限制，毛澤東一時還無法將革命文學話語生產完全納入到組織化的體制中來。到人民共和國成立以後，這一切都成爲了可能。在「十七年」時期，黨和國家對於作家的管理主要是通過各級黨政系統的文藝領導部門，以及在其領導和監督下的各級文聯和各級作協這樣的文藝組織來實現的。自人民共和國建立一直到「文革」以前，中共中央宣傳部一直是負責領導全國文藝工作的最高機構。這期間周揚始終擔任中宣部副部長，代表黨中央和毛主席對全國的文藝工作進行統一的領導和管理。各大區、省（自治區和直轄市）、市（地區）的黨委宣傳部則垂直接受中

〔註62〕胡喬木：《胡喬木回憶毛澤東》，人民出版社1994年版，第54頁。
〔註63〕艾青：《瞭解作家，尊重作家》，《解放日報》1942年3月21日《文藝》副刊。

宣部的領導，負責對本地的文藝工作進行指導和協調，從而形成了一種近乎「科層制」（韋伯語）的、金字塔式的文藝管理機構系統。至於政府部門的文藝領導機構，從中央的文化部到各大區、省（自治區和直轄市）、市（地區）的文化廳（局），它們都必須接受當地的黨委係統的文藝主管部門的領導和協調。從中央到地方的各級文聯和各級作協是黨和政府對全國各級作家隊伍進行有效管理和領導的權威中介組織。中國文聯和中國作協均成立於1949年第一次文代會期間，原名爲中華全國文學藝術界聯合會和中華全國文學工作者協會，在1953年第二次文代會期間，全國文協改組爲中國作家協會。它們都直接接受中宣部的領導，「黨組」是其權力核心。在中國文聯的各團體會員中，中國作協是最重要的文藝組織。和全國各地方黨政系統的文藝領導部門一樣，地方各大區、省（自治區和直轄市）、市（地區）的文聯和作協也垂直接受上級文聯和作協的領導，但首先要接受各自所屬的地方黨政系統的文藝主管部門的領導。關於黨政文藝領導機構和全國及地方文聯和作協的關係，周揚曾作過如下解釋：「黨通過政府領導全國文藝生活，黨從思想上、政策上、方針上給予政府文化部門工作以監督和指示，**文聯是文藝生產的合作社**，任務就是組織自己的幹部搞創作和學習，黨則通過這個文藝團體進行文藝工作。」〔註64〕這雖然說的是文聯，其實對於作協的組織功能完全適用。從人民共和國建立直到「文革」前，中國作家基本上就處於這種高度「科層化」的紅色文藝組織體制之中。

通常，各地作家協會都以「駐會作家」的方式集中一批「專業作家」隊伍來組織創作。這些「專業作家」不僅其工資收入和福利待遇都由作協代表政府來統一發放和配給，而且其創作計劃也由作協根據當前的政治宣傳任務來進行具體分配。這一點在文藝「大躍進」期間被片面地發展到了荒謬的地步。包括郭沫若、茅盾、老舍、田漢、巴金、曹禺等人在內的幾乎所有著名作家都必須帶頭製定出自己的「創作規劃」，且美其名曰「放文藝衛星」。不僅如此，除了文學的生產領域是計劃性的外，甚至連文學的流通和消費領域也是計劃性的。既然文學作品是行政計劃的產物，一般而言，「專業作家」以其全國會員或地方會員的身份總能夠在全國或地方的文聯或作協所掌管的「機關刊物」或「國家刊物」上找到發表的空間。實際上，「機關刊物」和「國家刊物」本身就是各級文聯和作協的組織體系的一部分，而且是至爲重要的

〔註64〕周揚：《周揚文集》（第二卷），人民文學出版社1985年版，第305頁。

一部分。因爲在紅色中國文學的話語流程中，計劃性的文學生產，其目的就是爲了行政指令性的文學消費。從根本上說，文學刊物的組織化是文學創作的組織化的必然要求，而文學創作的組織化又是以作家的組織化爲前提的。

如果從經濟學的角度分析，文學話語生產的全面組織化進程是由公有制的社會經濟制度所決定的。因此，隨著 1949 年後中國大陸上大規模生產資料所有制的「社會主義改造」的強力推進，作爲一種社會文化產品的生產活動，文學創作也被納入到「社會主義改造」行列。在毛澤東看來，和工農大眾的技術性勞動一樣，作家的藝術性勞動也必須「組織起來」。從作爲「生產力」的作者，到創作過程中作爲「生產資料」的題材、人物、主題、風格等等，乃至作品的流通渠道和消費方式，一切都需要「組織化」、「公有化」或「國家化」。然而文學首先應該是一種個人化甚或「私有化」的東西，文學的社會化品格是以其個人化特質爲基礎的。至於對文學的「國家化」、「公有化」和「組織化」運作，其實是對文學的社會化品格的放大和誇張的產物。早在 1950 年代初，胡風就對文學生產的組織化進程充滿了憂慮。在《關於解放以來的文藝實踐情況的報告》〔註65〕（俗稱「三十萬言書」）的第四部分「作爲參考的建議」中，胡風試圖將五四啓蒙文學話語範型和革命文學話語範型「調和」起來，即在堅持黨對文學的宏觀調控的前提下，主張讓文學在微觀的層面上「自由」發展。在胡風看來，「提高黨的領導作用」，應該「建立在保證並推動創作實踐的基礎上面，在作品競賽和日常地民主地進行從創作實踐出發的思想鬥爭的基礎上面，在幫助並保證作家個性的成長的基礎上面」。胡風尤爲看重作家的創作個性，主張黨應當讓「各種集團和派別」的文學進行「自由競賽」，而反對「衙門官僚式的」、「以指令或黨的決議使某一種集團或文學組織對文學出版事業實行合法的獨佔」。爲此，胡風還引用列寧的話爲自己的觀點辯護。列寧說：「無可爭論，文學事業最不能機械地平均，標準化，少數服從多數。無可爭論，在這個事業上絕對必須保證個人創造性、個人愛好的廣大空間，思想和幻想、內容和形式的廣大空間。」

總體上，胡風從兩個方面指出了中國共產黨對文學實行行政化和組織化管理所隱藏的弊端，並大膽提出了自己的解決方案。首先，胡風認爲應該「有領導地解散中央和各大區的、行政管理或變相的行政管理的所謂創作機構，如『駐會作家』、創作所、創作室、創作部、各種創作組等」。也就是說，各

〔註65〕收入胡風：《胡風全集》（第六卷），湖北人民出版社 1999 年版。

級中國作協組織的功能應該得到優化和改善。因爲在胡風看來，一方面，這些高度組織化和「科層化」的文藝創作機構是滋生「官僚主義」的溫床，它只會製造出一批日益官僚化的「文化官員」或「文藝幹部」。這些人「用行政的手段保證了庸俗的虛僞的作品，以這作資本去排斥『異己』分子的對主觀公式主義不利的作品」。另一方面，這些日益官僚化的文藝創作機構的「日常生活完全違反了作家成長的規律，使成員們一天一天地衰萎下去」。尤其是當那些文藝官員們「用教條主義的方式去『奉公行事』地進行政治學習，摧殘了政治熱情和政治積極性，這就更幫助了成員們衰萎下去」。在這裏，胡風對紅色中國文學創作的組織化，尤其是作家的組織化的後果表示了深重的憂慮。爲此，胡風建議「逐漸廢除供給制和薪金制」，使「作家達到以勞動報酬自給」。當然，這一切必須以「刊物達到企業化或半企業化」爲基本前提。於是，胡風大膽提出了第二個解決文學組織化所帶來的弊病的方案。這就是「有領導地取消現在的所謂『國家刊物』或『領導刊物』或『機關刊物』」，並「創刊七、八個由作家協會支持」的、「以勞動合作單位」的形式運轉的「群衆刊物」。因爲在胡風看來，這些「獨佔性」的主流刊物實際上是文藝官僚主義者的「銅牆鐵壁」，它們的存在使得作家們成了由官僚主義編輯部「裁決的對象」，從而造成了「一呼百諾的壓死了思想鬥爭的局面」〔註66〕。

實際上，胡風所提出的「企業化或半企業化」的「群衆刊物」的實質就是希望中國共產黨能夠賦予「同人刊物」以合法性的地位。這是胡風派文人的文學理想，然而卻與毛澤東和中國共產黨的將文學組織化、公有化和國家化的戰略方針背道而馳。在「胡風反革命集團」於1955年被整肅以後，1957年，丁玲、馮雪峰、陳湧等人也曾一度醞釀過創辦「同人刊物」，以期打破由周揚派文人對紅色中國文學所實行的「合法性獨佔」，但最終卻因被打成了「右派」而宣告失敗。其實，在「百花時期」（1956～1957）中，主張創辦「同人刊物」的作家不在少數。其中轟動一時的例子是由陳椿年、高曉聲、方之、陸文夫等一批文學青年在江蘇南京發起組織的《探求者》文學月刊社。

《探求者》「同人」共同擬定了文學社的「章程」和「啓事」〔註67〕。他們夢想著能夠像五四啓蒙先驅者那樣自主自願地創辦自己心愛的文學刊物。

〔註66〕 參見胡風：《關於解放以來的文藝實踐情況的報告》（第四部分），《胡風全集》
　　　　 第六卷，湖北人民出版社1999年版。
〔註67〕 「探求者」文學月刊社的章程和啓事，《雨花》1957年10月號。

他們在「啓事」中宣稱：「我們是一群年輕的文學工作者。我們的政治、藝術觀點都是一致的。……我們這個雜誌是由一群志同道合的人結社創辦的。」他們還認爲，「用行政方式辦雜誌的缺點在於它是『官辦』的，儘管聲明並非機關刊物，但是卻擺脫不了機關刊物的性質」。這樣的文學雜誌也就「談不上獨特的見解和藝術傾向，樹立不起自己的風格來」。而他們所創辦的「同人刊物」「將鮮明地表現出我們自己的藝術風貌」，通過「吸引同志，逐步形成文學的流派」。不僅如此，如同胡風一樣，他們也從經濟的角度審視了「官辦雜誌」的流弊。在他們看來，「用行政方式組織的雜誌編輯部往往機構龐大」，需要耗費國家大量的財政補貼。而他們的「同人雜誌」白手起家、「無本可賠，除要求政府幫助或貸給開辦費之外，將逐步做到自給」。如果聯繫到 1990 年代以來出現的市場因素介入文學出版業的現狀，我們必須承認，胡風和《探求者》同人對當時文學的計劃型管理模式的質疑是有一定的歷史超前性的。然而，「先知」往往會作爲「瘋子」遭到時人的播弄，甚至會被視爲「異端」而遭到懲罰和監禁。儘管《探求者》同人宣稱「社會主義制度是目前世界上最好的制度，它具有偉大的生命力。我們願意爲這個制度的勝利，貢獻出全部的力量」，然而他們最終還是沒能逃脫被打成「反黨反社會主義」的「右派分子」的厄運。這一切正如《文藝報》署名文章所言，「文學期刊是我們和右派分子必爭的一個前哨陣地」，所謂「同人刊物」的實質不過是「企圖在文藝陣地上割據，與黨所領導的刊物分庭抗禮」，甚至「要挖開社會主義的牆角」罷了〔註 68〕。這就未免被列寧不幸言中，即將「無產階級黨的事業的文學部分」與「其他部分刻板地等同起來」了〔註69〕。

無論如何，將文學納入到高度組織化的體制中會滋生出很多意想不到的弊端，尤其是導致文壇上官僚主義統治的出現。「胡風分子」和「右派分子」們都曾試圖通過創辦「同人刊物」的方式來爲當時日益官僚主義化的文藝體制糾偏。然而他們的文學主張卻由於種種原因沒有來得及實現。直到「文革」發動前夕，毛澤東從另外一個角度也發現了紅色中國文藝體制中愈益嚴重的官僚主義現狀。在 1964 年 6 月 27 日對文學藝術所作的批示中，毛澤東嚴厲地警告當時的作協及其所掌管的官辦刊物：「這些協會和他們所掌握的刊物的

〔註68〕樊宇：《他們「探求」些甚麼？》，《文藝報》1957 年第 27 期。
〔註69〕列寧：《黨的組織和黨的文學》，轉引自胡風：《關於解放以來的文藝實踐情況的報告》，《胡風全集》第六卷，湖北人民出版社 1999 年版，第 405 頁。

大多數（據說有少數幾個好的），十五年來，**基本上**（不是一切人）不執行黨的政策，做官當老爺，不去接近工農兵，不去反映社會主義的革命和建設。**最近幾年**，竟然跌到了修正主義的邊緣。如不認真改造，勢必在將來的某一天，要變成像匈牙利裴多菲俱樂部那樣的團體。」〔註70〕毛澤東的這一判斷未免有些「上綱上線」，然而在一定程度上卻並非毫無根據。

　　1949 年以後，隨著文藝領域中的「社會主義改造」，即文藝的組織化、國家化和公有化進程的全面推進和初步完成，主要由周揚派文人掌管的文藝領導機構系統中確實出現了由一部分文藝官僚管理階層控制的局面。由於文藝的所有權屬於公有制的社會主義國家，因此文藝的實際管理權就顯得更為重要。借助黨和毛澤東對胡風派文人和「右派」文人的大規模批判之機，到 1960 年代前後，周揚派文人逐漸全面掌握了文藝管理控制權。這一切正如胡風早就指出的那樣，各級作協的「創造機構」「培植了宗派主義統治的支柱的官僚主義，和盲目服從的小領袖主義或雇傭思想」〔註71〕。這也就難怪毛澤東在 1960 年代會拿周揚派文人開刀了。他無法容忍宗派主義的「官僚資產階級」階層在文藝領域中存在。到「文革」發動之初，毛澤東更是明確將由周揚長期擔任副部長的中宣部宣佈為「閻王殿」，號召要「打倒閻王，解放小鬼」〔註72〕。與此同時，林彪和江青等幫派集團也不失時機地對周揚派的文化官員們完成了致命一擊。他們在《林彪同志委託江青同志召開的部隊文藝工作座談會紀要》中赫然指出，建國以來的文藝界實際上「被一條與毛主席思想相對立的反黨反社會主義的黑線專了我們的政」，矛頭直指由周揚所代表的文藝管理官僚階層。也許毛澤東提倡「踢開黨委鬧革命」，在文藝領域裏解散作協和文聯等文藝組織的做法，其初衷是為了瓦解和鬆動那個已經盤踞文藝領導機構中的官僚化管理階層，從而「解放」被他們嚴密控制的「小鬼」式創作個體，但他的這一主觀願望在客觀上卻被另一撥官僚主義幫派集團，即林彪和「四人幫」集團及其御用文人所暗中利用了。

　　隨著「文革」的全面爆發，在一片「砸爛文藝黑線專政」的紅色激進口號聲浪中，全國各級文聯和作協組織都被強令解散了。不僅如此，包括《文

〔註70〕毛澤東：〈關於文學藝術的兩個批示〉，《人民日報》1967 年 5 月 28 日。

〔註71〕胡風：〈關於解放以來的文藝實踐情況的報告〉，《胡風全集》第六卷，湖北人民出版社 1999 年版，第 409 頁。

〔註72〕毛澤東：《在上海的一次談話》（一九六六年三月），《人民日報》1967 年 10 月 12 日。

藝報》和《人民文學》這樣的權威報刊在內的幾乎所有全國的文學刊物一時
之間也都被迫停刊。雖然胡風等人當年質疑的官僚主義化的文藝組織體制在
轉瞬之間被政治強力打碎了，但他們所期望的「解放」創作主體，讓其有一
個相對自由的文學話語空間的夢想卻並沒有變成現實。相反，在林彪和「四
人幫」集團的直接控制和操縱下，除了郭沫若、浩然等少數作家外，幾乎所
有的著名作家都被打成了「反黨反社會主義」的「黑作家」，有的被當作「牛
鬼蛇神」關進了「牛棚」，有的深陷囹圄，有的甚至不堪屈辱的身心折磨而主
動放棄或被動剝奪了生命。實際上，為了服務於他們的政治圖謀，林彪和「四
人幫」需要的是「瞞和騙」的「陰謀文藝」，為此他們在全國到處網羅和扶植
一些唯命是從的紅色御用文人。比如江青在 1960 年代中後期曾利用手中的特
權將一些作家集中豢養起來，組織他們集體創作「革命樣板戲」。在「文革」
後期，江青還指使張永枚和浩然分別創作了「詩報告」《西沙之戰》和中篇小
說《西沙兒女》來美化自己的政治形象。凡此種種，表明紅色中國作家在「文
革」中雖然最初在表面上被從一個官僚主義嚴重的文學組織管理體制中解脫
了出來，然而實際上他們中的絕大多數人卻被變本加厲地剝奪了文學寫作的
資格，剩下的少數人則被林彪和「四人幫」集團套進了另一種形態的官僚主
義組織網絡之中。

　　這些被陰謀政治套牢的極左文人完全沒有任何個人的創作自由，他們只
是被動的寫作機器，其寫作使命就是將一套欽定的極左政治話語在紅色文學
實踐中儘量形象化地圖解出來。由於他們的寫作行為本質上是一種政治行
為，而不是審美的藝術行為，所以他們經常被指令去從事某種「集體創作」，
即在有關部門的文化宣傳幹部的組織下，讓他們和抽調出來的一些初通文墨
的工農兵學員一道成立「寫作小組」或「創作班子」，然後共同去完成特定的
寫作任務。至於寫作的具體模式則不外乎「主題先行」、「三突出」和「三陪
襯」之類的先驗性寫作教條。惟其如此，作者的名字也就不再重要。所以那
個年代的著名作品大都是採取集體署名的方式，如《虹南作戰史》署名「上
海縣《虹南作戰史》寫作組」、《牛田洋》署名「南哨」、《桐柏英雄》署名「集
體創作，前涉執筆」等。對於從事這種「集體創作」的「寫作班子成員」來
說，文學寫作「就像他們在生產某一機件時一樣，決沒有想到這是我個人的
產品，因而要求在產品上刻上自己的名字」〔註 73〕。顯然，如同馬克思和盧

〔註73〕周天：《文藝戰線上的一個新生事物——三結合創作》，《朝霞》1975 年第 12 期。

卡契等人當年指責在資本主義社會化大生產過程中，工人階級的「人」的本質被需要分工協作的機器操作規範分解爲「物」一樣，在「文革」文學的集體創作現象中，寫作者的「主體性」也被極左政治的話語暴力規範所肢解了。毫無疑問，這是對文學的自由本質的一種根本性的反動。

　　總之，在「文革」時期的主流文學創作中，一批被陰謀政治集團所利用的極左幫派文人完全墜入了一種極度組織化的寫作陷阱之中。他們的紅色文學話語生產在本質上屬於極左的政治話語生產，由此將「十七年」中原本存在的行政指令性計劃型文學話語生產模式推向了極端，同時也將「十七年」中固有的高度組織化的紅色文學體制以一種「合法性獨佔」的方式發展到了無以復加的地步。然而，1990 年代以來的中國大陸學界逐漸發現，即使是在那個爲「陰謀文藝」所壟斷的文學黑暗時期，也仍然有一批身罹禍難的精英文人在「地下」默默地從事著眞正的文學寫作。他們中的一些人不約而同地選擇了個人化的方式反抗那個集體寫作盛行的文學時代。在本書後面的章節中，我將適時地走進他們在「文革」中私下營造的那一片「另類」文學風景。

第三章　話語屈從立場：對自我的逃避

　　上一章具體分析了革命文藝生產範型通過三種不同的話語程序來建構 20 世紀 40～70 年代紅色中國文學話語秩序的權力運作機制問題。接下來，在隨後的四章中將繼續剖析置身於紅色中國文學話語秩序中的不同類型的創作主體，由於其創作個性和文化背景的不同，他們是如何在特定的社會歷史語境中，選擇並運用四種不同性質的話語立場來回應紅色權威話語規範對自身的權力運作的。所謂話語立場，實質上取決於創作主體的文化人格心理結構中究竟是何種人格佔據主導地位，因為不同的人格類型具有不同的精神或心理取向，由此決定了不同的話語方式的選擇。因此，如果說在上一章中統攝其間的核心概念是「權力」，那麼在接下來的四章中，貫穿其間的核心概念則是「主體」。當然，它指的是在「權力」的作用下發生變異和扭曲的作為紅色中國文學話語生產者的「主體」。

　　本章將重點分析紅色中國文學話語秩序中創作主體的話語屈從立場。如果站在卡倫‧霍妮所說的「真實的自我」（即人所擁有的實現自身價值的生命潛能〔註1〕）的角度來看，這種話語屈從立場應該視為創作主體謀求逃避內心深處「真實的自我」的心理防禦機制。而逃避自我的結果則是對權威話語秩序的認同或屈從，也可以說，認同或屈從權威話語秩序的結果就是逃避自我，二者互為因果。必須指出的是，話語屈從立場歸根結底取決於話語主體的「超我」，而作為「自我典範」的「超我」的存在會導致「主體的暴政」。一般而言，「超我」在話語主體的人格心理結構中具有無上權威。實際上，人格是一

〔註1〕卡倫‧霍爾奈（又譯「荷妮」，通譯「霍妮」）：《神經症與人的成長‧導論》，上海文藝出版社 1996 年版，第 1～4 頁。

個後天形成的文化概念，它不同於先天的自然的人性概念，每一種人格都源於不同的文化環境或文化訴求，在這個意義上，我們常說的人格心理結構其實也就是文化人格心理結構。

第一節　焦慮與文化認同

任何秩序（order）都是由規範（norms）和制度（institutions）兩個方面所構成的。也就是說，秩序是權力的產物，是福柯所謂的「規範化權力」和「制度化權力」，或者「微觀權力」和「宏觀權力」共同作用的結果。上一章正是從權力的這兩個層面，尤其是微觀的規範化權力的層面來解析紅色中國文學話語秩序的建構機制的。實際上，一定社會中的文學秩序與其所隸屬的社會秩序（包括政治秩序、經濟秩序和文化秩序）之間通常存在著某種「同質」「同構」的關係。這意味著，如果一個社會中的政治秩序是中央集權性質的，經濟秩序是計劃管理類型的，那麼它的文化秩序及其文學秩序通常就具有權威主義性質。換句話說，這個社會中的政治秩序、經濟秩序和文化秩序、文學秩序一般都內在地具有相同的權力等級結構。

我這裏借用了西方人本主義精神分析學派的創始人弗洛姆的說法和觀點。弗洛姆曾將人類社會劃分爲兩種性質的社會，即「健全的社會」和「病態的社會」〔註2〕。前一種性質的社會秩序是人道主義（humanism）或者說人本主義的，它能夠順應並拓展人的生命潛能，賦予並保衛每一個人自由地實現自我價值的權利。而後一種社會秩序則是權威主義性質的，置身其間的生命個體往往會在不同程度上遭到主流權力話語的異化，這在本質上會妨礙人「佔有自己的全面的本質」（馬克思語）。

在 20 世紀 40 年代，以毛澤東爲核心的中國共產黨人在以延安爲中心的解放區初步建立了一個紅色中國的雛形。這是一個高度組織化和集體化的社會秩序。其間，政治領袖是話語中心，具有至高無上的權威。置身在戰爭環境中的毛澤東試圖將紅色解放區從整體上（包括政治、經濟和文化三方面）納入到一種「軍事化」或「半軍事化」的社會秩序之中。在文化領域，從一種「實用理性」的文化心理定勢出發，中國共產黨的領袖毛澤東在 1940 年代的延安發動了一場思想整風運動，其目的是爲了肅清「資產階級」的以個性

〔註2〕弗洛姆：《健全的社會》，貴州人民出版社 1994 年版，第 57 頁。

主義和自由主義為核心的人道主義話語體系的「流毒」。因為這種現代知識分子的個體主義的「文化模式」（其核心在一定程度上相當於福柯所謂知識型概念，或曰「文化型」）在根本上與中國共產黨所主張的以工農兵為本位的集體主義文化模式相衝突，而只有集體主義的文化模式才能夠在根本上滿足權威政治模式的要求。不僅如此，在 1940 年代的延安解放區，毛澤東還著重對文藝界進行了思想整風運動，《在延安文藝座談會上的講話》的發表標誌著紅色中國文學話語秩序已經基本建立。從上一章的分析中不難看出，這實際上是一個高度組織化並且話語等級嚴格的權威主義文學秩序，它是權威的政治秩序、經濟秩序和文化秩序的必然產物。

隨著 1949 年人民共和國的成立，這種「戰時」的權威政治秩序、經濟秩序和文化（文學）秩序很快被不合時宜地在全國「放大」和「誇張」了起來，直至「文革」時期幾乎又跌回到了封建極權主義社會秩序的歷史圈套之中，儘管此時它已經披上了「無產階級文化大革命」的現代外衣。經濟基礎決定上層建築。一定社會的政治秩序和文化（文學）秩序決定於它的經濟秩序。人民共和國建國前後，劉少奇等人堅持一種首先「鞏固新民主主義制度」或「確立新民主主義社會秩序」的「漸進改革」觀點。這和毛澤東在抗戰時期的《新民主主義論》（1940）中所提出的社會構想基本上是一致的，而且在建國前後也得到了包括毛澤東在內的中國共產黨領導集體的一致同意，並被寫入了《共同綱領》〔註3〕。然而到了 1953 年，毛澤東對劉少奇的「右傾」觀點進行了批評。鑒於「新民主主義」性質的「土地改革」後，當時全國出現了「日新月異的大好局面」，毛澤東主張加快「社會主義改造」的步伐，提前進行「社會主義革命」，為此他提出了分十五年逐步過渡到社會主義的社會構想〔註4〕。

事實上，到了 1956 年，這一宏大的社會革命構想就被人為地全面加速完成。從此中國完全進入了一種計劃型的經濟秩序之中。與之相匹配的是，人民共和國的政治秩序和文化秩序也全面地步入了一種中央集權的紅色「科層制」社會體制之中。（韋伯所謂的科層制是指理性官僚或專業人士掌控的行政管理體制或社會組織制度。）以農民階級為例。農民階級是中國最龐大

〔註3〕 參閱薄一波：《若干重大決策與事件的回顧》（上卷），第三章（《劉少奇同志關於鞏固新民主主義制度的構想》），中共中央黨校出版社 1991 年版。
〔註4〕 參閱毛澤東：《批判離開總路線的右傾觀點》，《毛澤東選集》第五卷，人民出版社 1977 年版，第 81～82 頁。

的社會階級。按照毛澤東的革命設想,在 1950 年代中期,中國大地上掀起了一場大規模的農業合作化運動。從互助組到合作社,再到「大躍進」時期的人民公社,其目的就是為了把中國傳統的、自然分散的小農經濟以及歷代習慣於「單幹」的中國農民「組織起來」。所以農業合作化運動本質上是一場關於農業(農民)的集體化和組織化的社會整合運動。從此,按照不同的經濟成分,個體的中國農民都被納入了一定的集體組織之中。既然農民階級都如此,那就更不用說天生就具有「組織紀律性」的工人階級了。至於共和國的知識分子階層,他們被組織化的歷史情形在上一章第三節中已作過分析,此處不復贅言。

值得指出的是,到了「文革」時期,包括工農兵和知識分子在內的紅色中國社會各階級或階層都被進一步納入到了一種極端組織化的社會秩序之中。一時之間,整個紅色中國社會都被「軍隊化」和「學校化」了。按照當時權威社論的流行說法,「全國都應該成為毛澤東思想的大學校」、「全國都來辦毛澤東思想的學習班」、「軍政訓練好」〔註5〕於是,全體國民都應該「讀毛主席的書,聽毛主席的話」,「做毛主席的好學生,當毛主席的好戰士」。號召全民皆「兵」,其目的在於「永遠忠於偉大統帥」;而全民皆「生」,則是為了「無限忠於偉大導師」。在這種紅色中國意識形態的激進宣傳與鼓動下,整個中國大陸陷入了一種極度刻板僵化而又狂躁失態的龐大社會組織秩序之中。一幕幕經典而又荒唐的紅色社會場景此起彼伏:「早請示,晚彙報」、「唱語錄歌,跳忠字舞」、「身著綠軍裝,手捧紅寶書」等等,不一而足。國民的日常生活和私人空間被粗暴地遮蔽和剝奪了,而誇張地凸現在歷史前臺的則是公式化和規範化的政治儀式或集體狂歡。福柯曾將西方主流社會秩序喻為「監獄群島」或「監獄網絡」〔註6〕,而實際上,把「文革」時的紅色中國社會秩序視為某種「學校群島」或「軍隊網絡」應該不是一種誇張。在福柯看來,作為規範化權力的載體,學校或軍隊(兵營)是使人異化為特定「知識主體」或「權力主體」,從而贏得某種「屈從的尊嚴」的典型社會權力機構。

置身在這種高度組織化和集體化的社會政治文化秩序中,作為個體的人難免會有意無意之間表現出某種或隱或顯的心理焦慮。因為這種社會文化秩序在根本上和人的自由本性,即實現自我價值的生命潛能相牴牾。而作為一

〔註5〕 分別見《人民日報》1966 年 8 月 1 日社論、1967 年 10 月 12 日社論、1967 年 5 月 16 日社論。

〔註6〕 福柯:《規訓與懲罰》,三聯書店,1999 年版,第 341～346 頁。

個社會中最敏感的群體，知識分子（作家）的這種心理焦慮則表現得更爲突出。由於創作主體的藝術潛能和生命力遭受到權威話語規範的強大壓抑，由此也就必將導致創作主體滋生出不同程度的心理焦慮。事實上也確實如此。這種心理焦慮在一些處於創作轉換階段的作家身上及其創作中表現得最爲明顯。當然，這樣說並不意味著那些在紅色中國文學話語秩序中「土生土長」的革命作家就沒有產生心理焦慮。只不過相對於轉換類型的作家而言，這種「本土」作家的心理焦慮沒有那麼明顯和突出罷了。換句話說，他們的這種心理焦慮更多的時候是被作家的權威理性人格壓抑進了無意識域，因此鮮有闖入到意識域的機會。

　　早在延安時期，在丁玲、蕭軍、艾青、何其芳這些轉換型作家的內心深處便潛伏著莫名的焦慮和難言的苦衷。按照毛澤東的說法，這些「從亭子間到革命根據地」的知識分子／作家，「不但是經歷了兩種地區，而且是經歷了兩個歷史時代」〔註7〕。也就是說，他們正處於兩種社會文化秩序或文學秩序的交接地帶，或者說是兩種知識型和文學範型之間的精神轉捩點上，因此內心出現不適、痛苦和困惑是不可避免的。丁玲是由大城市的亭子間抵達延安的首位著名作家。然而，隨著時間的推移，到 1941 年前後，丁玲的心靈已經苦悶異常。正是在這期間，她寫下了《夜》、《在醫院中》、《我在霞村的時候》等小說和《三八節有感》、《我們需要雜文》等雜文，這批作品不久便因不合時宜的消極情調和叛逆色彩在延安文藝整風運動中飽受非議和批評。丁玲在這時的一篇懷人散文中曾集中而明確地抒發了自己內心的苦悶。在一個淒風冷雨的日子裏，置身窰洞的丁玲充滿了迷惘：「世界上什麼是最可怕的呢？決不是艱難險阻，決不是洪水猛獸，也決不是荒涼寂寞，而難於忍耐的卻是陰沉和絮聒。」「然而我決不會麻木的，我的頭成天膨脹著要爆炸，它裝得太多，需要嘔吐。」〔註8〕正是這種心靈中難以平復的焦慮，驅使著丁玲開始了初到延安解放區的文學創作。

　　這種心理焦慮在當時決非爲丁玲一人所獨有。我們從艾青那時的雜文《坪上散步》和《瞭解作家，尊重作家》中便不難體味到詩人內心中的失落感和壓抑感。在艾青同期寫的一些詩作，如《古松》、《時代》、《強盜和詩人》中也隱約地傳達了詩人對延安——紅色中國文化或文學秩序的雛形——的某

〔註7〕毛澤東：《在延安文藝座談會上的講話》，《毛澤東選集》（第三卷），人民出版社 1966 年版，第 833 頁。
〔註8〕丁玲：《風雨中憶蕭紅》，《穀雨》1942 年第 5 期。

種不適應感，以及由此而釀成的政治文化心理焦慮。比起丁玲和艾青來，蕭軍對延安革命文化或文學規範的抵觸情緒更加強烈，他甚至多次鬧著要離開延安。為此，毛澤東曾這樣致函安撫蕭軍：「延安有無數的壞現象，你對我說的，都值得注意，都應改正。但我勸你同時注意自己方面的某些毛病，不要絕對地看問題，要有耐心，要注意調理人我關係，要故意地強制地省察自己的弱點，方有出路，方能『安心立命』。否則天天不安心，痛苦甚大。」〔註9〕

實際上，心理焦慮並不止在周揚所謂的「文抗」派文人那裏存在，在以周揚為首的「魯藝」派文人身上仍然顯露了不少焦慮的迹象，儘管按照周揚的說法，「文抗」派屬於「暴露黑暗」派，而「魯藝」派是「歌頌光明」派〔註10〕。這方面最典型的例子莫過於何其芳。如同當年的丁玲一樣，詩人何其芳來延安後不久，便體察到了那種泛政治化的文化或文學規範的限制和壓抑。他意識到只有「抒寫自己的幻想、感覺、情感」才符合自己一貫的創作個性和生命體驗，而「用文藝去服務民族解放戰爭」於自己只能是勉為其難。詩人於是「動搖了」、「打折扣了」、「退讓了」、「變相的為個人而藝術的傾向擡頭了」，這才留下了一批傳遞自身「新舊矛盾情感」的詩篇〔註11〕。1945 年初版的詩集《夜歌》中的大部分詩章便是詩人這一階段在延安所經歷的心靈掙扎、精神衝突的真實寫照。

1949 年後，隨著權威社會秩序（政治、經濟和文化）在中國大陸全面建立，尤其是紅色文化或文學規範力度的加強，紅色中國作家的心理焦慮也隨著進一步加深。然而，由於主流話語規範過於強勁，導致創作主體的內心焦慮在一般情況下反而無迹可尋，至少在當時公開發表的作品中我們很少能見到流露和描述這種心理焦慮的文字。對於那些一直置身在紅色中國文化或文學秩序中的大多數「本土」作家而言，主流話語規範遮蔽其心靈而釀成的焦慮更多地被他們壓抑進了無意識域，一切彷彿根本就沒有發生過。而對於那些建國後才被時代捲入紅色文化或文學秩序中的現代作家來說，由於同樣原因而滋生的心理焦慮則幾乎成了他們內心的隱痛，即使有時意識到了這一切，他們一般也不會公開表露出來。當然也會有例外。比如，胡風在著名的「三十萬言書」中就曾這樣描述過建國初期文藝界的創作現狀：「我有機會

〔註9〕毛澤東：《致蕭軍》，《毛澤東書信選集》，人民出版社 1984 年版，第 174 頁。
〔註10〕趙浩生：《周揚笑談歷史功過》，《新文學史料》1979 年 2 月第二輯。
〔註11〕何其芳：《夜歌·初版後記》，《何其芳研究專集》（中國當代文學研究資料），四川文藝出版社 1986 年版，第 241～245 頁。

和爲數不少的從事創作的（包括不在文藝工作崗位上的同志和無名的青年作者）同志們談過話，他們最大多數都明白地或者含蓄地表示了在創作上的痛苦，在簡單的領導方式下面找不到實踐的道路，有的同志甚至留下了眼淚。」〔註12〕胡風的描述應該是可信的，同時也有代表性。

眾所週知，1949 後的紅色中國文藝界發動的政治批判運動是一浪高過一浪，這必然會強化和加劇作家心中的焦慮，有些作家甚至還會因此患上某種創作「恐懼症」。否則，我們就無法解釋爲什麼像茅盾、曹禺、沙汀、張天翼、孫犁、馮至、何其芳、卞之琳等等這樣一些在建國前曾經創作甚豐的小說家和詩人，在建國後卻頓時創作力枯竭或衰頹下去。即使是像老舍、巴金、田漢那樣竭力迎合主流文學話語規範、緊密配合政治形勢而寫作甚勤的文學大家，在他們的內心深處似乎同樣存在著難以釋解的煩惱結。否則，我們就難以解釋爲什麼他們在那個正統的紅色文學時代裏卻寫下了像《茶館》和《關漢卿》這樣多少有些「不合時宜」的作品，或者大膽地呼喚《作家的勇氣和責任心》？不僅如此，甚至對於趙樹理、郭小川、柳青、周立波、梁斌、吳強等等這批紅色經典作家而言，如果仔細地解讀他們的部分作品，我們也不難體味到他們心靈深處的某些人格焦慮和精神困惑。這一切正如老作家陳白塵在 1957 年的一次發言中所說：「果戈理到中國也會有苦悶。」〔註13〕

按照日本弗洛伊德派學者廚川白村的說法，「生命力受了壓抑而生的苦悶懊惱乃是文藝的根柢」〔註14〕。而弗洛伊德早就斷言，文藝創作如同「白日夢」的運作，其本質就是「幻想」，而「幻想的動力是未被滿足的欲望」〔註15〕，後者即遭受壓抑的生命本能。不難推想，如果沒有作爲壓力的、一定的外在社會規範（包括政治、經濟、文化諸方面）的作用，作爲內在的藝術原動力的生命力也就必然會喪失掉「反彈」或「反抗」的可能性。這意味著，在一定程度上可以說，沒有壓抑就沒有生命力的飛躍，由此也就沒有藝術力的迸發。文藝是生命潛能受挫的產物。用廚川白村的話來說，即文藝

〔註12〕 胡風：《關於解放以來的文藝實踐情況的報告》，《胡風全集》第六卷，湖北人民出版社 1999 年版，第 106 頁。

〔註13〕 陳徒手：《人有病，天知否》，人民文學出版社 2000 年版，第 390 頁。

〔註14〕 廚川白村：《苦悶的象徵》，《魯迅全集》第 13 卷，人民文學出版社 1973 年版，第 39 頁。

〔註15〕 弗洛伊德：《作家與白日夢》，《弗洛伊德論美文選》，知識出版社 1987 年版，第 23 頁。

是「苦悶的象徵」。當然，這種苦悶並不止於弗洛伊德所謂的「性苦悶」，在社會文化學派的精神分析學者看來，它更是某種「生命苦」、「社會苦」和「文化苦」。然而，這樣說並不意味著我們應該完全承認壓抑對於藝術的全部合理性。按照馬爾庫塞的觀點，壓抑應該是有限度的。對於文藝創作而言，如果壓抑超過了創作主體所能承受的某種「臨界點」，那麼此時的壓抑就是罪惡，而不是藝術家的福音了。為此，在弗洛伊德的「壓抑」和「現實原則」概念的基礎上，馬爾庫塞又提出了「額外壓抑」和「操作原則」〔註16〕的概念。馬爾庫塞在承認前兩個概念的合理性的同時，批判性地否定了後兩個概念對人產生異化的惡果。顯然，其中也包括了對創作主體的異化。

不難發現，對於 20 世紀 40～70 年代的紅色中國作家而言，他們中的大多數人便是承受了不同程度的「過度壓抑」，從而在藝術生命力上顯示出萎頓和疲軟的狀態。面對來自權威文化或文學規範的外在壓抑，大多數作家在承受了不同程度的心理焦慮之後，並沒有把這種心理焦慮或精神苦悶轉化或昇華為藝術創作衝動，而是迫於外力的凜然權威，反而將這股藝術激情麻木不仁或者忍痛割愛地打消了下去。當然，這一心理戰爭常常是在無意識中進行的，表面上顯得悄無聲息。如果進一步分析的話，我們會發現，紅色中國作家實際上在這種歷史語境中有意無意地採用了一種向主流文化規範表示認同的心理機制或策略。社會文化派精神分析學家大都相信，每一個生命個體都會有一個真實的自我。這個「真我」和弗洛伊德所說的「本我」之間既相區別又有聯繫。一定程度上可以說，「真我」是剝離或消褪了泛性論色彩的「本我」。然而，人的這個真我通常蟄伏在自己的無意識世界裏，很少有被作為「主體」的人意識到的機會。而且，在一個高度組織化的權威社會秩序裏，情形更是如此。

因為這種性質的社會秩序在本質上排斥並貶抑生命個體的真我，它需要的是符合主流社會文化規範的人格，即弗洛伊德所謂的「超我」。這是一種社會化的、理想化的集體人格。當生命個體向一定社會的主流文化規範表示認同和皈依的時候，這種理想化的「超我」就隨之出現了，同時也就帶來了人的真實自我的退隱與缺席。這是社會政治文化權力對生命個體的一種壓抑，同時也是某種重構。因此，文化認同的本質其實就是心理人格中真實自我的屈從。之所以如此，主要是因為置身在特定文化秩序中的社會主體，它必須

〔註16〕馬爾庫塞：《愛欲與文明》，上海譯文出版社 1987 年版，第 21 頁。

想方設法平息由於心理人格衝突所導致的內心焦慮。

第二節　理想人格與革命英雄情結

一、革命英雄情結的心理發生機制

　　根據霍妮的臨床研究結果，置身於一定社會文化秩序中的生命個體大都會在不同程度上患上某種「基本焦慮」。她把這種基本焦慮界定爲「面對潛在敵意的世界的無助感」〔註17〕。按照中國人的理解，宋人蘇東坡在當年泛舟赤壁的行程中就曾朦朧地體驗到了這種人生天地間的「基本焦慮」。所謂「寄蜉蝣於天地，渺滄海之一粟」（《前赤壁賦》）即是。焦慮與恐懼的最大區別就在於恐懼有明確的危險對象，而焦慮面對的則是整個充滿潛在敵意的環境。因此，在一定程度上，焦慮就是某種莫名其妙的恐懼。在弗洛姆看來，霍妮所說的那種莫名的「基本焦慮」其實可以被還原或追溯至生命個體在出生時所遺留下的某種創傷性記憶，即作爲孤獨無助的個體，生命被從安全的母腹中拋置到了充滿不確定性的世界中，由此釀成了某種存在性的生命焦慮〔註18〕。

　　事實上，在權威主義的紅色中國文化或文學秩序裏，西方精神分析學家們所認定的基本焦慮在很大程度上是被加劇了，甚至劇烈到讓大多數社會個體（包括作家）都無法反抗或逃避的地步，他們唯一可能選擇的就是通過文化認同的心理機制來默默地承受或減緩這種巨大的心理焦慮。如前所述，站在眞實自我的立場上看，所謂文化認同本質上不過是某種人格屈從。對於一定的社會個體或創作主體來說，這種人格屈從首先就表現爲對某種爲主流社會文化規範所張揚的理想人格的狂熱追求和趨附，從而獲得或者虛構一定的人格尊嚴。這本質上是一種人格的誤認，因爲正是在這種對理想人格的虛構中，人的眞實的自我被放逐了，而理想化的自我卻僭越爲冠冕堂皇的「主體」，專橫地支配著人的精神世界和外在行爲。當然，這裏應該接受質詢的是那種集體化的理想自我或理想人格，因爲作爲權威主義社會文化秩序的產物，它的出現會導致某種「主體的暴政」。至於個體化的理想自我或理想人格，由於

〔註17〕卡倫‧霍爾奈（又譯「荷妮」，通譯「霍妮」）：《精神分析新法》，上海文藝出版社1999年版，第42頁。
〔註18〕弗洛姆：《健全的社會》，貴州人民出版社1994年版，第21頁。

是健全的人本主義社會文化秩序的結晶，所以它的出現本身就意味著人的覺醒和人的解放。在這個意義上，個體化的理想人格的出現應該被視爲健全的人性和健全的社會的基本標誌。

對於置身於紅色中國文化或文學秩序中的作家來說，他們所必須認同的集體理想人格是明確而又單一的，即紅色的「革命英雄」理想人格，這是紅色中國主流意識形態或文化規範的必然要求。所謂革命英雄，它具有強烈的意識形態色彩，所以習慣上又被稱爲「無產階級英雄」或「社會主義（共產主義）新人」。按照紅色中國社會的流行看法，革命英雄大體上被劃分爲工／農／兵三大類，即工人英雄、農民英雄和軍人（戰鬥）英雄。但由於中國是一個傳統的農業大國，工業化和城市化程度普遍不高，所以從數量上來看，農民英雄和與其有直接階級血緣關係的戰鬥英雄要多得多，而工人英雄則有些相形見絀。這一現實的歷史特徵在紅色中國文學人物形象群像中也有著明顯的體現。

回顧 20 世紀 40～70 年代紅色中國革命文學的演變歷程，我們可以從容自如地聯想到一系列農民英雄或軍人英雄的名字：如「延安文學」中的王貴（《王貴與李香香》）、張鐵鎖（《李家莊的變遷》）、雷石柱和孟二愣（《呂梁英雄傳》）、石得富（《銅牆鐵壁》）、趙玉林和郭全海（《暴風驟雨》）、張裕民和程仁（《太陽照在桑乾河上》）、牛大水（《新兒女英雄傳》）、王加扶（《種穀記》）、高生亮（《高幹大》）等。如果說這些革命英雄人物多少還顯得有些面目模糊，那麼「十七年文學」中的革命英雄人物在典型化的程度上就有了很大的提高，但仍然帶有明顯的類型化傾向。如周大勇（《保衛延安》）、沈振新（《紅日》）、江竹筠和許雲峰（《紅岩》）、楊子榮（《林海雪原》）、朱老忠（《紅旗譜》）、楊曉冬（《野火春風鬥古城》）、王強和劉洪（《鐵道游擊隊》）、魏強（《敵後武工隊》）、梁生寶（《創業史》）、蕭長春（《豔陽天》）、祝永康（《風雷》）、楊高（《楊高傳》）、石不爛（《趕車傳》）等。到了「文革文學」中，則又衍變出了一大批極度臉譜化和概念化的革命英雄形象，高大泉（《金光大道》）和「革命樣板戲」裏的「主要英雄人物」就是當時主流文學中的代表性人物形象。和上列這些農民英雄或戰鬥英雄相比，20 世紀 40～70 年代紅色中國文學中的工人英雄形象顯得有些勢單力孤，值得一提的只有秦德貴（《百鍊成鋼》）、李大貴（《鐵水奔流》）、李少祥（《乘風破浪》），閻興（《在和平的日子裏》）、王剛（《特殊性格的人》）等寥寥數人。然而這種「量」上

的差距並未從根本上影響工人英雄在「質」上的地位。從整體上看，農民英雄、軍人英雄、工人英雄都歸屬於紅色中國革命英雄大家族。

以上不過是粗略地羅列了紅色中國中長篇敘事文學中的革命英雄人物群像，從中我們已經不難體會到湧動在當時大多數中國作家內心深處的一股強烈的政治激情，那實際上是一種潛藏在創作主體的文化人格心理結構中竭力向革命英雄表示認同，甚至崇拜的心理情結。通常，人們習慣於在社會學的層面上將這種糾結在紅色中國主流作家深層心理中的革命英雄情結理解為某種理性的「時代精神」。然而，如果從社會文化心理學的角度來看，紅色中國社會文化秩序中人們（作家）所普遍具有的這種崇拜革命英雄的「時代精神」在本質上卻是非理性的。也就是說，如同福柯的知識型、阿爾都塞的意識形態、本尼迪克特的文化模式等著名概念一樣，「時代精神」在本質上也是無意識的。按照榮格的理解，「時代精神不可能納入人類理智的範疇。它更多地是一種偏見，一種情緒傾向。它以一種壓倒一切的暗示力，經由無意識，作用於那些柔弱的心靈，使他們隨波逐流」〔註 19〕。由此，榮格把時代精神視為「一種宗教」，從而將時代精神納入到了「集體無意識」範疇。

正是在這個意義上，我們也可以將紅色中國作家普遍具有的那種崇拜革命英雄的「時代精神」視為某種「集體無意識」。然而，由於榮格的集體無意識概念大體局限於潛意識域，通常不能進入到意識域中，而作為時代精神的革命英雄崇拜理應屬於那種被扭曲和被壓抑的社會生活經驗，它遊移在心理結構中的潛意識域與前意識域之間，也就是說，它常常有進入到意識域的可能性。惟其如此，我更傾向於將紅色中國作家的這種革命英雄情結視為弗洛姆所謂的「社會無意識」〔註 20〕範疇。它是紅色中國社會的文化規範系統，即革命文化模式的產物。後者作為榮格所說的某種「暗示力」，或者是弗洛伊德所謂的「催眠術」，作用於社會組織中作家的生命個體，使其人格心理結構發生某種異變，主要是製造出一種符合革命文化模式的理想人格，從而壓抑了作家對真實自我的尋找和體驗。

對於權威主義性質的集體組織中成員的心理認同機制，弗洛伊德曾經作過如下描述：「像這樣一種原始的集體是由這樣一些個人組成的，他們將同一個對象放在他們的自我典範的位置上，結果在他們的自我中，使自己相互以

〔註 19〕 榮格：《榮格文集》，改革出版社 1997 年版，第 14 頁。
〔註 20〕 參閱弗洛姆：《在幻想鎖鏈的彼岸》，湖南人民出版社 1986 年版，第 93 頁。

他人自居。」〔註21〕如果從心理發生學的角度考察，對於置身紅色中國社會文化秩序中的作家而言，他們中的絕大多數人正是在積極響應主流意識形態召喚的前提下，將一個共同的、法定的對象——革命英雄——自覺地放在了他們的自我典範的位置上。而弗洛伊德的自我典範概念基本上就是霍妮所謂的理想化自我。當無數的中國作家競相將同一種性質的客體對象認同為理想化自我的時候，他們就在無意識中不約而同地形成了一種相同的集體化的理想人格，弗洛伊德將其命名為「超我」。正是這個神秘的超我成了維繫紅色中國社會文化秩序的精神紐帶。它使社會各成員之間，包括單個的作家之間彼此認同，相互以一個陌生或異己的「他者」自居，從而出現了一種社會整體性的人格異化現象。這意味著，當紅色中國文化秩序中的作家們形成了一種公共的理想人格時，他們實際上在不經意之間滑入了某種偶像崇拜的陷阱。因為對革命英雄的崇拜本質上就是一種偶像崇拜。

在很大程度上，革命英雄通常並不等同於現實生活中具有七情六慾的、活生生的生命個體。當革命英雄成為眾多社會個體紛紛崇拜的對象時，它實際上已經變成了一個意識形態化的符號。換句話說，它只不過是符合主流文化規範的某種精神或性格的載體。當然，它也有可能是人性中一部分，比如英雄崇拜中也包含著對人的攻擊性或死亡本能的迷戀等。但無論如何，為大眾所崇拜的革命英雄此時已經不再是他自己，至少可以說不再是他自己的全部。這時的革命英雄實際上是一尊偶像、一尊為榮譽的光環所籠罩的神。在這個意義上，英雄崇拜可視為一種新的宗教。而遵主流意識形態之命，對革命英雄進行頂禮膜拜的大眾（包括作家）與此同時也「不再感受到他是自己的力量和豐富感情以及品質的主動擁有者，他感到自己只是一個貧乏的『物』，依賴於自身之外的力量，他向這些外界的力量投射出他生存的實質」〔註22〕。也就是說，崇拜革命英雄的作家如同他們所崇拜的對象一樣，都失落了自我，淪為了某種空洞的「物」。這恰好印證了青年馬克思所提出的「人的類本質同人相異化」的著名命題，即「一個人同他人相異化，以及他們中的每個人都同人的本質相異化」〔註23〕。異化實際上是人的一種經驗方式，人在這種經驗方式之中體驗到了自己作為一個陌生人的恐懼。當紅色中國革

〔註21〕弗洛伊德：《弗洛伊德後期著作選》，上海譯文出版社1986年版，第125頁。
〔註22〕弗洛姆：《健全的社會》，貴州人民出版社1994年版，第98頁。
〔註23〕馬克思：《1844年經濟學哲學手稿》，人民出版社2000年第3版，第59頁。

命作家爭相崇拜革命英雄人格的時候，他們實際上已經離棄自己眞實的自我而遠去，並且已經被主流文化規範權力塑造成了某種異己的權力主體。他們不再是自己的主人，而是「他者」的奴隸。由於這個他者已經竊取了主體的身份，所以紅色中國革命作家在精神上雖爲其所奴役，實際上卻還不自知。

這個反客爲主的他者就是以革命英雄爲載體的集體理想人格，它是一種「虛僞」（「人爲」）的社會化文化人格面具。大致上，紅色中國革命作家所共同擁有的這個理想人格具有一些眾所週知的文化特徵或心理傾向，諸如英雄主義、理想主義、集體主義、愛國主義、民族主義、道德主義、唯理主義、禁欲主義等等。弗洛伊德把理想人格命名爲超我（自我典範），這意味著它一經形成就會變成某種超穩定的心理結構。也就是說，這一理想人格或革命英雄情結一旦在創作主體的深度心理中形成，就會變爲一種相對獨立的精神－物質力量，它能按照特定社會文化模式的要求引導作家的生命潛力或藝術能量。比如作家塑造人物或抒發情感的行爲已不再是一個可以由他們自行決定的問題，而是受到其理想人格以及社會文化模式的支配和制約。至於作家眞實的自我則被理想的革命英雄人格驅逐到了潛意識域中，這最終導致了創作主體獨立人格的喪失。隨著自我的失落，作家精神上的奴性也開始增長，從而出現了「非知識分子寫作」的尷尬。這樣，原本應該是主動、自律、創造性的文學寫作也就變成了一種被動、他律、機械性的意識形態話語生產。總之，藝術淪落爲異化的勞動。

二、革命英雄情結的普遍性

以上從學理的層面分析了紅色中國作家的革命英雄情結的心理發生機制，以及由此所衍生的革命作家的人格異化和創作異化的問題。接下來需要從創作的角度闡明紅色中國作家的革命英雄情結的普遍性，或者說它的外在表現形態──革命英雄理想人格的普遍性。這主要表現爲，在紅色中國社會文化或文學秩序中，不僅那些公開發表作品的「主流」作家和「邊緣」作家，而且包括部分「地下」寫作的作家，在他們的文化人格心理結構中都潛匿著同樣的一種革命英雄情結。

主流與邊緣的區分一般只具有相對的意義。在從「延安文學」到「十七年文學」再到「文革文學」的紅色中國文學演變歷程中，不同的歷史時期都會有不同的作家佔據著革命文壇的主流地位。當然，一個歷史時期中佔據主

流地位的作家在另一個歷史時期又有可能淪落爲邊緣作家。這樣的經歷對於紅色中國作家而言，幾乎所有的人都曾不幸地遭遇過。儘管如此，一般來說，像郭沫若、老舍、田漢、巴金、曹禺、艾蕪、丁玲、田間、趙樹理、周立波、柳青、李季、賀敬之、郭小川、杜鵬程、梁斌、楊沫、吳強、曲波、姚雪垠、歐陽山、浩然、陳登科、金敬邁、李準、馬烽、王願堅、峻青、魏巍、劉白羽、楊朔、張永枚等等這樣的作家，大抵上還是被公認爲是紅色中國主流作家的當然代表。他們在當時都曾寫過被譽爲「紅色經典」的革命文學作品。他們中無論是紅色文學話語秩序中「土生土長」的本土型作家，還是那些從五四啓蒙文學範型向革命文學範型轉換的過渡型作家，在他們的主流代表性作品中都不難發現作者向革命理想人格努力認同的心理情感傾向。

對於敘事型作品而言，這直接表現爲紅色中國主流作家都熱衷於塑造工農兵各個階級或階層身份的革命英雄人物形象（見前文所列）。如果不從現實的階級身份的角度觀照，這些革命英雄人物形象還呈現出另一種特殊的表現形態。比如在郭沫若、田漢、曹禺、姚雪垠等知名作家那裏，他們對革命英雄的崇拜有時候是通過塑造封建帝王形象或農民起義領袖形象表現出來的。像曹操（《蔡文姬》）、武則天（《武則天》、《謝瑤環》）這樣的在歷史上口碑不佳，卻得到過革命領袖毛澤東讚賞的封建專制君主在郭沫若和田漢的筆下一下子變得讓人肅然起敬了。實際上，我們不難從毛澤東的詞作《浪淘沙・北戴河》〔註24〕（1954）中尋找到郭沫若「替曹操翻案」的心理動機。不僅如此，郭沫若筆下的曹操和武則天基本上都被塑造成了具備文韜武略之才，並且文治武功卓著的英雄人物。這與革命領袖的人格氣質和英雄經歷是何其的相似！關於這一點，郭沫若其實在《替曹操翻案》和《我怎樣寫〈武則天〉？》兩文中已作過明確的交待。惟其如此，我們才有理由相信郭沫若不過是在創作實踐中借機抒發了自己靈魂深處崇拜革命領袖（革命英雄）的深度心理情結。至於田漢在《謝瑤環》中爲武則天「正名」的心理動機，實際上和郭沫若如出一轍。這只要對田漢在抗戰時期的桂林創作的京劇《武則天》和建國後的《謝瑤環》稍作比較，即可領略到其中的心理差異。在建國前的田漢心目中，「武則天其實也是一個可憐的女性」〔註25〕，然而到建國

〔註24〕該詞下闕爲：「往事越千年，魏武揮鞭，東臨碣石有遺篇，蕭瑟秋風今又是，換了人間。」

〔註25〕田漢：《〈武則天〉自序》，《大公報》1947年1月25日。

後，武則天卻變成了一個具有平民意識的、是非愛憎分明的英明政治領袖。這之間留下了由啓蒙主義向革命主義話語範型轉換的明顯印迹。

與郭沫若、田漢一樣，在曹禺和姚雪垠的心理潛層中也埋植著一種革命英雄情結，只不過他們是通過塑造越王句踐（《膽劍篇》）和明末農民領袖李自成（《李自成》）這樣在歷史上口碑較好的英雄形象體現出來的。長篇歷史小說《李自成》的第一部初版於 1963 年，而眾所週知，毛澤東在 1963 和 1964 年曾先後做出了關於文學藝術的兩個著名批示〔註 26〕，明確表達了他對由「帝王將相、才子佳人」這些「死人」統治著「活人」的文壇現狀的不滿。但毛澤東似乎對姚雪垠筆下的農民革命領袖李自成有著某種英雄惺惺相惜之感。甚至於在「文革」中他還對姚雪垠的創作提供了特殊的保護。不難推想，作爲讀者的毛澤東是有可能在閱讀過程中以農民領袖李自成「心理自居」的，而作爲作者的姚雪垠則更有可能在創作過程中有意無意地以革命領袖作爲李自成的人物原型。比如，姚雪垠筆下的李自成文武風流、即使在戰爭困境中也沒忘尋暇挑燈夜讀，這和毛澤東政治家兼詩人的雙重個性氣質頗爲暗合。不僅如此，姚雪垠以農民軍兵敗潼關開篇，寫李自成在困境中終於確立了自己的農民軍領袖地位，然後領導農民軍逐漸發展壯大的情節構思，實際上也和毛澤東在長征中的眞實經歷和命運轉折有暗合之處，如在中國工農紅軍陷入軍事困境後，毛澤東終於確立了自己在黨內和紅軍中的領袖地位，以後帶領黨和人民軍隊走向勝利等等。其實，我們只要讀一下姚雪垠在「文革」期間寫給毛澤東的私人信件也就不難發現他對革命領袖的殷殷崇拜之情〔註 27〕。至於曹禺在「三年自然災害」期間苦心塑造的臥薪嘗膽，企圖東山再起的越王句踐，則頗有些神似 1960 年代初在遭受經濟挫折後，領導中國人民「自力更生、艱苦奮鬥」的革命領袖形象。應該說，像曹禺和姚雪垠這樣心存對革命領袖和革命英雄的崇拜情結的作家在當時不在少數，實際上，這應該是紅色中國社會的一個普遍的社會心理或精神現象。

除了主流作家之外，在紅色中國的公開文壇中，實際上還存在著不少相對意義上的邊緣作家，如蕭軍、艾青、何其芳（作爲詩人，而不是作爲權威批評家）、建國初期的胡風派文人，以及像孫犁和茹志鵑那種與主流文學的風格有著一定距離的作家。但即使是這種類型的邊緣作家，從他們的部分作品

〔註 26〕毛澤東：《關於文學藝術的兩個批示》，《人民日報》1967 年 5 月 28 日。
〔註 27〕參閱楊建業：《姚雪垠傳》，北嶽文藝出版社 1994 年第 2 版，第 207～210 頁。

中同樣也可以解讀出作家心靈深處那股無法斷然釋懷的革命英雄情結。在延安文壇中,蕭軍曾是著名的「反對派」。然而,經過 1948 年的《文化報》事件的打擊之後,一貫桀驁不馴的蕭軍也開始「故意地強制性地省察自己的弱點」(毛澤東語),表現出來的就是他開始有意識地向革命文化秩序皈依。人民共和國成立後,蕭軍深入東北撫順礦區,不久便創作出了長篇小說《五月的礦山》,塑造了以魯東山和楊平山為代表的紅色中國工人階級的光輝形象。但作者筆下的這兩個工人英雄仍然投射出了作者真實自我的張揚個性,他們與官僚主義者作鬥爭的個人主義行動烙下了蕭軍性格的明顯印痕。這意味著蕭軍對革命英雄人格的崇拜還沒有真正做到「肉身化」,它離紅色主流文化規範的要求還有一定的差距,作者因此而受到批判也就不足為怪了。但蕭軍畢竟在努力尋求著被紅色中國文化或文學秩序所接納,或許可以說,他的革命英雄情結還處於某種萌生階段,因此顯得不夠純粹。

　　和蕭軍相比,艾青雖然早在延安整風之後很快便積極參與新秧歌運動,而且曾被邊區政府評為文藝勞動模範,但這一切在總體上似乎並沒有改變艾青作為詩人在紅色中國文學秩序中所處的相對邊緣地位。1957 年艾青很快落難便是明證。在創作上,建國後的艾青在大多數時候仍然在努力地維持著自己原有的藝術個性,只不過創作數量明顯減少而已。即使是在訪問蘇聯期間寫下的革命題材或禮讚俄羅斯文明的詩篇中,如《十月的紅場》、《寶石的紅星》、《普希金廣場》、《牛角杯》等,艾青在其間透露的也多半是自己在婚外戀中的個人生命體驗〔註28〕。然而,如同建國後的蕭軍積極寫作長篇小說《五月的礦山》一樣,艾青在建國初年也曾一度苦心寫作革命戰爭題材的敘事長詩《藏槍記》。他甚至像王願堅和峻青等紅色經典作家一樣,在詩作中努力塑造了一個英雄的革命母親形象。儘管藝術上失敗了,然而卻可以從中發現詩人心中那種無法抑制的、謀求向革命英雄人格認同的政治激情。

　　建國初年,除了艾青和蕭軍這樣單個的邊緣作家之外,胡風派文人應該是一個邊緣性的作家群落。但是,從胡風、綠原、曾卓等人當時公開發表的詩作來看,其中有不少是抒寫自己內心革命英雄情結的詩篇。以胡風為例。在著名的抒情長詩《時間開始了》〔註29〕中,胡風在第一部分《歡樂頌》裏

〔註28〕程光煒:《艾青傳》,北京十月文藝出版社 1999 年版,第 419 頁。
〔註29〕《時間開始了》的五個部分的標題採用了《胡風選集》(張曉風編)中的版本。
　　　　該書為四川人民出版社 1996 年版。

基本上是用全部的篇幅爲革命領袖大唱讚歌，其用語之鋪排、用情之泛濫，比起郭沫若來，眞有過之而無不及。《歡樂頌》是名副其實的《領袖頌》。在第二部分《光榮贊》裏，胡風和當時的主流作家一樣，對戎冠秀、李秀眞、李鳳蓮等眞實的革命母親和勞動英雄們極盡謳歌之能事。長詩的第五部分《勝利頌》則是《歡樂頌》和《光榮贊》的綜合，既歌頌了革命領袖，又禮贊了在革命領袖統帥下的工農兵英雄。當然，抒發詩人內心的革命英雄情結並不是這一部五樂章的長詩的全部內容，但從中可以體會到作爲一個邊緣作家群，胡風派文人的群體心理實際上和主流作家的集體心理存在著交叉或重合的地方。

從文學風格上看，孫犁和茹志鵑的大部分小說以秀美見長，這在追求崇高和僞崇高風格的紅色中國主流文學作品中的確顯得有點另類。由此，這兩位知名作家在紅色中國文學秩序中只能處於某種相對邊緣的位置。其實，孫犁和茹志鵑的小說的邊緣性不僅僅只體現在風格上，從根本上來說，這種邊緣性來自於兩位作家對戰爭年代和和平時期人性的探尋。不過，由於他們基本上發掘的是人性中美善的部分，而有意迴避了人性中醜惡的部分，加之他們表現的對象是具有合法的政治主流地位的工農兵，所以他們的作品雖然也曾一度遭致譏評，受到過冷落，但總體上仍然被賦予了存在的合理性。這樣說並不意味著可以否認孫犁和茹志鵑心中存在著和主流作家一樣的革命英雄情結。就孫犁來說，這不僅是因爲他曾傾心地塑造過許多工農兵英雄人物，更主要的是，雖然更多的時候作者寫的是人物的人性美，但與此同時作者並沒有完全放棄從階級性的視角塑造人物，甚至在部分作品中階級性的視角基本上遮蔽了人性的視野。如在《邢蘭》、《黃敏兒》、《戰士》、《殺樓》、《村落戰》諸篇中，我們看到的是另一個孫犁，那是一個「刑天舞干戚，猛志固常在」的孫犁，表現了孫犁作爲金剛怒目式的革命戰士的一面，這和他一般表現出來的、溫文爾雅的藝術家氣質形成了鮮明的對比。茹志鵑其實也可作如是觀。這位女作家常常給人留下醉心於描寫人物的「家務事，兒女情」的柔婉印象，即使是寫戰爭題材的《百合花》都是如此，就更遑論寫現實題材的《妯娌》、《春暖時節》諸篇了。然而，在《關大媽》中，讀者卻見到了另一個剛毅的茹志鵑。實際上，在孫犁和茹志鵑的這部分追求雄奇風格的作品中，傳達的是作者心靈深處爲紅色主流文化規範或意識形態權力所塑造的革命英雄情結。

　　20 世紀 90 年代以來，中國大陸談論「地下寫作」或「潛在寫作」已逐漸形成了一股學術風潮。如今人們大多願意承認，在紅色中國文學秩序中除了公開文壇之外，實際上還暗藏著一個地下文壇。這意味著，所謂邊緣作家，不僅是指像蕭軍、艾青、孫犁、茹志鵑、建國初的胡風派文人那樣在公開文壇中處於邊緣狀態的作家，而且還應包括一些曾經被歷史埋葬，時隔多年後卻逐漸被發掘出來的、在當年從事地下文學寫作的作家或作家群，如肅反後的胡風派文人（胡風、綠原、牛漢、曾卓等）、白洋淀詩群（食指、芒克、多多、根子、北島等）等。然而，人們往往習慣於簡單地認定所謂地下寫作必然具有某種文化反抗的意味。殊不知，紅色中國的文化規範或文學規範的力量是無所不在的，它已經滲透到了紅色中國作家的精神血液之中，幾乎任何人都無法逃避它的權力觸角，即使是從事地下寫作的作家似乎也有的不能例外。也就是說，作為紅色中國社會的一種主流文化精神或集體心理結構，革命英雄情結已糾結或殘留在大多數地下作家的靈魂深處，只不過表現形態有隱有顯，存在程度有輕有重罷了。當然，由於目前的歷史資料所限，許多地下作家的地下作品由於主觀或客觀的原由不可能全部「出土」，尤其是出於某種為尊者諱的隱秘心理，其中一些迎合紅色主流文化規範或意識形態的作品會被人為地隱瞞下去。這樣，我們就無法全面而真實地看到地下作家的精神心理狀態。

　　然而，作為「文革中新詩歌的第一人」〔註 30〕，食指的「文革」地下詩作記錄了那個時代紅色中國地下作家的真實精神心理狀態。食指不可能，實際上也並沒有完全超越他的時代。在他的早期代表作《海洋三部曲》、《魚兒三部曲》、《相信未來》中，詩人實際上有意無意地流露出了自己對紅色主流文化或權威意識形態的認同與執迷。食指只不過是對革命英雄主義和理想主義感到迷惘而已，在他的精神底層並未完全消除掉紅色中國主流作家都心存的那種紅色革命英雄情結。「一套毛澤東選集 / 貼身放在火熱的胸前 / 一枚毛主席像章 / 夕陽輝映下金色燦爛 // 一身洗白的軍衣 / 曾跟從父母經受烽火的考驗 / 一條軍用的皮帶 / 又伴隨孩子歷經風浪的艱險……」（《海洋三部曲》）從這些洋溢著革命激情的詩句中，我們看到的是一個對英雄的父輩和革命領袖無限崇拜的食指。不僅如此，對於「文革」時期的食指而言，這種革命英雄崇拜情結並不是一種短暫的精神心理現象，相反，它幾乎伴隨著食指「文

　　〔註30〕楊健：《文化大革命中的地下文學》，朝華出版社 1993 年版，第 87 頁。

革」地下詩歌創作的全部歷程。在創作了許多具有現代性意味的詩篇的同時，食指還寫下了像《農村「十一」抒情》、《我們這一代》、《南京長江大橋——寫給工人階級》、《架設兵之歌》、《紅旗渠組歌》等主流革命詩作，其間傳達的是對革命領袖和工農兵革命英雄的無限敬仰之情，而且和《海洋三部曲》等早期詩作比起來，後來詩作中的紅色激情顯得更加強烈。食指是矛盾的，同時也是真實的。他的地下詩歌既體現了詩人對現代啟蒙英雄的歸趨，又流露了自己對紅色革命英雄的依戀。

其實，不僅是食指，現有資料表明，還有一些地下作家也沒有完全超越那個紅色文化或紅色文學時代。據白洋淀詩群「三劍客」之一的多多回憶，根子在 1968 年曾為紀念毛主席誕辰 73 週年提筆作詩曰：「一八九三年，紅日出韶山，春秋七十四，光焰遍人間」。同年還為同學古為明插隊填詞《卜算子》曰：「為明赴蒙古，毅登康莊路，北疆霜寒凍硬，程遠雄心固。」〔註31〕這首知青題材的詞作中傳達的革命英雄主義和樂觀主義精神，和當時的紅色中國主流詩歌精神如出一轍，如《理想之歌》、《西去列車的窗口》之類。實際上，食指在 1968 年也曾寫過一首同根子的詞作精神心理旨趣完全相同的詩歌：《送北大荒的戰友》。這和詩人同年創作的著名詩章《這是四點零八分的北京》形成了鮮明的反差。前者從革命的政治性出發，後者則源於人性的聲音，由此可見「人民文學」與「人的文學」的分野。

在「文革」地下寫作的詩人中，值得一提的、懷有革命英雄情結的詩人還有郭小川和郭小林這對父子詩人。人們往往對郭小川的地下詩作《團泊窪的秋天》和《秋歌》（1975）所傳遞的很有限的精神反抗意味津津樂道，而相對忽視了其間蘊藏的詩人對革命領袖及其革命路線的忠貞不渝，那才是郭小川至死都未能擺脫的紅色心理情結。其實，詩人在這兩首「天鵝之歌」之前創作的絕大部分地下詩作，抒發的都是自己對革命領袖的無限崇拜之情。寫於 1971 年的頌詩《萬里長江橫渡》就是其中最突出的代表作。而就在同一年，郭小林似乎與乃父心有靈犀，他在北大荒也寫下了長詩《誓言——獻給最敬愛的偉大領袖毛主席》。據說，郭小林在 1968～1976 年先後發表了 30 餘首詩作，成為當時北大荒名盛一時的「兵團詩人」〔註32〕。但這些詩作基本上都屬於迎合紅色中國文學規範和主流意識形態之作，與郭小川在「十七年」時

〔註31〕 多多：《被埋葬的中國詩人》，《沉淪的聖殿》（廖亦武主編），新疆青少年出版社 1999 年版，第 196 頁。
〔註32〕 楊健：《文化大革命中的地下文學》，朝華出版社 1993 年版，第 241 頁。

期創作的「時代戰歌」在精神心理向度上一脈相承。

除了詩人外,「文革」時期也存在著固執於革命英雄情結的地下小說家。姚雪垠得到了革命領袖的支持和保護,情況特殊,此處固然可以不論,但身陷囹圄,然而奇迹般地在《資本論》的空白處,艱難地創作了兩部長篇小說《女游擊隊長》和《上一代人》的李英儒卻不能忽視。令人驚訝的是,李英儒的獄中寫作雖然純出自願,但作品中傳達的思想信息卻表明,作者的精神狀態和心理結構仍然滯留在 1950 年代創作《野火春風鬥古城》的層次上,對革命英雄的心理崇拜和精神皈依已牢牢地「固著」在作者靈魂的底層。也許《上一代人》的結尾詩最能傳達紅色中國作家至死不渝的革命英雄情結:「我的名字叫黨員,堅定意志闖難關。報效領袖甘一死,笑灑碧血染杜鵑。」〔註33〕

三、理想化策略的運作方式

以上從創作的表層狀貌論證了 20 世紀 40～70 年代紅色中國作家的革命英雄情結的普遍性。接下來有必要集中從深層的創作心理的角度,解析這種革命英雄情結的具體形成方式。從總體上看,紅色英雄情結的心理生成機制就是通過「理想化」這種心理策略,使創作主體形成一種集體的革命理想人格,而且必須由意識進入無意識,進而積澱在作家的文化人格心理結構的底層。前文對此已作過學理分析。現在需要做的是進一步分析這種理想化策略的具體運作方式。

對於敘事型文學作品來說,作家的理想化策略主要運用在典型人物的塑造過程中。這首先表現為,創作主體在共時的層面上展開對人物塑造的理想化運作。一般來說,創作主體的精神結構或心理結構是複雜的、多面的、立體的。就人格心理結構而言,按弗洛伊德的說法,應包括本我、自我和超我三種心理人格。就主體的文化心理結構而言,依據拉康的觀點,與弗氏的三種心理人格說相對應,又應包括實在界、想像界和象徵界三種類型。如果整合拉康的主體心理「三界說」和弗洛伊德的人格心理「三我說」,可以形成立體的「文化人格心理結構」理論。然而,置身於紅色中國文化或文學秩序中,絕大多數作家不可能在創作實踐中全面而豐富地展示自己真實的主體性,即在作品的主人公身上共時或歷時地投射作者的多重心理人格或多元文化心理

〔註33〕楊健:《文化大革命中的地下文學》,朝華出版社 1993 年版,第 375 頁。

結構，從而塑造出性格複雜、具有典型性的人物形象。相反，在大多數的時候，紅色中國作家一般會採用這樣一種人物塑造模式，即首先在作品的人物譜系中選定一個中心人物，讓其承載宏大的、符合權威文化規範或主流意識形態的「時代精神」，也就是說，使其成爲作者的「超我」（集體理想人格）或「象徵界」的化身。與此同時，作者又選擇一個或多個陪襯性的次要人物，甚至反面人物來體現那些個人化（私人化）的、有悖於「時代精神」的民間文化規範或邊緣意識形態。換句話說，作者通過這些輔助性人物往往傳達的是自己心靈深處的「本我」或「自我」的聲音，也就是主體文化心理結構中的「實在界」或「想像界」的聲音。當然此時的心理投射或文化傳達，對於作者來說經常是在無意識中完成的。這方面的例子可以說不勝枚舉。

以《紅旗譜》爲例。關於這部紅色經典長篇小說的主人公朱老忠，中國當代文學史上一致認爲他是一個橫跨新舊兩個時代的農民英雄，在他身上既具備舊時代農民起義英雄的傳統性格，又體現了新時代無產階級的革命精神。然而客觀地說，這個人物並未完全立體化地站立起來，還沒有達到高度典型化的程度。其原因就在於，作者梁斌在很大程度上是依據紅色主流文化規範或革命意識形態來塑造這個新英雄人物的，即有意識地刪削了朱老忠作爲傳統農民起義英雄性格中的消極負面因素，而精心地提煉出了其中的正面積極因素。與此同時，作者又將中國農民文化人格心理結構中傳統的消極精神積澱物單獨拆解出來，主要讓小說中的另一個次要人物嚴志和，以及落後人物老驢頭等人物來集中體現。於是讀者見到的嚴志和是軟弱的，老驢頭是自私狹隘的，這和朱老忠的堅韌氣質（「出水才看兩腿泥」）、俠義精神（「爲朋友兩肋插刀」）形成了鮮明的反差。

關於這樣處理人物性格關係的心理動機，梁斌曾表露過兩點考慮：據作者說，原來結構這部小說的時候，是沒有嚴志和這個家族的。後來出於革命樂觀主義精神（「喪子太多」），更主要的是出於「把朱老忠的性格再提高一步，使這個形象更加完美」的想法，作者這才將朱老忠的豐富多面的性格加以分解，從而有了嚴志和這個形象的誕生〔註34〕。然而，中國當代文學史上卻因此而失去了一個眞正的朱老忠，這是藝術的代價，卻是政治的勝利、主流文化權力的勝利。如果從作者的人格心理結構的角度來看，在一定程度上，朱老忠與嚴志和（老驢頭）之間的性格對比，本質上可以抽象地還原爲作者的

〔註34〕梁斌：《漫談《〈紅旗譜〉的創作》，《人民文學》1959年第6期。

理想化自我與「被鄙視的自我」（霍妮語）之間的人格對立，即外自我（超我）與內自我（本我）的對立。如果從作者的文化心理結構的角度觀之，這種對立實際上又反映了作者的精神結構中權威文化規範與民間意識形態之間的對立，即拉康所謂的「象徵界」與「想像界」（「實在界」）的對立。不僅如此，由於作者受主流文化規範的制約，故而自己的真實的自我在文本中被遮蔽了，成了集體理想人格的陪襯。但儘管這樣，作者的全面而豐富的人格心理結構和文化心理結構還是以一種分裂的方式，在共時的層面上投射到了文本的人物譜系之中，從而增加了作品的心理和文化含量。

在紅色中國文學中，以《紅旗譜》那種共時性方式將作品中的主要人物予以理想化的作品還有很多，這是當時被認為取得了較大藝術成就的作品所普遍採用的一種人物理想化方式。如《種穀記》中王加扶與王克儉之間的對比，《暴風驟雨》中的趙玉林（郭全海）與老孫頭、老田頭之間的對比，《創業史》中的梁生寶與梁三老漢、郭振山、郭世富、王二直槓等人物之間的對比，《豔陽天》中的蕭長春與馬連福、彎彎繞、馬大炮、馬立本等人物之間的對比，《風雷》中祝永康與朱錫坤、黃龍飛、杜三春等人物之間的對比，《百煉成鋼》中秦德貴與袁廷發、張福全之間的對比，《紅日》中沈振新（梁波）與劉勝、石東根等人物之間的對比，《金光大道》中高大泉與高二林、張金髮等人物之間的對比等等，它們在本質上和《紅旗譜》中朱老忠與嚴志和、老驢頭、老套子等人之間的對比屬於同一種性質，都反映了作者的文化人格心理結構中的隱形矛盾衝突。就上述作品中以農村合作化為題材的小說而言，長期以來，人們習慣於僅僅按照當時關於「兩條路線鬥爭」的政治理論來解釋這種人物關係間的對立。實際上，後來的歷史證明了那些作品中理想化人物的過時性，反而賦予了那些與之相對立的、「自發走資本主義道路」的「中間人物」或「反面人物」的合理性。這從另一個角度揭示出，紅色中國文學中這些作為理想化人物陪襯的次要人物其實是被主流文化規範或意識形態所壓抑或遮蔽的人物，他們也許才是作者文化人格心理結構中最真實的部分，儘管不得不以一種分裂或扭曲的形式表現出來。但這種文學傳達或話語實踐本身就是一種掙脫權威意識形態束縛的方式。

其次，對於敘事型文學作品而言，創作中理想化策略的運用還表現為，創作主體在歷時的層面上展開對人物塑造的理想化運作。具體來說，就是作者用一種「發展」的眼光來看待筆下的主要人物，展示他「從落後向先進轉

變」的革命歷程。由於紅色中國作家普遍在生活底蘊和藝術功力上存在著不同程度的欠缺，故而他們筆下的主人公的性格轉變並未完全遵從人物性格的發展邏輯和歷史生活的內在邏輯，於是導致了主人公的性格發展過程和人生經歷經常被人爲地劃分爲兩個階段。在前一個階段中，一般來說，作者還能夠在一定程度上展示主人公的人性的複雜性，把主人公當作一個有血肉的生命體、即普通人來塑造。但在後一個階段中，紅色中國作家往往習慣於人爲地直接剔除或淨化掉主人公性格中不符合理想化的革命英雄人格的部分，即把主人公當作一個神化了的革命英雄來塑造。在一定程度上可以說，在前一個階段中，在主人公的性格中投射了作者的文化人格心理結構的豐富性和多元性，而在後一個階段中，主人公則完全成了作者的紅色英雄人格的化身，在這個集體理想人格或超我的壓抑下，作者的眞實自我，包括衝動性的本我都被視爲某種應該鄙棄的人格潛隱或失落了。如果說在前一個階段中，在主人公的身上還保留著一定的民間文化規範或邊緣意識形態，那麼在後一個階段中，主人公則基本上完全成了權威意識形態或「時代精神」的傳聲筒。當然，這一切的發生，對於創作主體來說，並不一定是自覺的，相反，它們是作者在某種集體無意識或社會無意識的狀態中完成的。也就是說，這一切常常是作者的某種思維慣性或心理結構的產物。

在「延安文學」時期，這種歷時性地將主人公理想化的心理策略爲當時的革命作家所普遍採用。在當時最負盛名的一批紅色經典作品中，如《王貴與李香香》中的王貴、《李家莊的變遷》中的張鐵鎖、《洋鐵桶的故事》中的吳貴、《太陽照在桑乾河上》中的張裕民和程仁、《新兒女英雄傳》中的牛大水等革命英雄主人公，幾乎都是運用這種歷時性的理想人物模式塑造出來的。對此，《太陽照在桑乾河上》的作者丁玲曾有過明確的自覺。她說：「我不願把張裕民寫成一無缺點的英雄，也不願把程仁寫成了不起的農會主席。他們可以逐漸成爲了不起的人，他們不可能眨眼就成爲英雄。」〔註35〕事實上，作爲這類作品中的佼佼者，丁玲在兩位主人公的塑造上，尤其是在他們的性格的轉變上，還是前後給人以突兀之感，並未完全承兌自己的藝術諾言。當然，不同的作者在不同的作品中，不可能在同樣嚴格的意義上遵從這種歷時性的理想人物塑造模式，因爲文學創作畢竟總是存在著一定程度的個人話

〔註35〕丁玲：《太陽照在桑乾河上·重印前言》，1979 年 7 月 18 日《人民日報·戰地》副刊第 236 期。

語空間。

　　然而，由於在人民共和國建立前後，紅色中國文藝界以周揚為首的一批權威批評家和文藝官員的強勢介入，這種歷時性的理想人物塑造模式遭到了批評以至否定〔註36〕，由此導致在「十七年」時期許多作家不敢大膽採用這種理想化策略來塑造從落後向先進轉變的主人公形象。因此，這一時期關於這方面的革命英雄主人公並不多見。就長篇小說而言，值得一提的似乎還只有杜鵬程在《保衛延安》中塑造的主人公周大勇。但周大勇的性格轉變過程，客觀地講，作者是刻畫得並不充分的，儘管他有這方面的明確的藝術追求。此外，歐陽山在《三家巷》和《苦鬥》中塑造的主人公周炳，和楊沫在《青春之歌》中塑造的女主人公林道靜，即使是在相對嚴格的意義上，他們也符合這種歷時性的理想人物塑造模式，然而林道靜的知識分子出身又決定了她不是革命英雄形象，而「風流人物」周炳究竟是工人階級的代表還是知識分子的代表，在當時就聚訟紛紜、糾纏不清。

　　不過，在「十七年」的許多長篇小說中，許多作者不約而同地選擇了在次要人物的身上運用這種人物理想化策略。例如《紅日》中的劉勝和石東根、《創業史》中的梁三老漢、《紅旗譜》中的嚴志和、《山鄉巨變》中的亭麵糊和陳先晉、《三里灣》中的糊塗塗和范登高、《豔陽天》中的焦振茂和馬連福、《百鍊成鋼》中的袁廷發、《風雷》中的任為群和陸素雲等等。（其中，梁三老漢和嚴志和，由於作者的多卷本長篇小說未能完成，故而人物性格的轉變也沒能完成。）不難看出，這些人物形象大都屬於後來受到批判的所謂「中間人物」。在他們的性格發生轉變之前的藝術刻畫中，實際上較為充分地投射了創作主體的文化人格心理結構的豐富性和多元性。然而，一旦作者刻畫這些「中間人物」轉變後的性格心理時，人物就頓時喪失了生命力。實際上，這些人物此時和主要英雄人物一樣，淪為了作者的人格超我或主流意識形態的工具。所以，有意味的是，紅色中國作家們一般都會選擇在小說的最後關頭讓這些「中間人物」的性格完成令人突兀的轉變。這實際上流露了在主流

〔註36〕陳沂、陳荒煤、張立雲等人在1949年前後相繼發表過一批教條主義的理論和批評文章，其中曾重點抨擊了當時文學人物形象塑造中寫「從落後到轉變」的「公式」，主張刻畫一種高大完美的理想人物形象。代表性的文章如陳荒煤：《為創造新的英雄典型而努力》，《長江日報》1951年4月22日。此外，周揚在1953年召開的第二次文代會期間，又在題名為《為創造更多的優秀的文學藝術作品而奮鬥》的大會報告中正式重申了這一觀點。

文化規範的滲透和侵蝕下，創作主體在無意識中對全面地佔有自己作為人的本質的某種留戀。

　　以上分析了敘事型文學作品中理想化策略在人物塑造過程中的兩種運作方式。當然，這兩種方式有時候也會被作家同時加以運用。最後想分析的是在抒情型文學作品中理想化策略的運作方式。相對於敘事話語而言，在抒情話語中，權威文學規範或主流意識形態對創作主體的制約性更大，也更直接。在特定條件下，抒情主體無法像敘事主體那樣，在相對廣闊的話語空間中去擺弄理想化技巧，他只能老老實實地聽命於權威文學規範的差遣，安心地作主流意識形態的傳聲筒。作為「小我」（「我」）的抒情主體，必須融入到作為「大我」（「我們」）的一種集體理想人格中去。抒情主體以此獲得某種群體性質的身份感。一般而言，人在社會中，必須要獲得某種身份感，否則便會產生焦慮。對於置身於紅色中國文化或文學秩序中的抒情主體來說，為了緩解或表面上中止心理焦慮，他們必須培植一種理想化的革命英雄人格，使自己習慣於以它的身份發言或抒情。與此同時，作為一種人格代價，他們還必須忍痛將自己的真實自我放逐到無意識域中去。這樣，抒情主體不再是他自己，他完全以主流文化模式所頒發給他的那種通行的人格身份證為榮耀。他變得和社會中的其他人無異，他們都是權威社會文化模式的「傑作」。由此，抒情主體和權威文化模式之間的矛盾消失了。他內心的焦慮和恐懼也消失了。這種集體身份感如同某種動物保護色，其心理功能就是使抒情主體完全融入身邊的社會文化環境，放棄自己的獨特個性，由此成為一種規範化的社會人或文化人，從此不再感到孤獨和焦慮。

　　不妨以抒情詩人為例，加以簡略說明。至於抒情散文作家，如魏巍和楊朔諸人，情形基本一致，也就不贅言。郭小川和賀敬之是 20 世紀 40～70 年代紅色中國詩壇中公認的最有代表性的抒情詩人。從詩人的文化人格心理結構來看，他們的政治抒情詩作基本上都是當時的權威文化規範或主流意識形態的產物。如郭小川的《投入火熱的鬥爭》、《向困難進軍》、《甘蔗林——青紗帳》等，賀敬之的《放聲歌唱》、《東風萬里》、《雷鋒之歌》等。只是在少部分抒情詩章中，詩人才有限度地傳達出了一些的被壓抑的民間文化規範或邊緣意識形態的聲音。如郭小川的《致大海》、《望星空》、《秋歌》、《團泊窪的秋天》等，賀敬之的《桂林山水歌》和《三門峽——梳妝台》等。從詩人的文化人格心理結構來看，他們的政治抒情詩基本上都是詩人的集體理想人

格——紅色革命英雄人格的外在投射物。只有在上述少數抒情詩章中,詩人的真實自我才得以重見天日,從那個無意識的黑箱中蘇醒過來。然而,發現自我後的詩人必然充滿著隱隱的孤獨和焦慮,而只有在失落自我之後,在革命英雄理想人格的護祐下,詩人才能在意識域中獲得某種虛構的安寧。從總體上來看,在掙脫「我們」的羈絆、回歸自我方面,郭小川比賀敬之走得更遠一些,其個人化詩作在思想和藝術方面的探索性也更強一些。

弗洛姆曾為「人」下過這樣的一個定義:「人是可以說『我』,並知道自己是一個獨立的實體的動物。」〔註37〕在西方近現代思想史上,從理性主義思潮的「我思故我在」到非理性主義思潮的「我欲故我在」,它們無不重視作為生命個體的人的精神自由和人格獨立。用弗洛姆的話來說就是,抽象的人必須成為具象的「我」,人必須獲得一種個體身份感,它和群體身份感相對立。受群體身份感支配的人往往是國家主義者、民族主義者、宗教主義者、階級主義者,歸根結底是集體主義者。而尋找到個體身份感的人常常是個性主義者、自由主義者、人道主義者。對於置身紅色中國文化或文學秩序中的抒情主體來說,他們一直習慣於以集體主義者的身份自居,而有意無意地放棄了對個體主義者的身份追尋。在某種程度上,這是為了得到一個虛偽外在的人格面具而遺棄了一個人的真實靈魂。對於那一代作家,甚至對於那一代人而言,無論如何,這都是一件可悲哀的事情。

第三節　文化戀父情結

紅色中國作家的革命英雄情結,作為一種弗洛姆所說的「社會無意識」,它一般遊移在社會群體文化心理結構中的「前意識」與「潛意識」之間,更多的時候屬於「前意識」範疇。如果追根溯源,在很大程度上,這種革命英雄情結還應該進一步被歸結為一種特殊的文化戀父情結的產物,後者通常處在社會群體文化心理結構中的「潛意識」範域,屬於榮格所謂的「集體無意識」範疇。這就是我接下來要重點剖析的紅色中國作家的紅色文化戀父情結,它根植於傳統中國文人的古典文化戀父情結,與中國傳統儒家文化高度相關,但又與紅色中國的權威主義文化和文學秩序緊密相連。

〔註37〕弗洛姆:《健全的社會》,貴州人民出版社 1994 年版,第 48 頁。

一、戀父情結的文化闡釋與文化淵源

在弗洛伊德的經典精神分析學中，俄狄浦斯情結（the Oedipus Complex）是一個備受爭議的關鍵性概念。在廣義上，其基本含義是指孩童對父母中一方的性依戀，同時伴隨著對另一方的性妒忌，甚至性敵視。對男童來說，是戀母妒父情結，這就是狹義的俄狄浦斯情結；而對女童而言，則是戀父妒母情結。然而，弗洛伊德囿於其男權主義文化立場，在大多數著述中基本上忽略了對女童的戀父情結的理論探討，而將更多的精力投入到對男童的戀母情結的深度解析。

對於弗洛伊德來說，俄狄浦斯情結是人的一種永遠也無法擺脫的宿命。即使孩童在日後成長為了成年的男性和女性，這種俄狄浦斯情結也不會徹底消除，而是在他們逐步接受社會化的過程中，被一定的文化工程壓抑進了無意識深處。這種潛在的反抗力量構成了人類的潛在心理危機，它的爆發將在一定程度上導致人類的文化危機。到目前為止，人類的男權主義文化的主要功能之一，就是努力去平復和消解成年男性和女性的俄狄浦斯情結，使其各自通過認同父親和母親的文化形象，來接受男權主義文化為他們所規定的男性價值話語和女性價值話語，從而達成人類社會的和諧。

不過，本書中所謂的戀父情結和弗洛伊德的經典戀父情結並不完全相同。這不僅是因為戀父情結並非女性的專利，男性同樣也有可能患上戀父情結，從而超越了弗洛伊德為它設定的性別藩籬。而且更重要的在於，本書是站在社會文化派精神分析的立場上來看待戀父情結以及戀母情結的，認為它是一種為特定社會的群體成員所普遍潛在擁有的偏執性的社會文化心理定勢，這就在根本上從弗洛伊德設置的泛性論誤區中走了出來。在霍妮和弗洛姆這樣的新弗洛伊德主義學者看來，所謂戀母情結是社會文化環境的產物，而不是像弗洛伊德所堅持認為的那樣，是人的生物本能的結果〔註38〕。也就是說，戀母情結所傳達的孩童對母親的依戀，本質上並不是一種性依戀，而是一種對母腹或母親懷抱所內含的安全感——「母愛」的依戀。母腹或母愛就像厚德載物的大地一樣，她是無私的、包容的。母性文化也是如此。孩童對母親及其母性文化的依戀本質上表達的是對自我的追尋，然而他們所尋找

〔註38〕參閱卡倫·霍爾奈（又譯「荷妮」，通譯「霍妮」）：《精神分析新法》，第四章，上海文藝出版社 1999 年版；弗洛姆：《健全的社會》，第三章，貴州人民出版社 1994 年版。

到的這個母性避風港並不是他們所真正所要尋找的東西,他們不過是「誤入歧途」或「誤認」而已,因為母愛雖然無私而又包容,但它又是單向度的、不平等的〔註39〕,所以它賜予孩童的自由是有限度的,甚至可以說是一種虛假的自由。在母愛的環繞中,孩童在表面上似乎能夠隨心所欲、無所不為,但他其實是處於一種絕對的依賴地位,母親就是他的保護女神。長期處於母愛的庇護中,會導致孩童在心理上永遠也無法長大成人。同理,如果一個人在成年後長期執迷於一種依賴性的母性文化(作為女性文化的一種)之中,如中國傳統的道家文化那樣,陷入對自然或大地的崇拜與依賴,那他也就很難培植出一種真正的現代人格獨立精神,儘管他有可能在表面上逍遙於所謂烏何有之鄉。

既然戀母情結如此,戀父情結也可作如是觀。這意味著,戀父情結也是一定社會的文化環境的產物,它傳達的是特定的社會個體或普遍的社會群體對精神父親的認同,或對父性文化象徵秩序的皈依。一般來說,孩童在幼年時期與母親的關係更為密切,此時他更傾向於向母親及其文化形象表示認同。但隨著年歲的增長,孩童必須走出家庭,邁向社會,這時他就日漸轉向對父親及其文化形象的認同。因為,「男主外、女主內」的家庭模式畢竟是父權主義社會的一種久遠的傳統,企圖和已經去改變它不過是近現代以來的事情。這也是人類的一種集體無意識的表現。弗洛伊德正是在這個意義上在晚年提出了他的超我人格範疇。所謂超我,不過是內化在人的文化心理結構中的父親形象或權威文化意象。不過此時的父親並不僅僅是指現實生活中真實的父親,而主要指涉的是以父親為載體的權威文化規範或主流意識形態,即精神父親或文化父親。所以,拉康將這種父親視為「父親的名字」,並將其命名為主體心理結構中的「象徵界」,即內化在主體心理結構中的特定社會文化象徵秩序。

從深層文化心理的角度來看,戀父情結和戀母情結有著本質上的區別。母親是人類生命的故鄉和誕生地,她是大地、大自然和海洋的化身。然而,弗洛姆指出:「父親雖然不代表自然世界,卻代表著人類生存的另一個極端:即代表思想的世界,人所創造的法律、秩序和紀律等事物的世界。父親是教育孩子,向孩子指出通往世界之路的人。」〔註40〕這意味著,父親是引導生

〔註39〕 弗洛姆:《愛的藝術》,商務印書館1987年版,第37頁。
〔註40〕 弗洛姆:《愛的藝術》,商務印書館1987年版,第32頁。

命個體歸順社會秩序的精神導師，也就是主流社會文化權力的化身。母親和父親之間，不僅在文化身份上存在著差異，而且他們所各自施予的愛在性質上也有著根本的不同。誠如弗洛姆所斷言，母愛就其本質來說是無條件的，而父愛是有條件的。父愛的原則是：「我愛你，因為你符合我的要求，因為你履行你的職責，因為你同我相像。」所以，父愛的本質是：「順從是最大的道德，不順從是最大的罪孽。」〔註41〕在某種意義上，對於母親來說，孩子就是純粹的生命，而對於父親而言，孩子不過是自己的一椿財產。所以在父權制社會裏，父親往往選擇那些他最喜歡的男孩作為他的財產或權力的繼承人，同時又習慣於拿自己女兒的婚姻來做金錢或政治交易。從弗洛姆的論斷中，我們不難得出這樣的結論：戀母情結是對母愛這個相對自由的精神港灣的迷戀，它表達的是人對自由的追尋，雖然最終卻走向了自由的反面，因為無條件的母愛也有可能衍化為一種難以擺脫的極權。關於文化戀母情結，我將在第六章中再予探討。而戀父情結則是對父親這個精神權威的認同，其本質是對主流社會文化權力的屈從。這意味著，如果一個人固執在戀父情結之中，他將肯定會喪失掉自己人格的獨立性，同時也會失去對現實社會文化秩序的自主批判精神。對於個體的人是如此，對於一個社會群體來說亦然。當一個社會中的大部分成員都沉迷於文化戀父情結之中不能自拔的時候，他們的自我就集體失落了，精神也趨近於死亡。此時，除了一個巨大的精神父親在思想之外，其他的近乎所有社會成員都已經不用再思考了。他們所能做的就是去以唯一的精神父親為人格楷模，競相仿傚、認同，以至頂禮膜拜。他們成了那個偉大的精神父親的一群聽話的孩子。國家領袖與家庭父親於是同質同構。一個龐大的超我無形地盤踞在了他們的文化人格心理結構中，或者說，一個宏大的象徵界神秘地壟斷了他們的文化人格心理結構。

　　從社會群體心理的角度看，中央集權的君主專制主義政治制度是滋生和繁衍文化戀父情結的社會根源。在傳統中國，由於這種「君統」型政治制度又和「血統」型宗法制度相互纏繞和糾結，所以文化戀父情結的病態心理也就表現得異常突出。這一切集中體現在傳統中國社會結構的基本特徵——「家國同構」之中。所謂家國同構，指的是家庭－家族和國家在組織結構上具有同一性。在傳統中國家庭中，實行嚴格的父系家長制。父親或者是祖父（祖母是祖父的權力變體）往往是一家之主，具有約定俗成的權威。延展至家族，德高望重的族

〔註41〕弗洛姆：《愛的藝術》，商務印書館 1987 年版，第 32 頁。

長則是一族之主，在家族中履行父親的功能，可謂之「代父」。嫡長子繼承制是傳統中國社會宗法制度的核心，所以長子的身份就是未來的父親。平常百姓家如此，皇家和官宦之家也是如此。故而由以血緣爲紐帶的家庭－家族，進一步擴大至整個以地緣關係而形成的國家中，傳統中國社會組織結構依然沒有發生變化。君王是一國之主，號稱天子，太子是其法定繼承人，其組織系統和權力配置也是嚴格實行的父系家長制和嫡長子繼承制。

維繫家國同構的精神支柱是傳統中國的封建綱常倫理。早在漢代便被皇家定爲一尊的儒家文化，長期以來在其中扮演了至爲重要的文化角色。相對於母性色彩濃厚的道家文化而言，傳統的儒家文化可以說是一種父性文化。父性文化源自於男性文化或雄性文化，但它是一種特殊的變異的男性文化或雄性文化，因爲它不僅崇尚力量和征服，而且過度強調服從和依順。父性文化可以說是一種極端的男性或雄性文化，因爲它喪失了男性或雄性文化與生俱來的創造性衝動，而將其權力征服欲加以變態性的擴張與維持，故而在父性文化中，男性或雄性的身體力量或者性別特徵已經不再重要，重要的是「父親的名字」或者是作爲父親形象的權威符號，於是此時的父親或父性不過是一個權力話語位置，它可以不具備男性或雄性的性別特徵，但照樣可以憑藉話語權力穩固自己的統治。這在傳統中國的家國同構體制中表現得十分強烈，由於過度強調對權力的臣服，以至於歷代中國帝王家譜中往往會出現一代不如一代的代際弱化情形，除卻開國之君或中興之主以外，絕大部分古代中國帝王是弱勢或去勢的雌性形象。儒家封建綱常教義的核心是「三綱」，即所謂君爲臣綱、父爲子綱、夫爲妻綱。這就賦予了國家政治生活中的君臣關係和日常家庭生活中的父子關係之間的同一性。在家族倫理中，「孝」是一個核心範疇，它和政治倫理中的核心範疇「忠」之間在本質上是一致的。孝親是中國傳統倫理的本位，由孝親可推及爲忠君，這在《孝經・廣揚名》中說得分明：「君子之事親孝，故忠可移於君；事兄悌，故順可移於長；居家理，故治可移於官。」這樣，「國」和「家」之間就形成了一種類似同心圓的結構。家是小國，國是大家。家族的國家化和國家的家族化在同一個軌道上雙向運行。其間，君父同倫，臣子同理，忠孝同義。君權與父權之間從而互爲表裏，政治等級關係和宗法血緣關係之間也就彼此難分。在家庭中，父親儼然是「家君」；而在國家中，君王又等同於「國父」。由此還派生出了一系列帶有濃鬱父權色澤的社會關係名詞，如「父母官」、「臣子」、「子民」、

「嚴君」、「兄長」等等〔註42〕。

　　凡此種種，表明傳統中國其實是一個長期迷失在文化戀父情結之中的國家。家國同構，傳統中國的家庭和國家都內在地具有一種權威主義性質的等級結構。對父權和君權的崇拜使國人幾千年來一直生活在文化戀父情結的陰影中。在家庭中，絕大部分人都想做父親的孝子賢孫，對父親亦步亦趨、唯命是從。在朝廷中，絕大部分官僚都願做君主的忠臣良將，對君主唯唯諾諾，唯馬首是瞻。這一切甚至到了「君要臣死，臣不得不死；父要子亡，子不敢不亡」的地步。所以中國自古以來，真正的「逆子貳臣」並不多見。古典文學中好不容易有了一個賈寶玉，結果卻在高鶚的筆下差不多又浪子回頭。賈寶玉在婚姻上棄黛擇釵，這是老祖宗賈母的勝利、父親賈政的勝利，歸根結底是傳統儒家文化的勝利。但無論如何，畢竟賈寶玉是中國文學從古典轉向近現代的過程中最早從文化戀父情結中覺醒的代表性人物，儘管他最終還是接受了父命的招安。及至五四時期，以魯迅為代表的一批現代「逆子貳臣」才真正從傳統國人的文化戀父情結中大膽出走，進入到一種文化弒父的精神心理境界。對此我將下一章中再作集中探討。這裏需要指出的是，經過1930年代的左翼文學過渡，到20世紀40～70年代紅色中國文學秩序中，現代中國知識分子業已形成的啟蒙英雄情結已經基本上被紅色主流文化規範壓抑在他們的無意識域中。當然，遭受壓抑並不意味著它已不復存在，但從總體上看，它在紅色中國文化或文學秩序中通常只能存在於革命英雄情結及其所植根的文化戀父情結的陰影之中。

　　如前所言，從政治、經濟和文化諸方面來看，紅色中國社會秩序基本上是一種權威主義話語秩序。其間，革命領袖長期具有至上的權威，不僅是人民的政治領袖，而且也是其精神領袖。然而，由於「中國是一個封建歷史很長的國家，我們黨對封建主義特別是封建土地制度和豪紳惡霸進行了最堅決最徹底的鬥爭，在反封建鬥爭中養成了優良的民主傳統；但是長期封建專制主義在思想政治方面的遺毒仍然不是很容易肅清的，種種歷史原因又使我們沒有能把黨內民主和國家政治社會生活的民主加以制度化，法律化，或者雖然製定了法律，卻沒有應有的權威。這就提供了一種條件，使黨的權力過分集中於個人，黨內個人專斷和個人崇拜現象滋生起來」〔註43〕，而且愈演愈

〔註42〕關於中國傳統社會政治結構的論述，參考了《中華文化史》上編（馮天瑜執筆）第四章的內容，以及李宗桂著《中國文化概論》上篇第一、二章的相關內容。前書為上海人民出版社1990年版。後書為中山大學出版社1988年版。
〔註43〕中共中央文獻研究室編：《中国共產黨中央委員會關於建國以來黨的若干歷史

烈，直至「文革」中達到登峰造極的地步。這意味著，由於種種歷史和現實的原因，在毛澤東時代，紅色中國的社會政治結構仍然沒有能夠完全擺脫封建專制主義幽靈的纏繞，由此也就提供了文化戀父情結滋生並繁衍的社會文化心理土壤。在一定程度上，紅色中國作家的革命英雄崇拜歸根結底是對革命領袖的崇拜。所謂革命英雄情結本質上植根於文化戀父情結。在某種意義上，「偉大領袖和革命導師」就是當時全中國人的精神父親。

實際上，早在 1940 年代延安整風運動時期，就已經潛藏著日後發展起來的對革命領袖的個人崇拜因素。建國後，毛澤東的個人威望日益高漲，雖然中共八大曾明確地反對過個人崇拜，但不久在「成都會議」上，毛澤東又提出了「要有正確的個人崇拜」的觀點，這等於是賦予了個人崇拜的合法性。應該承認，對毛澤東的正常的敬仰是有歷史的合理性的，但把他當作「真理的化身」來頂禮膜拜，這就陷入了某種類似於宗教崇拜的非理性迷狂。遺憾的是，當時黨內許多高級官員紛紛附和了毛澤東的觀點，如陶鑄就說：「對主席就是要迷信」；柯慶施甚至說：「我們相信主席要相信到迷信的程度，服從主席要服從到盲目的程度」〔註 44〕。這一切都開了「文革」時期林彪大肆開展對毛澤東個人崇拜的先河，最後終於發展到了近乎宗教儀式的程度。不僅如此，在紅色中國社會，對於普通民眾來說，與黨和政府的官員相比，他們對毛澤東的個人崇拜更是毫不懷疑、心悅誠服。至於置身於紅色中國文化和文學秩序中的作家們，對毛澤東的英雄人格及其文化形象的崇拜必然會影響到他們的人格心理結構和文化心理結構。毛澤東所代表的紅色文化體系成了他們文學創作的精神指南。

然而，在這種紅色文化戀父情結中，革命領袖不過是紅色文化父親的典型代表，或說是其終極心理原型。那麼接下來有必要通過對有代表性的紅色中國經典文學作品的解讀，進一步透視紅色文化戀父情結在革命文學話語實踐中的具體表現形態。

二、政治閹割情結與人物形象塑造的非性化

在 20 世紀 40～70 年代紅色中國的主流文學作品中，主要是敘事文學作

問題的決議》，《三中全會以來重要文獻選編》（下），人民出版社 1982 年版，第 819 頁。
〔註44〕轉引自叢進：《曲折發展的歲月》，河南人民出版社 1989 年版，第 117 頁。

品中，人們可以發現這樣一種奇怪的創作現象，即人物形象塑造上的非性化（包含反性化）傾向。

　　這裏所說的「性」，是在廣義上使用的性概念，並非拘囿於弗洛伊德在其早期固守的狹義的性本能範疇。實際上，弗洛伊德在晚年已經將性本能擴展成了一種廣義的生命本能概念，或者說是「愛欲」，它和死亡本能或「死欲」相對應，共同構成了人生難以釋解的連環結〔註 45〕。這意味著，理論成熟時期的弗洛伊德已經將「性慾」和「愛欲」這兩個概念區分了開來，前者是後者的內核，後者是前者的延展，或者說是泛化和昇華。而另據 1990 年度諾貝爾文學獎獲得者墨西哥人帕斯的形象化說法：「最初的、原始的火就是性慾，它升起愛欲的紅色火焰，後者又升起另一個搖曳不定的藍色火焰並爲之助燃：愛情的火焰。愛欲與愛情：生命的雙重火焰。」〔註 46〕帕斯顯然是一個唯美主義者，他在性愛－愛欲－愛情之間無形地建立起了一種遞進式的等級結構。而對弗洛伊德來說，他更願意逆向思維，也就是說，在這三者中，愛情是一種最脆弱的東西，倘若沒有性愛和愛欲的根基，它將走向幻滅。因此，弗洛伊德經常選擇以「性」爲視角去觀照社會文化和文學藝術現象，而且每每都有驚人的發現。

　　至於福柯，他在一定程度上超越了弗洛伊德。雖然福柯也熱衷於從性的角度去考察人類社會的精神文化現象，但他更願意將「性」視爲一種話語，換言之，性是作爲權力的知識或文化規範的產物〔註 47〕。在一定的社會文化語境中，性話語會以不同的方式得到增長和傳播。因此，人們習慣於談論的愛欲和愛情不過是關於性的話語而已，可一併稱之爲情愛話語，其間已經不可避免地帶有知識或文化權力的烙印，儘管這一切由於「知識型」或「意識形態」的無意識性質而不爲人們所察覺。這意味著，在研究 20 世紀 40～70 年代的紅色中國主流文學時，我們可以從「性話語」的視角出發，通過剖析紅色經典文學作品中人物的性話語的表現形態，揭示出隱藏在其後的紅色中國主流文化規範或革命意識形態的權力運作機制及其權力意蘊。不僅如此，在對性話語和文化權力的互動過程的考察中，我們還將破譯出糾結在紅色中國主流作家群體心理深處的某種內在心理癥結。

〔註 45〕 參閱弗洛伊德：《超越唯樂原則》，第五章；《集體心理學和自我的分析》，第四章，均收入《弗洛伊德後期著作選》，上海譯文出版社 1986 年版。

〔註 46〕 帕斯：《序言》，《雙重火焰——愛與欲》，東方出版社 1998 年版，第 3 頁。

〔註 47〕 福柯：《性史》，青海人民出版社 1999 年版，第 14 頁。

　　早在延安時期的文學創作中，特別是 1942 年《講話》發表之後，紅色中國作家在人物塑造方面所表現出來的非性化傾向就已經初露端倪。在這期間發表的一批紅色經典文學作品中，如短篇小說《小二黑結婚》、敘事長詩《王貴與李香香》、新歌劇《白毛女》、長篇小說《新兒女英雄傳》等，我們都可以發現圍繞主人公的情愛話語遭到權威政治話語壓抑或改造的情形。在趙樹理的筆下，小二黑和小芹的情愛故事不過是作者所要傳達的革命政治主題的一個漂亮藉口而已。此外關於三仙姑的畸戀心理，這原本和張愛玲筆下的曹七巧（《金鎖記》）有幾分神似，但趙樹理由於歷史文化語境的不同，他不會像當時深處「淪陷區」的張愛玲那樣大膽地開掘人物的深層變態性心理，而是點到即止，輕鬆地一筆帶過。至於王貴與李香香、大春和喜兒、牛大水和楊小梅等，他們之間私人性的情愛敘事同樣被革命作家巧妙地置換成了公共性的革命敘事。這不僅和五四時期的情愛敘事有著根本的區別，而且即使是和「紅色三十年代」的左翼文學中的情愛敘事相比也有著較大的不同。

　　對於五四作家而言，他們在描摹人物的情愛心理時一般並不刻意迴避其原始的性心理。而對於 1930 年代左翼作家來說，如蔣光赤、丁玲、胡也頻等，文本中主人公的革命話語和情愛話語是「疊加」的，雖然最終前者戰勝了後者，但還沒有達到「兼併」的地步，也就是說，戀愛話語還沒有完全納入革命話語的權力軌道之中。實際上，在當時的都市商業語境中，更毋寧說，對於讀者和作者而言，知識分子人物的革命話語很大程度上是充當了其戀愛話語的附屬物，不過是後者的一種堂皇而又時髦的政治化妝品。然而，到了1940 年代以延安為中心的解放區文學中，革命話語和情愛話語之間的位置發生了根本性的變化。對於置身紅色中國文化或文學秩序中的大多數作家而言，情愛話語不過是革命話語的一種世俗性的調味品罷了。它已淪為了「性」的空殼，其主要職能就在於促進革命話語的傳播和合法化。在這個意義上可以說，一種非性化的人物塑造傾向已經在「延安文學」中初步出現了。

　　然而，如若究其根源，革命型男女主人公之間的情愛話語之所以在很大程度上被抽空，主要是因為作為「第三者」的權威政治話語的強力干預。在精神分析學的意義上，在拉康看來，這種權威政治話語實際上已經內化在了大多數社會主體的文化心理結構中，成為了支配其精神世界的「象徵界」。而在弗洛伊德看來，這種權威政治話語還內化在了他們的人格心理結構中，成為了統治他們的心靈世界的「超我」，也就是人格化了的精神父親。這既

適用於在現實社會中存在的創作主體，也適用於在文本世界中生存的人物主體。對於紅色經典文本中的革命男女主人公而言，那位政治型的精神父親在文本中究竟是出場還是缺席實際上並不重要，因為所謂出場不過是指他寄寓在某個具體的權威人物形象之中現身，而所謂缺席本質上不過是一種間接的出場。這是因為政治父親作為一種精神或人格實體，他無處不在、無時不在，潛在地支配了男女主人公內在的精神狀態和外在的行為方式。

這裏不妨對丁玲筆下的程仁與黑妮（《太陽照在桑乾河上》）之間的情愛敘事稍事分析。據作者交待，程仁自小喪父，靠給地主當長工、出賣勞動力養活自己和母親。然而，對於農會主任程仁來說，沒有現實中血緣的父親並不意味著也沒有精神生活中的政治父親。在小說的前半部中，主人公的精神父親並未直接出場，他只是以一種無形的權威政治意識形態的身份干預著主人公的情愛生活。本來，長工程仁與地主錢文貴的侄女黑妮的愛情在早年就已歷經患難，且又有山盟海誓在先，然而，當暖水屯掀起階級鬥爭的政治革命後，做了農會主任的程仁卻不得不有意地和心上人相疏遠。這是革命意識形態的律令，既然在精神上已經皈依於它，程仁就必須接受它的政治召喚。但在內心深處，程仁又萌生出濃濃的負罪感和內疚感。他覺得自己背叛了黑妮，也背叛了自己的真實自我。當小說的下半部中，縣委宣傳部長章品出現以後，程仁的精神痛苦和心理衝突更加劇烈。實際上，對於程仁而言，縣委宣傳部長章品就是他的文化人格心理結構中的政治父親的外在化身。當程仁在鬥爭地主錢文貴的運動中猶疑不定的時候，正是章品一眼就洞察到了他的內心隱秘。「他聽章品說了很多，好像句句都向著自己，他第一次發覺了自己的醜惡，這醜惡卻為章品看得那樣清楚。」於是，程仁「彷彿自己犯了罪似的，自己做了對不住人的事，擡不起頭來了」。他再一次在內心中滋生出了罪感。不過前一次是為了黑妮，而這一次是為了章品，他潛意識中的政治父親。這一次的原父罪感來得是如此的猛烈，以至於程仁很快在鬥爭大會上挺身而出、慷慨陳詞，一舉置階級敵人錢文貴於死地。

然而，原父罪感雖然消失了，程仁的真實自我卻未能獲得片刻的安寧。那種背叛自我的罪感反倒更加讓他難以承受。「他常悄悄的咬著牙齒想道：『唉，管它呢，反正咱是個沒良心的人了！』」程仁在恨自己，因為他知道黑妮在恨他，恨他背叛了自己的親情和愛情。然而，受黨教育多年的丁玲不可能讓兩個人之間的「愛」就這樣轉變成了「恨」。如同自己創造的人物一樣，

丁玲同樣寧可背叛眞實的自我也不願，抑或不敢忘記精神父親或革命導師的
政治教導。據說，在寫作這部長篇小說的艱苦過程中，丁玲「總是想著毛主
席，想著這本書是爲他寫的，我不願辜負他對我的希望和鼓勵」〔註48〕。於
是，丁玲選擇了在小說的最後時刻讓黑妮興高采烈地穿行在翻身遊樂的人群
中，這不僅沖淡了黑妮的內心衝突，更重要的是，它還爲程仁的文化戀父情
結作了合法性辯護。兒子不能背叛自己的父親，否則，他將有被閹割的危險。
這種閹割並不是指的肉身上的去勢，而是指精神或人格上的宰制。所以，它
是一種文化閹割。程仁的精神心理痛苦正是遭受到這種文化閹割的結果，雖
然在最後時刻，這一文化心理症狀被作者輕描淡寫地用一個大團圓式的喜慶
結局給掩蓋得悄無聲息。小說的結局意味著黑妮終於對程仁表達了理解與政
治認同，這與程仁對政治父親章品的人格認同如出一轍，與此同時，小說的
結局還意味著程仁終於在精神心理上長大成人，程仁的諧音即「成人」，但這
種「成人」卻是以文化閹割爲代價的，因爲此時的程仁已經高度意識形態化，
喪失了原初的情愛衝動和生命激情。

　　顯然，這種文化閹割的命運不僅僅是程仁的專利。實際上，對於小二黑、
王貴、大春、牛大水等人物來說，他們與各自戀人的情愛和情愛話語同樣遭
到了政治父親及其政治權威話語的不同程度的干預，也許這正是他們作爲藝
術形象並沒能構成眞正意義上的文學典型的主要原因。因爲一個喪失了生命
本能的人是不可能有什麼生命活力的，對於一個文學人物形象來說也是如
此。考慮到這種文化閹割現象在「延安文學」中的普遍性，可以推測在早期
紅色中國作家的內心深處就已經潛伏著一種文化閹割情結，這應該不是虛言
無憑。當然，由於此時正值紅色中國文化和文學秩序的初創時期，革命文藝
生產範型的運作機制還未來得及全面而自如地運轉，所以對於這一時期的革
命作家而言，文化閹割情結並沒有做到完全「深入人心」。這主要表現爲，革
命作家筆下圍繞主人公的情愛話語並未完全被權威政治話語所遮蔽，前者仍
然佔有有限的話語表達空間。如在《王貴與李香香》中，通過民間文化規範
的庇護，男女主人公的情愛心理得到了一定程度的傳達。這在《掏苦荣》和
《自由結婚》兩節中表現得最爲明顯。後一節中寫道：「看罷香香歸隊去，香
香送到溝底裏。／溝灣里膠泥黃又多，挖塊膠泥捏咱兩個。／捏一個你來捏

〔註48〕丁玲：《太陽照在桑乾河上·重印前言》，1979年7月18日《人民日報·戰地》
　　　　副刊第236期。

一個我，捏的就像活人脫。／摔碎了泥人再重和，再捏一個你來再捏一個我；／哥哥身上有妹妹，妹妹身上有哥哥。／捏完了泥人叫：『哥哥，再等幾天你再來看我。』」顯然，這是對明代民歌的藝術化用。從整體上看，這種迸發著原始生命活力的樸素的情愛話語，在建國後的主流作家的筆下是越來也越少見了。即使有，那也只能邊緣性地存在於作品人物譜系中的「中間人物」或反面人物的生活中。至於那些渾身充滿革命英雄氣概的男女主人公，如果與這種「（小）布爾喬亞情調」有染，那必將被視爲革命階級的「逆子」而遭到政治父親的棄置，各種政治性批判將會接踵而至。這意味著，建國後隨著紅色社會秩序（政治、經濟和文化）的加速整合，及其在全國範圍內的擴張，作爲社會群體的流行文化心理症候，主流作家所罹患的這種文化閹割情結變得日趨嚴重。

實際上也確實如此。在「十七年文學」中，「不談愛情」已經成爲了一種普遍的、病態的創作心理現象。廣義上的愛欲則異化爲某種階級友愛的政治口號。至於性愛則更是成了洪水猛獸，淪爲階級異己分子腐化墮落的政治標簽。帕斯所謂的生命的「雙重火焰」——愛欲和愛情，連同其本能源泉——性慾，就這樣在政治風雨和革命浪潮中熄滅了。這裏不得不首先提到的一個例子是，人民共和國成立之初，「山藥蛋派」的文學偏鋒——作家馬烽曾發表過一部影響很大的短篇小說《結婚》（1951）。小說敘述了一個青年團支書田春生的奇異結婚經歷。在紅色中國文學話語秩序中，真正的愛情幾乎是沒有位置的。這樣，作者在小說開篇便對田春生和楊小青的戀愛過程一筆帶過，從而直奔結婚這一最終目的。然而，待讀者耐心看完故事後才發現，原來作者敘述的並不是一個結婚故事，毋寧說是一段革命英雄傳奇。表面上，作者是以男方爲主線展開敘述，如去辦理結婚證途中，田春生先是無私地幫人推公車，後又大膽地勇抓敵特，等他到區公所時，發現已經沒有楊小青的蹤影。然而，出乎讀者意料的是，經作者補敘，原來女方在半路上幫人接生，耽擱的時間居然比男方更多，遲到得更晚。於是，衝突沒有了，等待他們的只有皆大歡喜、相互敬服。人性淡出了，男女之間的私人情愛被階級的公共友愛所置換。於是讀者看到，「小青這時捺不住她的熱情了，一下就撲過來」，讓人困惑的是，結果卻是她「拉住春生的手，半天說不出話來」。這真是不可思議的情愛話語。然而，從女方那「好像在說『你真可愛啊』的大眼睛」中，讀者不難體味到那種內心中被壓抑的本能激情。

其實,馬烽在《結婚》中所運用的非性化敘述策略和人物塑造模式在「十七年文學」乃至「文革文學」中都極具代表性。例如,同為短篇小說,周立波的《山那面人家》在非性化話語策略上與《結婚》有異曲同工之妙。讀者驚異地看到,在洞房花燭之際,新郎官居然奇迹般地消失了。於是由農業社社長領頭,一場大規模的尋人活動開始了。最後,讓大夥敬仰的是,新郎官竟然一個人在儲藏窖裏為社裏的公事正忙得不亦樂乎。情愛話語就這樣讓位給了革命政治話語,人也就變成了無「性」之人。比起新郎官來,新娘的革命姿態毫不遜色。在結婚典禮上,她自豪地拿出了紅色勞動手冊,並公開向新郎官提出了勞動比賽的革命挑戰。一個浪漫的春夜就這樣被現實的革命生產鬥爭給破碎了。

毋庸諱言,在紅色中國文學世界中,像周立波和馬烽筆下的「新人」那樣的「非性化」革命行動算得上是一幕幕經典的社會場景。從中我們能夠明顯地感覺到,新郎和新娘的生命本能遭遇到了某種文化閹割情結的抑制,性慾的缺席、愛欲的異化、愛情的退場,這一切使得他們的生命之花枯萎了。嚴重的是,這一場生命之劫甚至全面波及到了「十七年」時期的紅色經典長篇小說的人物世界。一個突出的例子就是趙樹理創作的《三里灣》,全書中雖然描敘了多對戀人或夫妻之間的「愛情」,如王玉生、袁小俊、范靈芝、馬有翼、王玉梅、王滿喜之間錯綜複雜的情感糾葛,然而遺憾的是,卻給讀者留下了一個「沒有愛情的愛情描寫」的印象。當然,趙樹理也許能夠從理性的邏輯出發來為自己筆下的「愛情」描寫辯護〔註49〕,但這並不能夠使他擺脫最終的尷尬,因為「愛情」及其植根的愛欲和性,畢竟主要是一種非理性的能量。實際上,導致這種非性化的愛情敘事的最終根源仍舊在於作者內心深處潛伏的文化閹割情結,是那個無形或有形的政治父親充當了閹割「革命伴侶」的「行刑人」。

除《三里灣》之外,在「十七年」時期的工農業題材長篇小說中,我們幾乎隨處可見這種不同程度的「沒有愛情的愛情描寫」。一個奇怪卻普遍的文學現象是,為作家們所鍾愛的男主人公幾乎無一例外地都是情場上的失意者,儘管他們與此同時幾乎又都是工農業生產戰線上叱吒風雲的英雄。如《創業史》中的梁生寶,《山鄉巨變》中的劉雨生,《豔陽天》中的蕭長春、《風雷》中的祝永康、《百煉成鋼》中的秦德貴、《乘風破浪》中的李少祥等等,

---

〔註49〕參閱戴光中:《趙樹理傳》,北京十月文藝出版社1993年版,第299～300頁。

他們在婚戀生活中總是給讀者留下一種孱弱無能的印象，即使是工農革命英雄的宏大身份也不能掩飾住他們生命力的貧乏與萎頓。這一切正如趙樹理在《三里灣》中所言：「玉生雖說有（科學）研究精神，可是還沒有學會研究青年姑娘。」這一群男性革命英雄之所以在某種程度上患上了「戀愛恐懼症」，主要原因似乎在於他們將自己的大部分生命精力奉獻給了革命工作，因此無力再在情場上大有作為。然而，如果深究下去可以發現，驅使著他們顧此而失彼的外在力量卻是權威政治意識形態，後者實際上在他們的心靈深處內化成了一種超我人格，或曰政治父親，它其實是早就內化在作家文化人格心理結構中的政治父親意象的外在投射物。

　　當然，我們可以在這些男性主人公所賴以存在的具體文本中去發現這種內心隱秘。一個值得注意的現象是，這些男性革命英雄的身世大都是不幸的，如梁生寶早年喪父，梁三老漢其實是他的養父。劉雨生也只有一個老母親。蕭長春雖然失去的是母親，然而父親在他的生活中一直是充當的母親的角色，如張羅他的婚事、料理家務、照料小孫子等等，作品中幾乎沒有交待過他參加公共社會勞動。至於祝永康則是父母雙亡，小說開頭便交待了他從部隊復員回鄉的目的，即尋找那位在戰爭年代中救過其生命的陌生「父親」。凡此種種，這一切應該不是純粹的巧合。如果我們承認父親的角色在一個人生命成長中不可或缺的重要性，那麼對於這些從小就沒有父親的孩子來說，在他們的潛意識中很可能會隱伏著某種戀父情結，即竭力向某一個現實中的父性人物表示認同的心理定向。當然，此時的父親已經是一個沒有血緣關係但有精神傳承的父親，可以謂之為「代父」〔註50〕。

　　對於梁生寶來說，養父梁三老漢其實是他的第一個代父，少年時期的梁生寶一直認同的都是這位農民出身的父親。父子倆一道艱難創業，然而屢屢受挫，直至瀕臨絕望。正是在這個時候，「轟炸機」郭振山出現了，他成了梁生寶的入黨介紹人。「當聽說梁生寶入了黨的時候，老漢受了沉重的打擊，在炕上躺了三天。」因為「梁三老漢沒防備兒子這幾年在外頭接受了另外的教導，他已經對發家淡漠了，而對公家的號召著了迷」。這意味著，步入青年時期的梁生寶轉而認同的對象是黨的現實化身郭振山。郭振山已經在梁生寶的無意識中取代了養父梁三老漢的地位，成為了新的代父。這位新的代父當年幹革命雷厲風行，這與梁三老漢一輩子的善良軟弱形成了鮮明的反差。於是，

〔註50〕周英雄：《比較文學與小說詮釋》，北京大學出版社1990年版，第108頁。

「郭振山的這份大膽,把他變成窮佃戶們崇拜的英雄,因為他滿足了他們藏在內心不敢表達的願望」。整個蛤蟆灘的窮人都敬服郭振山,梁生寶自是不能例外,只不過他和同樣喪父的戀人改霞,比起一般人來,這種革命英雄崇拜及其植根的文化戀父情結要強烈得多。這只要看一看雄心萬丈的梁生寶,在代表主任郭振山的面前無意流露出來的那種一度無法驅除的「自卑心態」就可以觀其大略。

至於改霞,她完全把郭振山當成了她生命中的那位缺席的父親。「改霞從心裏敬佩他,他在改霞心目中的威信,是不可動搖的。」然而,對於梁生寶而言,他並沒有沉迷於對現實的郭振山的崇拜,這是他和改霞不同的地方。梁生寶崇拜的是作為黨的化身的郭振山,一旦郭振山褪下了身上的那層革命光環,他也就失去了在梁生寶心目中的地位,儘管他作為代父的威懾力一時還不會消退。實際上,梁生寶認同的是抽象的革命意識形態,至於其肉身形象是誰實際上並不重要。所以,在拋棄郭振山的同時,梁生寶又轉而認同區委王書記。「就是這位外表似乎很笨,而內心雪亮的區委書記」,「給生寶平凡的莊稼人身體,注入了偉大的精神力量」。這說明,梁生寶一直在尋找著他精神上的父親,並在現實中加以認同,直至自己也完全變成了那位精神父親的替身。當他在現實生活中有意無意地以精神父親的形象自居的時候,當他越來越被政治父親形象所同化的時候,他的文化戀父情結也就宣告釀成。

而在這一心理認同過程中,精神父親的文化閹割威脅將一直伴隨著他,成了他心靈深處永遠也驅除不去的精神陰霾。養父梁三老漢是最先反對梁生寶和改霞交好的人。對此,作者在第二章中有過這樣的描述:「她(改霞)眼望著新雪白晃晃的終南山,心想著梁三老漢不喜歡她的模樣。老漢用那麼鄙棄的眼光看她,和她說話的聲調那麼冰冷。她進去,要是碰見老漢,該是多麼沒趣。但她的兩隻大眼睛撲搧撲搧,穿過敞開的街門,瞟著生寶獨住的那個草棚屋。她心裏癢癢。她多麼想趁生寶不在的機會,領略領略她曾經那麼愛慕的人屋裏的氣氛。」梁三老漢就這樣成為了兒子和情人之間難以逾越的障礙。梁三老漢的畢生夢想就是做一個「三合頭瓦房院的長者」。在集體無意識的層面上,他其實是想做一個傳統中國封建宗法家庭裏的權威父親。所以他衝著老伴質問道:「他(梁生寶)為人民服務!誰為我服務?啊?」兒子就應該是父親的精神延續,他必須接受父親的文化形象,否則將遭受到文化父親的精神宰割。然而,由於歷史文化語境的根本性轉變,作為傳統文化父親

的梁三老漢已經喪失了其應有的文化權力。在兒子的心目中，他不過是一個在精神上需要被拯救的老人，一個失意落魄的肉身父親。所以，一方面，梁三老漢的干預給梁生寶的情愛生活帶來了重大影響，在其潛意識中釀成了一種原發性的文化閹割情結，這如改霞所暗中埋怨的：「年輕有爲的小夥子呀！你對互助合作那麼大的膽量和氣魄，你對這樣事這麼無能？如果你膽大一點，潑辣一點，兩個情人的關係，說不定你去郭縣以前已經確定下來了。」顯然，梁生寶一時還無法走出封建禮法的精神藩籬。另一方面，作爲一個式微的傳統文化父親，梁三老漢的干預不可能對梁生寶和改霞之間的情愛關係產生絕對性的影響。也就是說，梁生寶在情愛領域的無能其實另有原因。

實際上，正是政治父親的強力干預，才最終導致了梁生寶和改霞的勞燕分飛。郭振山曾經是梁生寶的第二位精神父親，雖然他後來在政治上開始變質，但他在干預梁生寶和改霞之間的感情生活時，卻是處處都以政治父親的身份自居的，這從他在勸說改霞進城時所編織的各種堂皇的革命理由中不難發現。郭振山是一個「善於運用語言的魔力的人」，進行革命性的鼓動和宣傳是他的強項。他關於「支持國家建設」、「婦女解放」的一番宏論著實給改霞的人生觀和愛情觀帶來了重大影響。他的話給原本多情的改霞的「心裏擱上了一塊沉重的東西」。郭振山說：「改霞，你聽我的話，沒錯！你媽一輩子沒生養小子。把你叫成改改，也沒改出個小子。我看你就當小子！頂天立地，出外頭闖世界去！」這無異於企圖改變改霞的女性性別身份，如果它變成現實，那將是對梁生寶的致命一擊。儘管改霞明白「代表主任是委婉地表示不贊成她和生寶好的意思」，然而，「她怎麼辦呢？她像一個小孩子信任大人一樣，信任代表主任啊！人家走過的橋比她走過的路還長啊！在她還是一個穿開襠褲的毛丫頭的時候，人家就是稻田裏出名的人了」。作爲精神父親，郭振山正在蠶食著改霞的生命本能，尤其是她對梁生寶的情愛衝動。而對於梁生寶而言，雖然此時他已不再像改霞那樣崇拜郭振山這位昔日的精神父親，然而，當郭振山以政治父親的權威身份發言時，他也只能表示認同。於是讀者看到了如下這樣一幕場景：當改霞故意告訴梁生寶她準備進城做工時，「她等待著生寶激烈地反對。」她原以爲「這一下可以逼使生寶刻不容緩地提出對她的要求」。她期待著「只要生寶一反對，任誰鼓動，她也不去工廠了。」「但是當她擡起頭來時候，她驚呆了。生寶的態度完全變了——面部發灰，帶有諷刺意味的笑容。」「『好嘛！進工廠去，好嘛！』他客氣地說著，一下變得

和她疏遠了，眼光裏帶著不諒解她的神情。」即使是改霞，她此時也難以體味得到梁生寶內心深處的劇烈心靈痛苦。

梁生寶陷入了一種心理的兩難困境之中：一方面，作為一個充滿情慾的生命個體，梁生寶不能接受自己的戀人棄他而去，因此梁生寶的失態幾乎是一種本能的反應，他是非理性的；另一方面，作為一個已經陷入文化戀父情結的黨的基層工作者，梁生寶必須接受政治父親的意識形態的召喚，因此梁生寶的失態又是一種理性的必然，他必須斬斷情絲，目的是為了捍衛政治父親的威嚴。對此，作者這樣描述梁生寶的心理調適：「現在，改霞既然有意思去參加祖國的工業建設，生寶怎麼能夠那樣無聊？—— 竟然設法去改變改霞的良好願望，來達到個人的目的！為了祖國的建設，他應該讚助她去工廠。想到這裏，生寶就努力剋制心中的不暢快！」套用弗洛伊德的說法，此時的梁生寶其實已經陷入了人格分裂的心理衝突。他一方面要聽從「本我」，即內心情慾的驅遣，另一方面，他又不得不服從「超我」，即政治父親的律令。當然，最終的結果還是政治父親勝利了，真實的自我悄然敗逃。正是在這個意義上，梁生寶的生命本能被那個有形或無形的政治父親閹割了。在潛意識裏，他無法從對政治父親的心理恐懼中擺脫出來，時間一長，逐漸便釀成了一種政治閹割情結。當然，在表面上，梁生寶仍然是那樣的在生產戰線上鎮靜自若，充滿英雄氣概；然而，這一切還是掩蓋不住他在情愛領域裏的無能。這是梁生寶的文化心理和人格心理的悲劇，卻常常被人們所忽視或遺忘。

梁生寶的政治閹割情結，及其所植根的文化戀父情結在那個火紅的革命年代裏極具代表性。這不僅對於生活在和平年代裏的現實工農英雄是如此，而且對於那些置身於革命戰爭年代裏的歷史戰鬥英雄來說也是如此。事實上，我們還可以從另外一個角度來證明這種政治閹割情結的存在。一個值得關注的普遍文學現象是，在紅色中國文學裏，如果有作家超越了主流文化規範或權威意識形態的軌道，比如在文學人物形象的塑造中打破了「非性化」的無形藩籬，那他連同其作品必將會為此付出不同程度的政治代價。即使是像《林海雪原》、《紅日》和《野火春風鬥古城》這樣的紅色經典作品，儘管它們獲得了普遍的讚譽，但也曾因為有意無意地從英雄人物塑造的「非性化」模式中出軌而受到一定程度的指摘。這就更不要說像《戰鬥的青春》那樣，因為描寫英雄和叛徒之間的複雜情愛糾葛而備受責難的小說了。當然，最終迫於權威政治話語的壓力，這些一時闖禍的作家一般都會對作品中的情愛話

語根據紅色主流文化或文學規範的標準來進行刪改。比如，吳強就曾對《紅日》中沈振新和黎青、梁波和華靜之間的愛情描寫進行了刪改，李英儒也曾對《野火春風鬥古城》中楊曉冬和銀環之間的戀情敘事進行了刪改。至於雪克，在氣勢洶洶的政治批判面前，他被迫將《戰鬥的青春》中許鳳和胡文玉之間複雜的情愛敘事話語刪改到了面目全非的地步。

　　在紅色中國文學創作中，按照英雄人物塑造的「非性化」模式而進行的文學刪改現象是意味深長的。這裏，為了便於更深入地探討問題，我們還是以柳青的《創業史》為例進行分析。「文革」剛剛宣告結束，在極左的思想堅冰還沒有完全鬆動的情況下，1977 年，經過刪改的新版《創業史》（第一部）得以重版。據閻綱先生實證調查，「這次修改中，作者刪掉最多的，是有關梁生寶與徐改霞的愛情描寫部分」，而且在「這方面，沒有內容上的任何增寫」。〔註 51〕為了進一步探析作者做出這種刪改的深層心理動機，以下不妨援引一段關於梁生寶的被刪節的文字：

　　　　（先是敘述者的感歎：）「第一次親吻一個女人，這對任何正直的人，都是一件人生的大事啊！」（接著是對梁生寶的心理描寫：）「他一想：一摟抱，一親吻，定使兩人的關係急趨直轉，搞得火熱。今生還沒有真正過過兩性生活的生寶，准定一有空子，就渴望著和改霞在一塊。要是在冬閒天，夜又很長，甜蜜的兩性生活有什麼關係？共產黨員也是人嘛！」（但現在，）「他必須拿崇高的精神來控制人類的初級本能和初級感情」，（他）「考慮到對事業的責任心和黨在群眾中的威信，他不能使私人生活影響革命事業。」（人家等他開會，）「他在這裏考慮著是不是抱住個女人親嘴哩！頓時覺得自己每一霎時，都不應當忘記自己是什麼人啊！生寶輕輕地推開緊靠著他，等待他摟抱的改霞，他恢復了嚴肅的平靜，説：『我去開會呀！人家等組長哩。』」（《第三十章》）

　　這是一段描述梁生寶的內心衝突的文字。其中，梁生寶的「本我」和「超我」，即本能的性衝動和內化的政治父親之間產生了尖銳的衝突。在這場隱形心理戰爭中，政治父親最終擊潰了性本能，換句話說，梁生寶的生命本能被權威的政治父親給閹割了。這就再一次地證明了在梁生寶的內心深處潛伏著一種政治閹割情結，它植根於梁生寶的文化人格心理結構中的文化戀父情

〔註 51〕閻綱：《新版〈創業史〉的修改情況》，《新文學史料》1980 年第 2 期。

結，而後者在本質上不過是作者柳青的文化人格心理結構中的文化戀父情結的外向投射物。於是，我們發現了柳青刪改《創業史》的一個重要內心隱秘。這就是，在很大程度上患有政治閹割情結的柳青，在他潛意識中政治父親形象的驅使下，對初版《創業史》中的梁生寶實行了進一步的生命本能閹割，直到使他徹底地屈從於紅色文化規範和權威政治話語為止。正是在這個意義上，我們可以把柳青刪改《創業史》這一文學行為本身視為一次自主的政治文化閹割行動。然而，儘管在表面上，柳青是自覺的主動者，實際上，他卻是一個甘心接受外在文化權力驅遣的無意識的被動者。不僅如此，對於那些和柳青同時代的主流作家而言，如吳強、李英儒、雪克等，他們迫於外在政治文化規範的壓力而對自己創造的革命英雄人物的情愛話語的刪改，這些文學行為本身都可以被視為某種政治文化閹割行動。

以上對「十七年文學」中英雄人物塑造的「非性化」模式進行了剖析，揭示了隱匿其間的政治閹割情結及其所由生的文化戀父情結。應該說，到了「文革文學」中，從公開發表的文學作品來看，紅色中國主流作家所罹患的文化戀父情結及其所衍生的政治閹割情結，作為一種社會群體心理症狀，已經變本加厲，越來越嚴重了，以至於到了精神死亡和自我淪喪的地步。

從小說創作來看，以浩然的《金光大道》為例，通過與作者「十七年」時期的代表作《豔陽天》的初步比較，我們能夠發現作者的精神心理症狀在「文革」期間是明顯加劇了。在《豔陽天》中，作者雖然在竭力地維護男主人公蕭長春的革命英雄尊嚴，但畢竟還是描敘了蕭長春和焦淑紅之間的「革命愛情」，儘管基本上還是沒有擺脫「沒有愛情的愛情描寫」的俗套。然而，到了《金光大道》中，在作者的筆下，取代蕭長春出場的高大泉在情愛生活領域幾乎是一片空白。這意味著在「文革」時期的公開文壇，英雄人物塑造的非性化模式已經發展到了僵化的程度。不難發現，浩然在《豔陽天》的創作中起初還是有意要開掘蕭長春的情愛領地的。洋洋三大卷的《豔陽天》，開頭的第一句話竟然是這樣的：「蕭長春死了媳婦，三年還沒有續上。」然而，由於革命話語規範和政治意識形態的壓抑，主人公的情愛話語在文本中基本上淪為了政治空殼。與開篇形成鮮明的對比的是，《豔陽天》的最後一幕場景是這樣的：「蕭長春把三本書（指《毛澤東選集》）接過來，緊緊地貼在自己那激動的胸膛上」，然後喊著毛主席進行革命宣誓。這種前後對照和首尾呼應具有深刻的政治文化寓意。它象徵著在出場時還具有生命本能的蕭長春，經

過革命的洗禮，終於在最後完全皈依於權威政治意識形態。換言之，最後時刻的蕭長春並沒有全身而退，他實際上已經被政治父親閹割了。一個明顯的事實是，在全書的最後一章裏，作者竟然沒有沿襲傳統的寫作慣例，讓男女主人公來一個「有情人終成眷屬」，而是悄無聲息地選擇了讓這一切淹沒在生產鬥爭和階級鬥爭雙重勝利的無限喜悅中。

　　如果說《豔陽天》中的蕭長春還只是被政治父親閹割的對象的話，那麼，《金光大道》中的高大泉則主要是以政治父親的現實化身出現的，他成了閹割高二林的行刑人。當然，這一切的前提是，正是在全書的「引子」中，少年喪父的高大泉在對精神代父的不斷認同過程中已經被政治父親閹割過了，他從一開始就是政治父親最忠實的精神之子，即《豔陽天》結束那一刻的蕭長春——一個毛主席的好學生或好戰士。《金光大道》中不是沒有情愛話語，只不過作者轉而敘述的是一個作為高大完美的革命英雄的陪襯人物的情愛故事。因為男主人公高大泉基本上是一個「刑餘之人」，他已經不可能再有任何有悖革命道德規範的本能衝動。例如，高大泉組隊進京做工兩月有餘，然而他回村後並不急於回家看望妻兒，而是繼續忙於做革命宣傳工作。好不容易深夜歸家，面對著「深情地望著這個好不容易才盼回來的男人」的妻子，出現的卻是這樣的一個場景：「他們面對面地站著，你看著我，我看著你，好像都不知道第一句話該說什麼了。高大泉咧嘴笑笑，呂瑞芬也對他笑笑，這就算打了個招呼」。這是典型的經過紅色文化權力淨化過後的家庭生活場景，其間彷彿遊蕩著一個無形的政治父親的威嚴身影。

　　但是這一切並不妨礙高大泉時時處處以政治父親自居，從而成為他人認同的對象，或者說變成別人的精神父親，進而閹割他們的生命本能，干預他們的情愛生活。這裏不妨對高大泉和高二林的關係稍作分析。從表面上的血緣來看，這倆人是平等的兄弟關係，然而從深層精神結構來看，倆人之間其實是一種具有等級制的父子關係。實際上在中國傳統的家庭禮制中，「長兄如父」一直是一種約定俗成的倫理道德規範。這用在高家兄弟的身上簡直是再合適不過。在高大泉干預高二林的終身大事時，這種隱形的父子關係實際上已經暴露無遺。以下摘錄的就是這一幕對話場景：

　　　　「二林，聽你嫂子說，你正在搞對象，是不是呀？」╱高二林忽地一下子臉紅了。╱「我贊成你搞。」╱高二林看了哥哥一眼。╱「有幾句話，我得提醒你。」╱高二林抽著煙，認真地聽著。╱

「咱們家是從舊社會那個火坑裏爬出來的，共產黨是咱們的大救星，咱們一生一世都得跟著共產黨走，奔的目標是社會主義。明白嗎？」／高二林挺奇怪，心想，談婚事，扯這麼遠有啥用呢？／高大泉說：「這是尺子，是量咱們翻身戶一行一動的尺子；也是量你這門親事的尺子。就這，你說你的打算吧。」／高二林低著頭，害羞地說：「剛有那麼一點意思。……」／高大泉緊盯著他說：「這可不能含含糊糊，要搞就打開窗戶說亮話。」／呂瑞芬看男人一眼，悄悄地笑了。／高二林說：「我怕辦不好，就想等你回來之後，咱們一塊斟酌斟酌再決定準。」（接下去便是高大泉與高二林「約法三章」，對他與錢彩鳳的愛情關係強行約束。）（《金光大道》第一部第二十五章）

我們完全可以把上述引文中的「兄－嫂－弟」關係結構置換成「父－母－子」的關係結構。高大泉就是高二林的「代父」，呂瑞芬就是高二林的「嫂娘」，這在小說中有過多處暗示，這裏不便再進行瑣碎的考證。可以確定的是，當高二林長大成人以後，他開始追逐自己理想中的愛情，並追求一種個人化的生活方式和人生模式。然而這一切顯然違背了高大泉這位代父的婚戀方式和社會理想，因此他遭受到了來自代父的權力威脅。這種權力威脅並不是指在肉身上實行的某種監禁與懲罰，而是一種在人格心理結構中所實施的文化閹割。因此它需要時間。於是我們看到，經過一系列的生活磨難和政治波折之後，高二林這個紅色家庭中的「浪子」終於回頭，迷途知返，重新回到了兄嫂的中間，也就是重返父母的懷抱。當高二林被階級敵人馮少懷算計後，孤身病倒在客店裏，作者這樣描述了他的夢境：

過一會兒，他忽忽悠悠地睡著了，做起夢來。夢見那一年他發病的時候，哥哥嫂子守在身邊，夢見哥哥冒著大雨去給他借藥鍋；他朝哥哥喊：「哥哥，哥哥，快披上雨衣吧，冷，冷，冷！」他把自己喊醒了，背上像馱著冰一樣冷。他哆嗦著，上牙打著下牙，身子縮成一團；慢慢地睡著了，又忽忽悠悠地做起夢來。他夢見嫂子給他往炕上鋪狗皮褥子，抱高粱茬子給他燒炕。嫂子把整個茬子往爐膛裏添，火苗子呼呼呼，一會兒就把炕燒得如同烙餅的鍋。他著急地喊：「嫂子，嫂子，快把火潑滅，熱，熱，熱！」他又把自己喊醒了。（《金光大道》第二部第五十五章）

　　高二林的這個夢境，不僅再一次地隱喻了他和「兄嫂」之間存在著某種兒子與「父母」之間的關係，更重要的是，它還象徵著一個階級逆子的回歸，回歸到一種以代父高大泉爲載體的紅色文化象徵秩序中。他不再陶醉在私人化的情愛迷夢裏，也不再沉湎於個人化的生活理想裏，他開始在靈魂的深處接受了高大泉這位現實的政治父親的高大形象，從而在他的文化人格心理結構中形成了一個紅色的「超我」。這樣，高二林終於成了高大泉的一個複製品。原來那個高二林在精神上已經死亡。「父子」衝突沒有了，「子」向「父」全面認同，文化戀父情結由此也就宣告完成。然而，這一切卻是以「子」羈受來自於「父」的某種政治文化閹割情結爲精神心理代價的。

　　相對於小說而言，在「文革」時期的公開文壇中，「革命樣板戲」屬於最有代表性的文學作品。一個顯而易見的事實是，在「革命樣板戲」的創作中存在著極端「非性化」的英雄人物塑造傾向。這主要表現爲兩種情形：第一種情形是，劇中出場的男女主人公雖然明顯地構成了某種戀人關係，但劇作者卻對此加以人爲的掩蓋，故意使情愛話語缺席。如在現代芭蕾舞劇《紅色娘子軍》和《白毛女》中便存在著這種情形。這兩部舞劇均非原創，前者以梁信 1950 年代的同名電影劇本爲藍本，後者則同時借鑒了新中國成立後的同名電影故事片和延安時期的同名新歌劇。在歌劇和電影中，喜兒和大春之間曾有明確的戀人關係，然而到了舞劇中幾乎消失了。如在山洞相逢這場戲中，喜兒和大春之間有這樣的一個疊聲唱段耐人尋味：「看眼前是何人？又面熟來又面生。是誰？是誰？她／他好像是親人。她／他好像是……她／他是喜兒／大春！」私密的兩性戀人關係就這樣被公共的階級親人關係給淨化了，準確說是「閹割」了。此外，雖然在電影劇本中洪常青和吳瓊花（在舞劇中改名爲吳清華）之間的戀人關係並不是很明朗，作者梁信在原始創作中實際上就已經陷入了某種欲蓋彌彰的尷尬，但到了舞劇中這一切則純粹化爲烏有，洪常青變成了吳清華的單純的革命嚮導，即精神父親。

　　第二種情形是，劇中出場的男女主人公雖然都曾有過，或者應該有過婚戀經歷，但劇作者卻利用手中的敘事話語權力強行將他們給拆散，從而達到政治文化閹割的目的。如《紅燈記》中的李玉和，在劇中雖說有個女兒李鐵梅，然而直到在第五場「痛說革命家史」裏觀眾才知道，原來李玉和並不是鐵梅的親生父親，他不過是代烈士陳志興撫養遺孤，這樣就回答了觀眾關於鐵梅爲何只有父親，沒有母親的疑惑，從而合理地掐斷了李玉和的私人感情

線索。再如《智取威虎山》中那位匿名的「團參謀長」，爲什麼一定要隱去他的名字呢？這不僅僅是因爲他是黨的現實化身，是革命文化規範或主流意識形態的「共名」，作爲個人符號的名字對於他來說無關緊要，更重要的在於，這樣做可以避免觀眾對《林海雪原》中的那位參謀長少劍波產生聯想，因爲眾所週知，少劍波與衛生員白茹在小說中有過一段頗爲纏綿的愛情羅曼史。因此，劇作者必須斬斷他們的情絲，將白茹打入另冊。此外，這樣的例子還有不少。如《沙家浜》中阿慶嫂的丈夫阿慶被劇作者處理成「跑單幫去了」；《杜鵑山》中柯湘的丈夫趙辛在編劇的安排下，在正準備夫妻雙雙登場的時候突然被捕犧牲了；至於《海港》中的方海珍、《龍江頌》中的江水英，其「失夫」的情形也大體相似。

如果要追究「革命樣板戲」中英雄人物塑造的極端「非（反）性化」傾向的產生緣由，根據筆者的觀察視角，主要原因仍舊在於劇作者的文化戀父情結及其所衍生的政治閹割情結在其中作梗。我們不難想像，在劇作者的靈魂中始終端坐著一個政治父親的神像，而劇作者的眞實自我則如同一個精神奴隸一樣匍匐在主人的腳下，對他頂禮膜拜。用弗洛伊德的話說，爲了將這些精神之子的「力比多」全部導向或轉注到紅色中國事業中去，權威的政治文化父親必須將他們逐一加以文化閹割，使他們一個個喪失情慾衝動，淪爲無「性」之人，從而異化爲某種單面的「政治人」。

綜上所述，從「延安文學」，發展到「十七年文學」，及至演變爲「文革文學」，紅色中國革命作家的文化戀父情結及其所滋生的政治閹割情結，經過了一個從廣度上的擴張，再到深度上的強化，這樣一個逐漸從生成日益走向僵化的過程。

三、父權崇拜與男性人物形象塑造的父性化

相對於抽象的本質而言，具體的現象從來都是豐富而複雜的。這意味著，人們可以選擇從不同的視角去透視特定的具象，最終卻殊途同歸，進抵同一個本質。因此，爲了破譯糾結在紅色中國革命作家的群體心理結構中的文化戀父情結，我們同樣可以選擇從不同的視角去觀照特定的紅色經典文學文本，以期多層次和多側面地全面闡釋這樣一個帶有根本性的問題。

這裏，我將著重分析「十七年文學」中的三個紅色經典文本，即《青春之歌》（1958 年第 1 版，本文以 1961 年的第 2 版爲分析對象）、《創業史》（第

一部，1960）、《豔陽天》（共三卷，1964～1966）。楊沫的《青春之歌》屬於「革命歷史題材」，通過解讀這部長篇，我們將發現紅色中國革命作家的文化戀父情結的具體形成過程。柳青的《創業史》和浩然的《豔陽天》同屬「革命現實題材」，通過對它們的比較閱讀，我們將發現紅色中國革命作家業已形成的文化戀父情結在現實生活中的表現形態。我們展開分析的具體思路是，站在這三部長篇小說中女主人公的性別立場上，審視與她們發生性別互動的各種男性人物，主要是男性革命英雄人物的心理人格和文化形象，揭示後者的「父性」文化內涵，即紅色中國政治文化和文學秩序中存在著父權崇拜這一普遍性的精神心理現象。

先看《青春之歌》。在分析女主人公林道靜成年時人格心理的發展特徵之前，我們首先有必要考察一下她童年生活的特定家庭環境。林道靜雖然出生在一個新舊糾纏的官宦之家，然而她自小就沒有品嘗過愛的滋味。其父林伯唐在表面上雖被人尊敬為「教育家」和「慈善家」，但在骨子裏卻是一個視家庭如敝履、行迹放浪的酒色之徒。生母秀妮本是農家女子，在剛剛生下小道靜之後不久即被林伯唐夥同其婦徐鳳英趕出了家門，絕望之下投河自盡。由於生父的冷漠和養母的虐待，童年時的林道靜便養成了一種乖僻而倔強的性格。及長，文學和音樂便成了少女林道靜逃避現實的精神港灣。在母愛和父愛雙重缺席的嚴峻人生境遇下，林道靜唯一的等待便是成年後大膽地走出這個無愛之家，到更廣闊的社會天地中去尋找心靈的慰藉，而隱含其中的就是尋找她人生中一直缺席的精神父親。

這一天終於來臨了。為了反抗養母的包辦婚姻，林道靜毅然隻身來到北戴河，投奔在那裏教書的表哥張文清。在某種意義上，表哥的長者身份和教師身份象徵著林道靜在潛意識中所要尋找的對象，實際上是一個精神父親。因為對於一個生命個體而言，她（他）接受社會化的過程本質上可以看作是逐漸認同社會文化象徵秩序，從而形成人格超我，即內化的精神父親的過程。林道靜自然也不會例外。在血緣的父親被否定之後，這個空缺的心靈空間急需有一個現實的替身來填補。然而，表哥的意外離去使得林道靜的心靈再度跌入困境。她本能地覺察到，如果沒有一個精神導師的指引，自己在這個人心惟危的社會中必將失去航向。於是林道靜有了這樣的感喟：「天地如此之大，難道竟連一個十八歲的女孩子的立錐之地都沒有？」由於對社會的絕望，主要是對精神父親的失望，林道靜在無意識中開始實現心靈中最隱秘的一個

願望，即返回想像中的母親的懷抱，它表達的是對社會化的一種逃避或拒絕的姿態。於是我們看到了如下的場景，陷入心理困境的林道靜開始沉湎於對大海的迷戀：

> 她每天吃點早飯就到海邊去。一看見那蔚藍色的無邊的海水，看見海上閃動著的白色孤帆，她沉重的心情就彷彿舒服一些，就彷彿有一隻溫暖的手掌撫慰地貼在心上。雖然，她再沒有剛來那天的興致——吹口琴，拾貝殼，遊山玩景，可是她還是熱愛著海。不管它是風平浪靜時，美得像瑰麗的錦緞，還是波浪滔天，咆哮得好像兇暴的野獸，她都整日地坐在一塊浸在海水裏的巨大的岩石上，挨著海，像挨著親愛的母親。這時她憂鬱的眼睛長久不動地凝視著海水，有時她會突然垂下頭來低低地喊一聲「媽媽！」——自從王媽向她講過了媽媽的命運和遭遇，她的眼前就時時刻刻浮動著她的影子。（《青春之歌》，人民文學出版社 1961 年第 2 版，第 32～33 頁。）

對於林道靜而言，大海就是她的母親，對浩淼無垠的大海的迷戀實際上象徵著她對潛意識中母親博大無私的母愛的迷戀。在這個意義上，作為集體無意識的戀母情結傳達的是一種逃避現實，拒絕成長的心理傾向。它意味著社會個體夢想著返回到其生命的起源地帶，即母親的子宮中尋得一塊精神的棲息地。但與此同時，這也就意味著主體的喪失和精神的死亡。於是我們看到，正是在這種潛在的戀母情結的支配下，林道靜選擇了死亡，也就是選擇了奔向母親／大海的懷抱。然而林道靜並沒有死，素昧平生的余永澤救了她，將她從死亡女神的懷抱中挽救了回來。余永澤無異於林道靜的「再生父母」。對於他，林道靜「帶著最大的尊敬，很快地竟像對傳奇故事中的勇士俠客一般的信任著他」。在這位「英雄」的面前，一向孤傲的林道靜「忽然變成一個非常溫順的小孩」，余永澤成了她所「信仰的人」。這意味著，林道靜在潛意識中最初是把余永澤當作自己的精神父親來接納的。然而，幾乎與此同時，余永澤身上柔弱的一面也開始顯露出來。當他在海灘邊向林道靜講述著一個又一個浪漫而凄美的愛情故事的時候，一度罩在他身上的英雄的光環逐漸開始褪去，在林道靜的眼中，他開始變成了一個「多情的騎士，有才學的青年」。在很大程度上，余永澤在林道靜這個「白衣天使」的身上潛在地發現了想像中的母親的身影。這如同林道靜在大海的形象中無意識地感覺到了母親的懷抱一樣。我們聽到，在林道靜夢幻般的聲音的召喚中，余永澤朗誦了這樣的

一首詩：

　　暮色朦朧地走近，／潮水變得更狂暴，／我坐在岸邊觀看／波浪的雪白的舞蹈。／我的心象大海一樣膨脹，／一種深沉的鄉愁使我想望你，／你美好的肖像／到處縈繞著我，／到處呼喚著我，／它無處不在，／在風聲裏、在海的呼嘯裏，／在我的胸懷的歎息裏。

（《青春之歌》第 47～48 頁）

　　在余永澤的潛意識中，林道靜就是他的海，就是他的生命的故鄉。余永澤希望在林道靜那裏尋找到一個像母腹一般溫暖的港灣，而林道靜希望在余永澤身上發現一個高大的精神父親的身影。然而，幾乎在一開始，他們各自的潛在願望就已經背道而馳了。在暢談人生理想的過程中，余永澤困惑地發現，在林道靜「柔美虛弱的外形裏」，實際上「隱藏著一個剛強而又執拗的靈魂」。從她那一對「倔強的、不易說服的眼睛」裏，余永澤已經直覺到林道靜是一個「幼稚」而「任性」的女孩子，而不是他理想中的「賢妻良母」。在她的身上得到彰顯的是單純的「女兒性」，而不是包容的「母性」。儘管如此，在理智上余永澤仍然執迷不悟。他像一個嬰兒祈求母愛一樣乞求著林道靜的愛情。為了能夠和林道靜同居，余永澤選擇了裝病，這意味著他想以嬰兒自居，以此喚醒林道靜心中沉睡的母愛。終於，「在余永澤的眼淚和擁抱中」，林道靜和他同居了。然而不幸的是，他們之間的人格心理衝突從此也就接踵而至。林道靜迫切地希望在自己的人格心理結構中重建一個超我形象，而余永澤似乎只知道一味地滿足自己潛意識中本我的戀母欲望。林道靜很快就厭倦了做一個家庭主婦，她並不是余永澤夢想中的生活之母，而余永澤完全沉湎於沉悶的書齋生活，他也無法充當林道靜的精神之父。隨著時間的推移，余永澤「那騎士兼詩人的超人風度」徹底地煙消雲散了，林道靜終於發現他原來是一個自私而平庸的，期待他人照料和拯救的「嬰兒」。這對於同樣亟待他人拯救的林道靜來說，她只有選擇離開，繼續去尋覓自己理想中的精神父親。於是，年少有為的革命知識分子英雄盧嘉川適時地出現了。

　　如果說林道靜對余永澤的第一次人格認同是一次「誤認」，那麼她對盧嘉川的人格認同就是一次「確認」。在余永澤的身上帶有濃重的「幼兒性」，這和盧嘉川身上強烈的「父性」形成了鮮明的對比。在小說中，林道靜經常對余永澤採用昵稱「澤」，而對盧嘉川則習慣於敬稱為「盧兄」。在中國傳統的社會心理中，「長兄」一直是作為父親的替身而存在的。林道靜當初離家出走

的時候，她想要去尋找的那位「表兄」實際上就是其潛意識中理想化父親的現實化身。經過與余永澤的一次人格誤認的心理挫折之後，林道靜更加堅定了向盧嘉川認同的心理傾向。和余永澤強烈的依賴性相比，盧嘉川的人格更加具有獨立性。第一次見到盧嘉川，林道靜便發現「他和余永澤大不相同」。同爲北大學生，「余永澤常談的只是些美麗的藝術和動人的纏綿的故事；可是這位大學生卻熟悉國家的事情，侃侃談出的都是一些道靜從來沒有聽到過的話」。如果說余永澤的性格是內傾的、柔弱的，染有明顯的女性氣質，那麼盧嘉川的性格則是外傾的、剛強的，秉有強烈的男性氣質。不僅如此，盧嘉川身上同樣強烈的領袖氣質使得他又具有明顯的父性氣質。身爲「北大南下示威團」的副總指揮，盧嘉川的儒將風度使整天埋首故紙堆的余永澤相形見絀。林道靜第二次見到盧嘉川是在北大學生的一次除夕聚會上。「看著大夥都對盧嘉川流露著一種尊敬而渴望的神情」，林道靜「自慚形穢般只呆在一個黑暗的角落裏，不敢發一言」。作爲一個知識分子出身的革命文化英雄，盧嘉川在林道靜心目中顯得是那樣高不可攀，而這恰恰滿足了林道靜內心深處的戀父情結的願望。就這樣，在精神上嗷嗷待哺的林道靜，在精神導師盧嘉川的指導下開始閱讀了大量的紅色革命著作。「在她尊敬的老師面前」，林道靜覺得自己「好像年輕多啦」，彷彿「變成了一個小女孩」，而「我過去的生活使我早就像個老太婆了」。這意味著，在盧嘉川這位精神父親的面前，林道靜重新又回到了那個單純而又任性的幼女的角色中，而當初在余永澤那位人格上的幼兒的身邊，林道靜卻不得不被迫扮演著一種「老太婆」似的母親的角色。盧嘉川是林道靜心目中最理想的戀人。他集「男性」和「父性」於一身，所以林道靜在信中稱其爲「最親愛的導師」和「最敬愛的朋友」。這說明在林道靜和盧嘉川之間不僅存在著父愛，而且也夾雜著眞正的愛情。在林道靜和盧嘉川最後一次分別的時候，「盧嘉川的心裏這時交織著非常複雜的情感。這女孩子火熱的向上的熱情，和若隱若現地流露出來的對於他的愛慕，是這樣地激動著他，使他很想向她說出多日來秘藏在心底的話。但是，他不能這樣做，他必須克制自己。」盧嘉川似乎清醒地意識到了自己是林道靜的精神父親，這個崇高的革命角色使他必須壓抑住自己本能的情慾衝動。這樣，他只能「拉住她的手」，「像個親切的長兄」，嚴肅地叮囑她要爲革命奮鬥終生，然後再也沒有回來。

　　也許是因爲林道靜和盧嘉川之間平等的愛情有暗中消解不平等的父愛的

危險，作者適時地選擇了讓盧嘉川悲壯地犧牲。代替盧嘉川出場的人物是江華。江華與盧嘉川的最大不同在於，盧嘉川是知識分子出身的革命文化英雄，實際的革命經驗還明顯不足，而江華是工人階級出身的革命文化英雄，既有很高的革命理論水平，又有豐富的革命實踐經驗。與向嫌稚嫩的盧嘉川相比，沉著老練的江華更有資格作為林道靜的精神導師或文化父親。也許正是在這個意義上，林道靜更願意稱呼盧嘉川為「盧兄」，而對江華則以「老江」相稱，其間明顯地平添了幾分尊敬。對於林道靜來說，最初結識的江華就是一個「堅強、勇敢、誨人不倦的人」，在他們之間交談的過程中，原本已經過盧嘉川的革命啓蒙的林道靜卻經常「像個答不上老師提問的小學生」，在精神上處於一種極度無助的狀態。這暗示出了同是精神父親，和江華相比，有階級局限的盧嘉川仍然存在著較大的差距。如果說盧嘉川是父親和戀人雙重身份集於一身，那麼江華則是較為純粹的政治文化父親和精神導師。作為林道靜的入黨介紹人，江華是黨的現實化身，而林道靜則是黨的女兒。作為政治文化父親，江華一直習慣於保持自己的父道尊嚴，而當初在盧嘉川的身上卻始終都閃爍著那份難以掩飾的多情。在林道靜的心目中，江華「是一個不善於表現自己情感的人。與林道靜的再度重逢，使他歡快、興奮，甚至心頭隱秘地充塞著幸福的憧憬；然而他所表現的卻是這樣的冷靜，甚至是有些冷淡」。這表明老成持重的江華是林道靜的精神父親的最佳人選。當終於有一天江華向林道靜表示，希望兩人之間的關係能夠「比同志的關係更進一步」的時候，林道靜卻難以掩飾自己的痛苦，她一時無法接受「這個堅強的、她久已敬仰的同志，就將要變成她的愛人」，因為「她所深深愛著的、幾年來時常縈繞夢懷的人」是盧嘉川，而不是江華。所以，當江華「突然伸出堅實的雙臂把她擁抱了」的時候，林道靜雖然滿足了自己潛意識中的戀父情結，但是這一切對於她的真實自我來說實際上卻是一場痛苦的心理悲劇。

以上分析了林道靜實現文化戀父情結的心理嬗變過程。不難看出，她始終都在尋找著自己的精神父親。儘管也曾有過人格誤認的心理挫折，但從總體上來看，從余永澤，到盧嘉川，再到江華，通過對他們的選擇、放棄、認同，林道靜是一步一步地實現著心靈深處最初的隱秘願望。當然最終的結果卻是苦澀的，願望滿足的背後是難以掩飾的心靈隱痛。林道靜最終嫁給了一個理想化的父親，而不是其夢中情人。在她和江華之間幾乎沒有什麼愛情乃至於愛欲，他們的結合是「非性化」乃至「反性化」的，它表明林道靜在很

大程度上已經陷入了父權崇拜的文化心理陷阱。值得指出的是,在一定程度上,林道靜的人生心路歷程可以被看作是現代中國革命知識分子(包括作者楊沫)的人格心理演變歷程的一個縮影。在這個意義上,林道靜的文化戀父情結不僅僅是屬於她個人的,也不僅僅是屬於作者楊沫所獨有的,而是屬於現代中國革命知識分子(作家)所普遍具有的一種深層文化心理傾向。文化戀父情結的本質在於父權崇拜。正是對政治權威話語及其主流意識形態的全面認同導致了紅色中國主流作家的自我喪失和精神淪陷的悲劇。為了迎合主流文化規範,紅色中國作家幾乎都選擇過話語屈從立場來為自己在紅色文化或文學秩序中途上一層「保護色」。然而,這樣做的結果只能是對自我的逃避。對於那些身陷文化戀父情結的創作主體而言,他們已經異化為了自己的精神父親而與自身的生命本能和自我意志相疏離。也就是說,他們在精神上已經被閹割了,其文化人格心理結構從而也就變得殘缺不全。在這個意義上,林道靜的女性身份也就具有了某種文化象徵意義,它象徵著中國革命知識分子群體的女性身份,這是遭到權威的政治文化父親的精神閹割的結果。

接下來想分析《創業史》。和《青春之歌》相比,柳青的這部紅色經典名著雖然沒有展示中國革命作家的文化戀父情結的動態生成過程,但卻無意中流露了深陷這種文化戀父情結的中國革命作家的深層文化心理困惑。我打算從改霞的女性身份的角度來重新解讀《創業史》,以期從一個別樣的視角進入到柳青的心靈世界。改霞是一個寡婦的女兒,自小喪父,這使得她在潛意識中始終在尋找著一個代父的形象。然而,由於寡母嚴謹的家教,她長期「一點一滴地,無形中和有形中按照自己的心性,鑄造著閨女的心性」,因此改霞一直到十六七歲的時候,還是一個性格內向的,「最容易害羞的閨女」。終於,新中國的建立給改霞的生活帶來了轉機。「出去參加過幾次群眾會,柿樹院就關不住改霞了。」蛤蟆灘政治生活中的風雲人物,號稱「轟炸機」的黨的代表主任郭振山出現在了改霞的現實生活和心理世界中。「這個很會說話的強有力的農民共產黨員,在下堡鄉五村,是改霞最崇拜的人物」。顯然,郭振山在改霞的人格心理結構中很快便佔據了那個虛位已久的超我,即精神父親的位置。「借助代表主任的說服力」,改霞走出了封閉狹小的傳統家庭生活,全面地邁向了社會大家庭。在郭振山的引導、幫助和干預下,改霞不僅擺脫了寡母的觀念束縛,解除了封建婚約,而且還獲得了上學學文化的機會,並且擔任了學校的團支部委員,從此她的生活發生了根本性的變化。惟其如此,改

霞才會「像一個小孩子信任大人一樣，信任代表主任」，因為一想到「自己失去父親，沒有兄長，而有著這個年長的共產黨員的照顧」，改霞便覺得自己「是很幸運的」，對郭振山便不能不油然而生出一股敬意。

然而，和林道靜一樣，柳青筆下的改霞同樣也有著對愛情的本能追求。「被窮佃戶們翻身的要求鼓舞著」的改霞，進一步「渴望著女性切身的解放」。於是，在改霞的心理世界裏，由本我所驅使的對戀人的生命本能欲求，與由超我所支配的對精神父親的潛在願望糾結在了一處，彼此間的界限難以區分。前者屬於個體無意識，後者屬於集體無意識，二者都隸屬於無意識這個神秘的心理大家族。由此便產生了改霞的精神心理誤區。這主要表現為，當改霞在選擇愛情對象的時候，她已經在潛意識中滋生了一種心理定勢，即總是渴望著尋找到一個父親般的戀人。也就是說，在這個戀人身上，父親的文化特質必須壓倒其生命本能欲求。因此，與其說改霞是在尋找一個平等的戀人，毋寧說她是在尋找著一個權威的精神父親。顯然，梁生寶正是改霞所要尋找的理想人物。他恰恰就是一個父性特質強烈，而男性氣質相對薄弱的人。在改霞的印象中，梁生寶是「這號人 —— 青年人的年齡，中年人的老成」。在一般村民的心目中，梁生寶的言行舉止同樣「看上去比他虛歲二十七的年齡更為老成持重」。這種類型的人，由於過早地形成了人格超我，習慣於固守在文化父親框定的精神視域之內，因此常常顯得少年老成，其生命本能衝動往往遭受到了比一般人更多的「過度壓抑」。在柳青的筆下，年紀輕輕的梁生寶外表樸實，不顯山不露水，然而卻具有常人難以比擬的自我剋制能力和組織領導能力。他時時處處都以黨的標準來嚴格要求自己，既與「走資本主義自發道路」的政治勢力做堅決的鬥爭，又與自己心靈深處的非理性衝動作不懈的斡旋，直至最終將其消泯殆盡。在事業上，梁生寶無疑是一個革命英雄，這在他不顧路途遙遠，隻身赴郭縣為窮人買稻種中已經初露鋒芒，而在他領導和組織窮人不顧環境艱險，毅然進終南山割竹的壯舉中，梁生寶的革命英雄本色更是被渲染得淋漓盡致。對於這一點，改霞「是清楚的：生寶是英雄！……他做事和普通人不一樣」。正是這種英雄氣質讓改霞對梁生寶敬服不已。而且，隨著郭振山的高大父親形象逐漸在現實鬥爭中萎靡不振，他在改霞心目中的超我地位也就岌岌可危，與此同時，梁生寶在改霞的人格心理結構中也就逐漸代替了郭振山的文化父親形象。

實際上，梁生寶的父性人格不僅僅只體現在他的公共事業領域中，它還

非常明顯地體現在了梁生寶的私人情愛空間中。例如，在一次全縣青年積極分子代表大會期間，梁生寶和改霞曾經有過單獨的私人交往。後來「他承認：那時間，他要是伸胳膊摟她，她也許不會推開他。但他不能那樣做。他相信：正因為這種對待女人的態度，改霞以後更喜歡他了；喜愛裏頭帶有尊敬，他看得出來」。顯然，梁生寶在改霞的面前，始終都在有意無意地以一種精神父親的身份自居，有時甚至是變態地維持著一種想像中的父親尊嚴。對於梁生寶的這種人格迷失，改霞也本能地感覺到了。她困惑地問著自己：「年輕有為的小夥子呀！你對互助合作那麼大的膽量和氣魄，你對這樣事這麼無能？如果你大膽一點，潑辣一點，兩個情人的關係，說不定在你去郭縣以前已經確定下來了。」由此看來，不僅梁生寶，而且改霞的心靈深處同樣充滿著矛盾衝突。這種衝突是主體心理結構中超我和本我這兩種人格的對抗，它體現為文化父親及其代表的主流文化規範或權威意識形態，與生命的原初本能衝動之間的矛盾爭鬥。當然，對於梁生寶來說，心理衝突的結果是超我徹底戰勝了本我，換言之，一種文化戀父情結完全形成。而對於改霞而言，一直到全書第一部的最後一章中，在這種心理人格衝突的過程中，相對於本我來說，超我的心理壟斷地位始終並不是很牢固。也就是說，改霞一直在文化戀父情結中苦苦掙扎。對於梁生寶這位精神父親，改霞在理性上確實充滿了尊敬和留戀，然而，改霞又本能地覺察到，自己需要尋找的是一個充滿生命激情的戀人，而不是一個道貌岸然、老成持重的父親。

有意味的是，柳青在「第一部的結局」中出乎讀者意料地讓改霞最終選擇了離開梁生寶，這讓那些崇拜梁生寶的讀者感到很是不快。他們紛紛寫信埋怨柳青不該讓改霞進城去當工人，希望作者能夠就此給予明確的答覆。然而，這顯然讓柳青左右為難，因為它觸及到了柳青靈魂中的隱秘衝突。所以，我們在柳青簡短的公開答覆中看到的只是含糊其辭，顧左右而言它〔註52〕。而當梁生寶受到嚴家炎的指責的時候，柳青卻氣勢洶洶、理直氣壯地做了長篇的答辯文章，公開為自己理想化的英雄主人公辯護〔註53〕。問題在於，柳青為什麼不敢或不願為改霞申辯幾句呢？看來，他有難言的隱衷。柳青顯然不贊成去譴責改霞不辭而別的「負心」，這是因為，和在事業上幾乎高大完美的革命英雄梁生寶相比，也許柳青在無意識中更為偏愛改霞。在改霞身上，

〔註52〕柳青：《怎樣評析徐改霞》，《文匯報》1961年10月12日。
〔註53〕柳青：《提出幾個問題來討論》，《延河》1963年8月號。

雖然文化戀父情結已經滲透在了她的言談舉止之中，然而這一切仍然遮蔽不了她那時不時散發著的青春激情。在改霞的文化人格心理結構中，雖然作爲精神父親的超我總體上佔有心理壟斷地位，但是它經常面臨著被本我，即生命本能欲望顛覆的危險。而在梁生寶那裏，他幾乎已經變成了政治文化父親的現實化身，在一個巨大的革命理想人格的籠罩下，原始的生命本能已無處藏身，眞實的自我也就失落了。因此，在一定程度上，如果說梁生寶是柳青的集體理想人格（超我）的外化，那麼在改霞的形象中就投射著柳青的無意識生命本能（本我）的激情。換句話說，在潛意識中，柳青的自我更傾向於他的本我，而不是超我，儘管這一切在表面上恰恰相反。人們往往只看見了柳青的理性人格，而常常忽視了他的非理性人格。這正如他們對梁生寶和改霞的文化戀父情結習以爲常，而無意中忽視了改霞的深層心理衝突一樣。既然如此，我們有必要換一個視角來審視柳青，我們與其站在梁生寶的父性立場上去發現一個單面的柳青，不如站在改霞的女性立場上來「同情」柳青的複雜心理人格困惑。我相信，當柳青沉浸在創作的無意識狀態中的時候，他常常都在以改霞自居，這正如楊沫在創作《青春之歌》時以林道靜自居一樣。前面說過，林道靜是現代中國革命知識分子的代表，她的女性身份可以看作是現代中國革命知識分子在精神上被政治文化父親閹割的象徵。在這裏，當我們解析出柳青在無意識中以改霞自居的時候，我們又一次發現了現代中國革命知識分子（作家）被閹割了的文化身份。由此可見文化閹割情結是紅色中國作家的宿命。

雖然從總體上看，《創業史》第一部中的改霞深陷在文化戀父情結中不能自拔，但柳青在最後時刻畢竟讓改霞從文化戀父情結中毅然走了出來，這是柳青的自我在無意識中覺醒的結果。相比較而言，《豔陽天》中的焦淑紅就沒有改霞那麼幸運，浩然筆下的這位女主人公幾乎自始至終都沉醉在文化戀父情結的迷夢中不曾醒來。這說明，同是文化戀父情結患者，和柳青相比，浩然的精神症狀明顯要嚴重得多。在這個意義上，浩然也許可以被看作是紅色中國革命知識分子／作家群體中最符合權威文化規範或主流意識形態的作家之一。從家庭成員結構來看，浩然筆下的焦淑紅似乎要比改霞幸運得多。「她的爸爸焦振茂，……是東山塢村最全套的莊稼把式；媽媽更是有名的勤儉持家的能手；哥哥抗美援朝那年參軍走了，老兩口子把焦淑紅當兒子使喚，當寶貝看待，焦淑紅在他們手下練出一身勞動本領。」不難發現，在表面的家

庭幸福的背後，在焦淑紅的身上其實潛藏著一個性別角色的錯位問題。由於兄長的長年在外，身爲女性的焦淑紅在父母的眼中實際上被當成了兄長的替身。也就是說，她被父母想像成了一種異己的男性身份，而且還在生活和生產實踐的過程中，被父母按照一種既定的男性身份來進行人格教育和塑造。於是，在潛移默化中，儘管焦淑紅的女性氣質並未泯滅，但她身上的男性氣質卻在逐漸增長。這主要表現爲，她越來越習慣於向生活中出現的男性英雄或模範人物認同，從而在其人格成長的過程中日漸形成文化戀父情結的潛在心理定勢。

焦淑紅的第一位精神父親是由她那位入伍在外的兄長來充當的。當焦淑紅初中畢業的時候，焦家父母原指望女兒能夠繼續「念大書」，讓老焦家從此出個「女秀才」，沒想到焦淑紅把「小行李一卷，回到東山塢參加勞動了」。焦淑紅之所以做出如此重大的、出人意料的人生選擇，其實是因爲她對身爲軍人英雄的兄長的暗中崇拜。原來，有一年暑假，其兄的部隊開至河北，離家鄉不遠，焦淑紅曾經到部隊的營地附近與兄長有過短時間的小聚。兄長的威武形象和英雄舉止顯然深深地烙在了她的腦海裏，再也不曾抹去。所以，當有一天焦淑紅偶然在報上見到一個著名勞模的女兒當上了拖拉機手的事迹後，她便馬上「決定了自己的前途」。焦淑紅的選擇自然得到了兄長的贊許和鼓勵，並且還介紹她與那位勞模的女兒通信。這樣，「在畢業的時候，她就聽黨的話，回到農村來了」。從此，焦淑紅決然拋棄了早年的知識分子職業幻想，那時她曾在詩人、科學家、教師和醫生這四種職業中「選來選去，猶豫不定」，而現在，一切是那麼確定和明朗：當一個勞動模範，或者說是一個新式農民英雄。

由於兄長在其日常生活中的缺席，所以焦淑紅必須爲這位精神父親尋找一個現實化身。這個人就是東山塢農業生產合作社的黨支部書記蕭長春，一個社會主義改造高潮中湧現出來的幾近完美、性格定型的新式農民英雄。有意味的是，蕭長春原來還是一位退伍軍人。在潛意識中，焦淑紅極有可能把蕭長春視爲應該從軍隊轉業的兄長的替身。從兩個生活細節中我們不難窺測到這一點。第一個細節是焦淑紅對母親總是在她面前把蕭長春稱呼爲「你表叔」很是反感。她的理由是：「同志不分輩兒。再說，我們又不是眞正的親戚，我不跟你們排。」由於焦淑紅暗戀著這位鄰居家的長輩，而在焦淑紅的潛意識世界裏，這實際上是一場兄妹之間在精神上的固戀的現實投射，所以焦淑

紅在有意無意之中流露出來的語言禁忌，其間卻折射出了她害怕心理隱秘被他人偷窺的內在恐懼。焦淑紅對革命同志關係的故意彰顯，和對宗親血緣關係的有意迴避，這實際上是在爲她內心深處的戀父情結竭力做出一種合理化的辯護。第二個細節的情形與第一個基本相似。按照農村宗法血緣輩分，焦淑紅原本應該和蕭長春的前妻遺留下來的兒子小石頭以姐弟相稱。然而焦淑紅卻諱言這一事實。她小心翼翼地對小石頭進行感情籠絡，誘使他喊自己爲「姑姑」，而不是原來的「淑紅姐」。焦淑紅這樣做的隱秘心理動機仍然在於，她必須爲自己無意識中對蕭長春的亂倫戀父行爲做出合理化辯護。當然這一切都是在無意識心理中發生的，並不爲她周圍的人，甚至也不爲她自己所知曉。

實際上，在那位被焦淑紅所暗戀的蕭長春身上確也具有強烈的父性氣質。小說裏曾這樣描述過蕭長春的「老成持重」：

> 如果不是革命工作的需要，使他擔負起這樣重的職務，像他這個年齡的人，也許還保留著許多的孩子氣。喜歡幻想，喜歡湊熱鬧，喜歡美；能吃能幹能睡覺，做起事情來，橫衝直撞，不顧前後；特別是這樣一個剛剛三十歲的「二荏子」光棍兒，又具備著許多足以使女人們動心的優點，他會把很多的心思放在搞對象上邊……可是，蕭長春把這一切全擠跑了，佔據他整個心的，是工作、生產、農業社！（《豔陽天》第一卷，人民文學出版社 1964 年版，第 171 頁。）

這裏，浩然根據權威意識形態和主流文化規範，採用了一種「排除法」，無意中把自己心愛的英雄人物給「閹割」了。蕭長春成了一個不食人間煙火、沒有七情六慾的神祇，也就是一個喪失了生命本能衝動的人。顯然，在蕭長春的身上我們看見了梁生寶的影子。蕭長春像少年老成的梁生寶一樣，在他的人格心理結構中超我佔據了絕對的壟斷地位，而本我慘遭放逐，在這一點上蕭長春甚至比梁生寶表現得更爲嚴重。蕭長春完全被鄉黨委書記王國忠這位政治父親折服了，淪爲他的現實替身，這就猶如梁生寶最終被區委副書記王佐民所全面同化了一樣。由此，蕭長春在生活中就時時處處都有意無意地以政治父親形象自居，成爲了被身邊的人，尤其是被年輕的團支書焦淑紅認同和崇拜的對象。

黨支書蕭長春無疑是團支書焦淑紅崇拜的精神偶像。換句話說，蕭長春

就是焦淑紅無意識中的精神父親。在洋洋百萬言的長篇巨構中，雖然蕭長春的精神和性格基本上處於一種停滯和固化的狀態，但焦淑紅卻在他的引導下經歷了一個人格系統逐漸被改造和塑造的過程。剛出道時的焦淑紅還只是一個喜歡衝動，敢說敢做、階級意識比較薄弱的「假小子」。比如第一卷中，當在一次社幹部會上，蕭長春遭到隊長馬連福的惡意攻擊時，焦淑紅就馬上急躁地和馬連福發生爭執，試圖捍衛精神父親的權威。然而，蕭長春的沉著冷靜最終讓政治對手的陰謀宣告破產。而焦淑紅的急躁冒失被蕭長春事後批評為「看問題缺乏階級分析的觀點」。再比如第二卷中，當蕭長春提議讓團支部的焦克禮當隊長，韓小樂當會計時，焦淑紅當即表示反對，因為她「自己光想到團支部和個人的臉上光彩」，觸犯了「個人主義」的文化禁忌。結果自然也少不了被蕭長春指點迷津，從而迷途知返。於是乎到了第三卷中，焦淑紅在政治父親的訓導下終於「長大成人」。當蕭長春的愛子小石頭被階級敵人暗中殺害以後，無數社乾和群眾一片驚慌，險些中了階級敵人的圈套。此時表現沉著，鎮定自若的人，除了蕭長春之外，大概就只剩下焦淑紅了。她和蕭長春簡直是心有靈犀，兩人不約而同地依照階級的觀點來分析這一起隱藏著嚴重階級鬥爭動向的日常事件。至此，焦淑紅和蕭長春合二為一，他們在精神或人格心理結構上已經二位一體。在這個意義上，他們的最終結合應該被看作是焦淑紅潛意識中文化戀父情結的完成儀式。

實際上，我們在焦淑紅和蕭長春之間的愛情敘事中見不到多少愛欲的影子。相反，其間大量充斥著革命政治話語。雖然焦淑紅一度曾說自己「突然間得到了愛情的力量，她愛上了一個人」，然而，她其實自始至終是深陷在一種異化或病態的愛情話語中不能自拔。一方面，她承認「過去她也愛這個人，那是因為另一種力量，一個急求進步的青年熱愛一個黨支部書記，熱愛一個好領導；那會兒，她覺得他們是最知心的同志，是志同道合的同志」。然而，另一方面，敘事人又對她的現實的愛情狀態做出了這樣的描述：「他們開始戀愛了，他們的戀愛是不談戀愛的戀愛，是最崇高的戀愛。她不是以一個美貌的姑娘身份跟蕭長春談戀愛，也不使用自己的嬌柔微笑來得到蕭長春的愛情；而是以一個同志，一個革命事業的助手，在跟蕭長春共同為東山塢的社會主義事業奮鬥的同時，讓愛情的果實自然而然地生長和成熟……」。不難看出，無論是過去還是現在，焦淑紅對蕭長春的情感依戀，就其性質來說，它都是一種兒子（「假小子」）對父親的敬愛和尊重。反過來，

蕭長春對焦淑紅的所謂愛情，在性質上也不過是一種父親對兒子的關愛和扶持罷了。總之，在焦淑紅和蕭長春之間，眞正的、雙向度的、人格平等的愛情是缺席的，有的只是具有內在的權力等級結構的權威主義情感形態。在蕭長春和焦淑紅之間，他們表面上是戀人關係，乃至夫妻關係，但在潛意識中卻是一種「父子」關係。進一步說，本質上，兩人之間是一種權力關係，即上下級之間的權力隸屬關係。即使焦淑紅自認爲「只有革命同志才是最寶貴的關係」，但就是這種同志關係也不過是權力關係的一種堂皇的裝飾品。

其實，焦淑紅也曾意識到「跟一個敬佩的領導、跟一個平時以『表叔』的尊嚴對待自己的人表示愛情，這是非常艱難的」。而且蕭長春的情敵，富農的兒子、初中生馬立本也曾對蕭、焦之間的戀愛關係深感懷疑和困惑：

> 他肯定焦淑紅是不會愛上蕭長春的。不論文化、人頭、年齡、家庭，還有對女人的熱情，自己都能壓下蕭長春。就憑焦淑紅那個性格，進門就有人叫她媽，她不會幹。再說，如果一個人愛上一個人，搞到可以在黑夜一塊找地方談談的地步，無論如何也瞞不住別人的眼睛的。焦淑紅跟蕭長春從來沒有這種迹象。（《豔陽天》第一卷，人民文學出版社 1964 年版，第 431 頁。）

應該說，馬立本對焦、蕭之間戀人關係的質疑具有明顯的合理性。如果剝離作者有意罩在馬立本身上的意識形態陰影，我們將會發現，馬立本對焦淑紅苦苦追求的那股生命本能衝動，恰恰就是蕭長春所匱乏的東西。然而，可憐的馬立本始終未能明白，他單戀的焦淑紅實際上在潛意識中所追尋的並不是眞正的愛情，而是政治文化父親所能給予給她的父愛而已。也就是說，焦淑紅已經身陷文化戀父情結，她的女性身份已經在無意識中被消解到了最低限度，因此她對情愛的欲望是非常稀薄的。故而她只可能拒絕馬立本的本能追求，而投進蕭長春的政治懷抱。

如果說在《創業史》中相對於梁生寶而言，改霞也許更能體現柳青的文化人格心理結構中的困惑，那麼到《豔陽天》中就根本不存在這種區別了。因爲蕭長春和焦淑紅已經二位一體，他們的人格心理結構或文化心理結構最終獲得了同一性。他們之中無論是誰，都可以被看作是浩然的精神或心靈世界的投影。由此，浩然也就成爲了紅色中國革命知識分子／作家群體中身陷文化戀父情結的最有代表性的作家。總之，無論是浩然、柳青還是楊沫，他們的紅色文學經典長篇小說中都以父性化的男性英雄人物形象塑造見長，而

且他們往往善於在父性化的男性英雄人物身邊設置不同性格的女性人物對其表示認同和崇拜，這顯然是一種父權崇拜的表現，歸根結底則是一種權力崇拜的流露。

第四節　完美主義社會性格

前面從兩個不同的角度，即文學人物形象塑造的非性化傾向和男性人物形象塑造的父性化傾向出發，試圖闡明這樣一個命題，即在紅色中國革命作家的群體心理結構中存在著一種文化戀父情結及其所衍生的政治閹割情結。作為一種病態性的群體文化心理癥結，它們潛在地支配和制約著紅色中國作家的文學創作心理，使紅色文學創作逐漸形成了一些偏執的形象思維定勢或畸形的人物塑造模式。

在本章的最後，我還想集中剖析一下 20 世紀 40～70 年代紅色中國革命作家的主導性的社會文化性格。由於長期置身於紅色中國文化和文學話語秩序之中，紅色中國主流作家基本上都主動或被動地選擇了一種話語屈從立場，以此來迎合主流文化規範或權威意識形態的召喚，從而形成了一種集體化的理想人格，最終在不同程度上暗中緩解了由於外在的政治文化權力的壓抑所釀成的內心人格焦慮。但這種心理平衡的達成卻是以創作主體自身靈魂中真實自我的喪失為代價的。因此，紅色中國主流作家的群體社會文化性格中普遍具有一種由於「文化人格有機構成」發生分裂所帶來的受虐或自虐特徵。一般而言，在健全的社會中，由眾多社會個體所組成的社會群體所展現的群體社會文化性格也是健全的有機體，也就是說，在其群體社會文化性格中的文化人格心理結構內部達成了某種心理平衡，如西方的古希臘時期和中國的盛唐時期，古希臘人和唐人庶幾乎臻達了那種「文化人格有機構成」的理想境界。而進入現代社會以來，無論西方還是中國，無論是由於經濟資本的作祟還是由於政治強力的介入，現代人對於「文化人格有機構成」境界已是可望而不可即，因為「文化人格有機構成」的分裂已經成為了中西社會群體性格的新常態。借用西方社會文化學派精神分析學大師霍妮的說法，我把紅色中國主流作家所普遍具有的這種分裂性群體性格稱之為「完美主義」社會性格。

一、作為社會性格的完美主義

社會性格是弗洛姆所提出並經常使用的一個重要概念。弗洛姆畢生致力

於將馬克思主義和弗洛伊德主義嫁接起來，從而取長補短，這使得他在西方當代思想文化界產生了重大影響。雖然弗洛姆站在馬克思主義的立場上承認，一定時代的社會秩序中通常都具有相對穩定的社會結構，它是政治結構、經濟結構和文化結構（意識形態）的有機統一，但與此同時，弗洛姆又站在新弗洛伊德主義的立場上，主張在經濟結構和「政治－文化結構」這兩極之間安插一個社會性格結構，作為前兩者相互作用的「中介」〔註54〕。在弗洛姆看來，社會性格結構是不可或缺的，它既是經濟結構和政治－文化結構的產物，同時又能動地參與了對它們的再生產。

　　強調意識形態的自主性，這是當代西方馬克思主義區別於經典馬克思主義的基本特徵之一。弗洛姆當然也不會例外。不同之處在於，弗洛姆主張將作為意識形態載體的人的社會性格心理結構放在一個關鍵性的樞紐地位。所謂社會性格（結構），弗洛姆指的是「在某一文化中，大多數人所共同擁有的性格結構的核心，這與同一文化中各不相同的個人的個性特徵截然不同」〔註55〕。這意味著，在一個相對穩定的社會文化模式中，大多數置身其間的社會主體會不可避免地形成某種主導的和共同的群體性格結構。通過對這種社會群體性格結構的考察，我們能夠有效地發現那一社會時代的主流文化特徵。由於知識分子（作家）往往是一個社會文化時代中最敏感的特殊群體，接下來，我將具體考察置身於紅色中國文化秩序中的主流作家的社會群體性格結構，試圖從中反觀中國革命文化模式的心理特徵。

　　不難發現，置身於紅色中國文化秩序中的主流作家大都具有一種主導性的、共通的社會性格結構，即一種完美主義類型的社會文化性格。（實際上，在這點上作家和當時的普通民眾之間並沒有什麼大的不同。）按照霍妮的觀點，世界上有這樣一種類型的人，他們以「完美主義」為人生方向或心理防禦策略，「把他（們）自己和他（們）的標準等同起來」〔註56〕，在苛刻甚至嚴酷的道德價值標準下成長，以此抵禦或緩釋他們內心深處被社會生活環境激發的基本焦慮，如孤獨感、無助感，尤其是敵視感。這種類型的人通常都追求給他人以一種完美的形象，藉此贏得別人的尊敬，因此他們是一群特別「愛面子」的人，具有強烈的自尊情結。為了換取一份人為的或虛偽的尊嚴，

〔註54〕弗洛姆：《在幻想鎖鏈的彼岸》，湖南人民出版社1986年版，第92頁。

〔註55〕弗洛姆：《健全的社會》，貴州人民出版社1994年版，第62頁。

〔註56〕卡倫·霍爾奈（又譯「荷妮」，通譯「霍妮」）：《神經症與人的成長》，上海文藝出版社1996年版，第208頁。

他們往往不惜付出喪失眞實自我的精神代價，心甘情願地出賣靈魂的自由。為此，他們行事待人時時處處過於小心謹愼，唯恐給他人遺留下什麼可以遭致恥笑的把柄。他們竭力壓制自己眞實的心理欲望，為的是在他人心目中維持一個高大完美的人格形象。這使得他們的日常生活行為常常具有禁欲主義或苦行主義色彩。

這意味著他們是一群「言行一致」的人。然而，他們在日常生活行為中恪守的一套道德價值標準體系並不是其內心眞實自我的反映，而是一種外在於自我的、由主流社會文化權力所支配的道德規範系統。他們在頭腦中「把標準和現實情況等同起來」，力求使自己「既知道道德標準，又是一個道德高尚的人」〔註57〕。由此看來，具有完美主義性格的人必然是一個道德理想主義者，他注重個人的道德修養已經發展到了一種「心理固戀」的地步。用弗洛伊德的話來說，他們人格心理結構中的超我（道德理想人格）過於強大，已經發展到了對他們的眞實自我（包括本我）進行無意識施虐的殘酷境地。與此同時，後者也在無意識中不知不覺地甘心接受著前者的道德虐待，也就是說，它基本上處於一種受虐、甚至自虐的心理狀態。在這個意義上，完全可以把完美主義者視為一群患上了「強迫性」的「道德受虐症」的人。他們把理想與現實相等同，把現實理想化，又把理想現實化，內心充滿了烏托邦衝動。理想烏托邦對於他們不再是人生的福音，而異化成了人生的噩夢。

應該指出的是，雖然完美主義者內在地具有一種病態的人格特徵，但他們卻常常在不同程度上給人一種冠冕堂皇、高大完美的積極印象。完美主義性格的這種表裏不一的矛盾性，不僅對於 20 世紀 40～70 年代紅色中國文學中具有完美主義性格特徵的文學人物形象來說是如此，而且對於那一代置身於紅色中國文化和文學秩序中的主流作家來說也是如此。這裏我們不妨簡單地開列一個紅色中國文學中具有典型的完美主義性格特徵的文學人物形象的名單，並附上塑造他們的紅色經典作家的名字：趙玉林和郭全海（周立波《暴風驟雨》）、張裕民和程仁（丁玲《太陽照在桑乾河上》）、周大勇（杜鵬程《保衛延安》）、王金生和王玉生（趙樹理《三里灣》）、沈振新（吳強《紅日》）、朱老忠（梁斌《紅旗譜》）、江姐、許雲峰和劉思揚（羅廣斌和楊益言《紅岩》）、梁生寶（柳青《創業史》）、楊子榮（曲波《林海雪原》）、林道靜、

〔註57〕卡倫‧霍爾奈（又譯「荷妮」，通譯「霍妮」）：《神經症與人的成長》，上海文藝出版社 1996 年版，第 209 頁。

盧嘉川、林紅和江華（楊沫《青春之歌》）、鄧秀梅和劉雨生（周立波《山鄉巨變》）、秦德貴（艾蕪《百鍊成鋼》）、蕭長春和焦淑紅（浩然《豔陽天》）、祝永康（陳登科《風雷》）、歐陽海（金敬邁《歐陽海之歌》）、高大泉（浩然《金光大道》）……至於「文革」時期集體創作的「革命樣板戲」中的完美主義人物形象就更「完美」了，如李玉和、李鐵梅、楊子榮、洪常青、吳清華、郭建光、柯湘、方海珍、江水英、大春、嚴偉才、趙永剛、雷剛等等，不勝枚舉。

　　不難分辨出，在這個完美主義人物形象系列中大體上存在著兩種類型：一種以梁生寶為典型代表，在作品的主體敘事中其完美主義性格形態基本上沒有發生大的變化，如趙玉林、朱老忠、蕭長春、鄧秀梅、高大泉等等大體都屬於這一種類型。另一種以林道靜為典型代表，在作品的主體敘事中，他們都在不同程度上處於一種逐步向完美主義性格形態過渡的精神心理狀態。這種類型的完美主義人物形象數量相對要少得多，只有程仁、周大勇、劉思揚、雷剛等少數人物大致上可以歸入這種類型。然而，無論是屬於哪一種類型，這一批革命英雄人物形象都內在地具有一種完美主義的性格結構，即一方面在表面上呈現出一種英雄本色，其行為方式具有擴張性、進攻性、革命性，另一方面又在骨子裏流露出一種奴隸心態，其行為方式因此又具有潛在的屈從性、受虐性，乃至自虐性。當然，這種本質上的奴隸心態基本上都被其表象上的英雄本色給掩蓋住了，而為人們習焉不察。這恰恰是完美主義性格結構的虛偽性之所在。在後面的實證分析中我們將更清楚地看到這一點。

　　在很大程度上，對於這一系列具有完美主義性格的革命英雄形象而言，如果那些傾心塑造其形象的紅色中國作家們本身並不具備這種完美主義的性格結構，那麼他們不約而同地集體創造出這批具有相同的內在性格結構的人物形象是不可想像的。這意味著，這一批具有完美主義性格的革命英雄人物形象實際上是創作主體內在的完美主義性格結構的外在心理投射物或藝術載體。當然，對於紅色中國文化和文學秩序中不同的創作主體而言，由於其文化背景、人生經歷和創作個性的不同，他們有可能運用不同的心理投射方式來傾力塑造自己心儀的革命英雄人物形象。但大體上也不外乎兩種方式：一種方式是創作主體逐漸地向理想化的革命英雄人格認同，從而塑造出像林道靜那樣的「過渡型」完美主義人物形象。這種方式在當時並不多見。再一種方式就是創作主體從一開始就乾脆以理想化的革命英雄人格自居，從而塑造

出像梁生寶和蕭長春那樣的「固態型」完美主義人物形象。這種方式在紅色中國文學作品中的主要人物形象的塑造上最爲常見。事實上，無論創作主體採取何種心理外化方式，它們都不能改變人物形象和創作主體之間在內在性格結構上的同一性。

下面將首先對具有完美主義性格結構的典型人物形象展開系統的心理分析，然後再來深入探討促成紅色中國文學創作主體集體生成這種完美主義社會性格結構的歷史文化動因。

二、完美主義人物形象的心理分析

按照霍妮的臨床研究成果，完美主義者的最大特徵在於，由於他在主觀上「把標準和現實情況等同起來」，因此「他既知道道德標準，又是一個道德高尚的人」。這說明完美主義者是一種「言行一致」或「知行合一」的人。這大概是完美主義者最容易讓人尊敬的地方，實際上也是他贏得人格自尊的一種心理防衛策略。不過，由於完美主義者恪守一種近乎苛刻和嚴酷的道德標準，這使得他的行爲方式無意中又給人留下了過于謹愼和小心翼翼的「非常」印象。

在紅色中國文學人物形象畫廊中，柳青筆下的梁生寶就是這樣的一個非常典型的完美主義者。梁三老漢一直稱呼這位「吃公家飯」的養子爲「梁偉人」。《創業史》一出，關於梁生寶買稻種的故事很快便廣爲流傳，一時間眞可謂家喻戶曉。在第五章裏，柳青實際上詳細地描述了梁生寶客居他鄉的典型日常生活行爲和心理狀態，這裏不妨對此展開心理分析，以期在其中發現梁生寶內在的完美主義社會性格結構。首先我們看到的是這樣的一幅場景：

> 夜色來臨，渡船停擺，熙熙攘攘的旅客在旅館夥計的招徠下正陸陸續續地進旅館夜宿。「小街上，霎時間，空無一人。只有他——一個年輕莊稼人，頭上頂著一條麻袋，背上披著一條麻袋，一隻胳膊抱著用麻袋包著的被窩卷兒，黑幢幢地站在街邊靠牆搭的一個破席棚底下。」

作者在這裏要傳達的信息是，普通人和完美主義者是不可同日而語的。當然，作爲一個完美主義者，梁生寶之所以高大完美，這不僅取決於他那特立獨行的身體著裝，而是更在於他善於自我剋制的、近乎苦行主義的人格精神。毋庸置疑，梁生寶被麻袋所環繞的身體形象不但不是他貧窮低賤的表現，

而恰恰是他人格高貴的證明。「麻袋」在這時候已經變成了主人公完美人格的一個特殊的裝飾品。

彷彿是爲了解除讀者心中的疑惑，作者接下來主動地代表讀者，也是代表作者自己虛擬了一場近乎繁瑣的心靈對話。這場對話實際上可以看作是梁生寶文化心理結構中不同人格之間的對話，一個顯在的高大完美的梁生寶似乎在竭力地說服一個隱在的平凡卑微的梁生寶，迫使後者就範。這場虛擬對話是這樣開始的：

　　你爲什麼不進旅館去呢？難道所有的旅館都客滿了嗎？

　　不！從渭河下游坐了幾百里火車，來到這裏買稻種的梁生寶，
現在碰到一個小小的難題。蛤蟆灘的小夥子問過幾家旅館，住一宿
都要幾角錢——有的要五角，有的要四角，睡大炕也要兩角。他捨
不得花這兩角錢！他從湯河上的家鄉起身的時候，根本沒預備住客
店的錢。他想：走到哪裏黑了，隨便什麼地方不能滾一夜呢？……

不難看出，梁生寶確實是一個「兢兢業業」、「老成持重」的年輕莊稼人。正如敘述人所言，「他因爲考慮到不是個人而是黨在群眾裏頭的影響，有時候倒不免過分謹慎」。這意味著，在梁生寶的文化人格心理結構中存在著一個虛構的高大完美的革命英雄形象。在本質上，它是當時主流文化規範和權威的道德倫理標準所塑造的一種集體理想人格。用弗洛伊德的話說，這個集體本位的理想化自我可以命名爲「超我」。事實上，那個時時處處習慣於「大公無私、捨己爲人」的梁生寶形象，也就是那個呈現給人們以高大完美印象的梁生寶形象，正是其文化人格心理結構中的「超我」的外化。通過對這個社會理想人格的凌空構築和小心翼翼的維持，梁生寶在紅色社會文化秩序中獲得了某種合法的「主體性」，他近乎「鶴立雞群」，從而在人群中贏得了無上的自尊。在某種意義上，我們可以說，梁生寶正是爲了那個高大完美的人格面具——「面子」而活著。爲此，他不惜否定自己眞實的自我（個體）價值的合理性，不惜放棄自己作爲一個正常的普通人所應有的合理化欲望。當然，隨著理想化自我的凸顯，這一心理選擇的負面效應被遮蔽了。於是，雖然梁生寶獲得的只是一種「屈從的尊嚴」，但人們見到的卻只有梁生寶作爲一個「克己奉公、嚴格自律」的完美主義人物形象的一個性格側面：

　　他頭上頂著一條麻袋，背上披著一條麻袋，抱著被窩卷兒，高
興得滿面笑容，走進一家小飯鋪裏。他要了五分錢的一碗湯麵，喝

了兩碗麵湯，吃了他媽給他烙的饃。他打著飽嗝，取開棉襖口袋上的鎖針用嘴唇夾住，掏出一個紅布小包來。他在飯桌上很仔細地打開紅布小包，又打開他妹子秀蘭寫過大字的一層紙，才取出那些七湊八湊起來的、用指頭捅雞屁股、錐鞋底子掙來的人民幣來。揀出最破的一張五分票，付了湯麵錢。這五分票再裝下去，就要爛在他手裏了。……∥儘管飯鋪裏的堂倌和管賬先生一直嘲笑地盯著他，他毫不局促地用不花錢的麵湯，把風乾的饃送進肚裏去了。他更不因爲人家笑他莊稼人帶錢的方式，顯得匆忙。相反，他在腦子裏時刻警惕自己：出門要拿穩，甭慌，免得差錯和丟失東西。辦不好事情，會失黨的威信哩。

以上主要是梁生寶在「食」的方面表現出來的「克己奉公」。實際上，在「住」的方面，梁生寶的自我剋制能力與在「吃」的方面比較起來，有過之而無不及：

（在火車站的公共票房裏，）生寶劃著一根洋火，觀察了票房的全部情況。他劃第二根洋火，選定他睡覺的地方。劃了第三根洋火，他才把麻袋在磚漫腳地上鋪開來了。∥他頭枕著過行李的磅秤底盤，和衣睡下了，底盤上襯著麻袋和他的包頭巾。他掏出他那杆一巴掌長的旱煙鍋，點著一鍋旱煙，睡下香噴噴地吸著，獨自一個人笑眯眯地說：『這好地場嘛！又雅靜，又寬敞……』

凡此種種，在梁生寶的「衣食住行」的整體方面，我們不難發現一個非常謹愼小心、習慣自我剋制、無時無處不在追求道德完美的「苦行主義者」形象。在梁生寶看來，「照黨的指示給群眾辦事，『受苦就是享樂』」。在梁生寶的內心世界裏實際上懸掛著一個權威的倫理道德標準體系，它在內化爲梁生寶的集體理想人格（超我）之後，時時處處監視和管制著梁生寶的眞實的自我（包括本我）的一切思維和行爲方式，從而暗中釀成了梁生寶人格心理結構中的某種無聲的心理戰爭。在這場心理內亂中，作爲道德權威的超我爲了維護自己的尊嚴，向自我（本我）施加壓力，它實際上是一個內化的精神施虐者。而梁生寶的眞實自我，尤其是他的生命本能衝動，如在「衣食住行」方面的基本本能需求，卻由於內化的道德權威的種種清規戒律而被無情地驅逐了。於是，梁生寶把「受苦」當成了「享樂」，也就是說，在主流意識形態權力的操縱下，他已經被培植出了一種習慣「受虐」乃至「自虐」的文化

人格心理結構。也許我們不應該過分譴責梁生寶的完美主義行為模式，因為它顯然帶有濃厚的道德理想主義色彩。人們對於理想化的東西似乎總有一股割捨不斷的情結。然而，當這種性格行為模式演變為某種「苦行主義」的時候，我們便應該冷靜地審視這種完美主義性格行為模式的病態特質了。尤其是，當梁生寶的這種完美主義性格結構在紅色中國社會裏已變成一種主導性的社會性格的時候，如在劉雨生、秦德貴、蕭長春、祝永康、高大泉等這些「社會主義新人」身上都有著不同程度的表現，我們就更不應該迴避這種道德理想主義性格結構中的某種「非（反）人道主義」的病態因素了。

從以上分析中不難看出，以梁生寶為代表的完美主義者是一種近乎刻板的道德理想主義者。既然如此，為了維護一種虛構的、理想化的自尊，一個完美主義者往往需要的是「別人的尊敬而不是熱情的愛慕（他傾向於鄙視愛慕）」〔註58〕。這就是完美主義性格的第二個基本特徵。如果說在第一個基本特徵中，完美主義性格傳達給我們的更多的是正面或積極的印象，那麼在接下來的幾個基本特徵中，它留給我們的印象就更多地帶有負面或消極色彩了。在紅色中國龐大的革命英雄人物形象群中，一個顯而易見的事實是，他們幾乎都是不同程度上的「愛情恐懼症患者」。他們基本上都有意無意地排斥愛情，害怕愛情，乃至拒絕來自異性的情愛。對於他們來說，接受異性的情愛顯然是一種軟弱的表現，這對他們外顯的完美人格構成了潛在的威脅。一般來說，完美主義者追求的是一種具有神聖性的英雄人格，他不僅要求自己是道義上的「聖人」，而且還強求自己應該是行動上的「英雄」。中國自古以來就有這樣的習見說法，所謂「英雄氣短，兒女情長」、「英雄難過美人關」、「男兒有淚不輕彈」等等，彷彿所謂英雄只要一沾了女人或「女性氣質」的邊，就立刻會喪失其英雄身份似的。這一點甚至在紅色中國革命英雄人物形象群體中表現得更為明顯。

讀者在紅色中國文學作品中已經見慣了「沒有愛情的愛情描寫」。對於一個個高大完美的革命英雄人物來說，來自他人，自然也包括異性的尊敬和愛戴顯然更加重要，至於對方施與的情愛則似乎變成了「洪水猛獸」，它有時候簡直成了檢驗一個革命者究竟是不是真正的革命英雄人物的試金石。於是乎我們發現了一連串奇異的婚戀場景：程仁對自己和黑妮之間的愛情慾罷不

〔註58〕卡倫・霍爾奈（又譯「荷妮」，通譯「霍妮」）：《神經症與人的成長》，上海文藝出版社 1996 年版，第 209 頁。

能、欲說還休，王玉生一頭埋在農具革新中而淡漠了他和袁小俊之間的情愛，梁生寶對改霞的多次示愛充滿了驚慌和恐懼，秦德貴長時間對自己和孫玉芬之間的戀情束手無策，劉雨生因成天忙於農業合作化的公共事務而忽視了和妻子張桂貞之間私人情感空間的存在，蕭長春把焦淑紅的一腔柔情毫不留情地化成了「同志愛」，祝永康在萬春芳的溫情小屋裏竟然無動於衷、坐懷不亂……當然，對於更多的革命英雄人物來說，爲了維護自己的完美人格的尊嚴，他們選擇了「不談愛情」，愛情在他們的生活空間中是缺席的，沒有位置的。浩然的《金光大道》中的高大泉就是不談愛情的典型代表。實際上，在「文革」時期的「革命樣板戲」中對這一點有著更爲集中的體現。總之，愛情成了一種有意無意之間被革命英雄們所忽視、輕視、蔑視，甚至鄙視的東西。由於權威意識形態的運作，革命年代的情愛話語已經犯有「（小）布爾喬亞情調」的嫌疑，因此，爲了保衛他們那高大完美的人格面具，無數的革命英雄人物只能選擇放逐愛情，對自己的生命本能強行自我閹割、自我毀棄，從而陷入了禁欲主義的泥沼，無力自拔。

性愛是愛情的物質基礎，這裏以最敏感的性慾爲視角，從中我們可以發現性禁忌在完美主義人格中扮演著重要角色。梁生寶和蕭長春無疑是紅色中國文學中兩個最典型的完美主義人物形象。有意味的是，柳青和浩然似乎不約而同地在這兩位革命英雄人物面前設置下了一個性誘惑的情節。在《創業史》中，拴拴媳婦素芳曾經暗中勾引過梁生寶，「但生寶的心是鐵的，不僅對她沒有一點意思，反而鄙視她」。無獨有偶，在《豔陽天》中，馬連福的媳婦孫桂英也曾試圖引誘過蕭長春，結果蕭長春義正詞嚴地把她教訓了一頓，然後揚長而去。然而，與梁生寶和蕭長春的性禁忌形成了鮮明對比的是，他們的階級敵人和政治對手姚士傑和馬之悅卻被作者刻畫成了某種性放縱者。姚士傑暗中佔有了素芳，馬之悅也在蕭長春揚長而去後偷偷溜進了孫桂英的家門。顯然，性愛在這裏已經成了衡量一個完美主義者是眞是僞的重要尺度。因此，與其說蕭長春和梁生寶過了所謂「美人關」，不如說他們在關鍵時刻捍衛了自己的完美人格的尊嚴。

以上列舉的都是些男性英雄人物，其實，在紅色中國文學中的女性英雄人物的身上也普遍存在著這種對愛情的忌諱。以周立波的《山鄉巨變》爲例。小說中有兩個具有完美主義性格的女性人物。一個是普通的團員盛淑君，一個是黨的基層幹部鄧秀梅。盛淑君原本是一個極具青春活力的農家姑娘，這

使得她一方面陶醉於對革命英雄的完美人格的追求，另一方面還存留著對愛情的本能渴求。不過，在她的身上，完美的人格面具顯然已經壓倒了本能的生命衝動。盛淑君對陳大春的追求，在很大程度上可以視爲一個普通的團員對權威的團支書的人格認同。當陳大春以她「這樣調皮，這樣不成器，一點也不顧及群衆影響」爲由拒絕讓她入團的時候，盛淑君的文化人格心理結構便瀕臨崩潰，整個人開始跌入困境，她「扯起嘶啞的喉嚨，慌忙叫道：『團支書，大春同志，大春！』」。這三種稱呼的排列順序顯然是意味深長的。它意味著在盛淑君的精神世界裏，關於陳大春和她之間平等的情愛關係已經被另一種平等的「同志關係」，以及不平等的上下級之間的「權力關係」給遮蔽了。也就是說，對一種外在的完美理想人格的追求壓抑住了盛淑君的情愛衝動。

　　與盛淑君「過渡型」的完美主義性格不同，共產黨的基層幹部鄧秀梅基本上是一個「固態型」的完美主義英雄人物。在小說上卷的第一章中，作者就特意交待了鄧秀梅孤身一人前往清溪鄉的原由，因爲她愛人余家傑到另一個鄉參加合作化運動去了。這頗有點在《沙家浜》中劇作者故意讓阿慶去「跑單幫」的味道。從這裏我們似乎也可以發現「文革文學」與「十七年文學」之間的某種精神淵源。而且直到上卷快結束的時候，作者才考慮讓鄧秀梅於百忙之中偷閒給她愛人余家傑寫一封「情書」。然而這封「情書」到底還是沒有寫成。剛開個頭，就被小說中一個插科打諢的人物盛清明打斷了。有意味的是，這位噱頭人物居然這樣「忠告」鄧秀梅：「……幹什麼，要像什麼，寫情書，就要像一封情書，不能像篇乾巴巴的八股。『家傑』兩個字上面，應該添些噴噴香的字眼子，你應該寫：『我的最親愛的家傑。』」這種「忠告」顯然是有所指的，它暗示出，即使我們讀不到鄧秀梅的那封「情書」，實際上卻可以預測出其中的「黨八股」味道。那將是一封「不是情書的情書」。果然，就在鄧秀梅正準備重新投入到「情書」寫作中的時候，作者適時地讓余家傑給他愛人寄來了一封「情書」。可是，「余家傑寫的淨是他在這次大運動裏的體會和經驗」。鄧秀梅「體味到，他是全身心地投進運動裏了，寫信時也不知不覺地光談工作」。雖然余家傑也在信的末尾「帶了幾句感情話」，但這已經不能在根本上改變這封「情書」的某種「虛僞性」。這樣，對於作者而言，他已經沒必要再讓鄧秀梅去「複製」那封「情書」了。對於讀者來說，似乎也不會再有閱讀鄧秀梅的那封所謂「情書」的隱秘衝動了。於是，「情書」在這裏成了一個空洞的能指，它已經被權威意識形態給竊取或閹割了。既然如此，

基本上斬斷了情絲的鄧秀梅也就維護了她的完美主義人格的尊嚴。沒有了花前月下的柔情繾綣，鄧秀梅成了一個花木蘭式的巾幗英雄，在人們的眼中，她變得更高大、也更完美了。

按照霍妮的說法，完美主義性格具有內在的虛偽性和自欺性。「這種自欺欺人對他自己更爲隱蔽，因爲就別人而論，他可能堅持要別人符合他的完美標準，並因爲別人達不到他的標準而鄙視他們。這樣，他自己的自我譴責就被外表化了」〔註59〕。在這裏我們見到了完美主義者的第三個基本性格特徵，即他們總是有意無意地將自己內心潛在的自我輕蔑和自我憎恨投射到現實生活裏的某個「替罪羊」的身上。這意味著，在完美主義者的潛意識中實際上存在著某個「被鄙視的自我」，通過對它的現實化身表示強烈的輕蔑和憎恨，完美主義者隱蔽地維護了自己表面的完美人格。顯然，在 20 世紀 40～70 年代的紅色中國文學中，在眾多的革命英雄人物的身上大抵都存在著某種隱秘的「被鄙視的自我」，只不過爲了防止完美人格不至於坍塌和崩潰，他們的「被鄙視的自我」幾乎都被投射或外化到了周圍的一個或幾個「中間人物」或反面人物身上去了。比如在「延安文學」中，老楊同志的「被鄙視的自我」可以被認爲是老秦（《李有才板話》），張裕民的「被鄙視的自我」可以認爲被投射到了侯忠全的身上（《太陽照在桑乾河上》），趙玉林（郭全海）的「被鄙視的自我」則是由老孫頭和老田頭來分別承擔的（《暴風驟雨》）等。至於在人民共和國正式建立後的紅色主流文學中，這樣的例子更是多得不可勝數。最著名的如，朱老忠的「被鄙視的自我」主要是嚴志和和老驢頭，王金生（王玉生）的「被鄙視的自我」主要是范登高、「糊塗塗」和馬有翼，劉雨生（鄧秀梅）的「被鄙視的自我」主要是「亨麵糊」、陳先晉和謝慶元，梁生寶的「被鄙視的自我」主要是梁三老漢和蛤蟆灘的「三大能人」郭振山、郭世富、姚士傑，秦德貴的「被鄙視的自我」主要是袁廷發和張福全，蕭長春的「被鄙視的自我」主要是馬之悅、馬連福、「彎彎繞」、馬大炮和馬立本，祝永康的「被鄙視的自我」主要是朱錫昆、熊彬和任爲群，高大泉的「被鄙視的自我」主要是高二林、秦富和張金髮，等等。

不難看出，這些「被鄙視的自我」的共同特徵在於，在不同程度上，他們可以說是一群「自私自利」的人。這和他們環繞的革命英雄人物的「大公

〔註59〕卡倫・霍爾奈（又譯「荷妮」，通譯「霍妮」）：《神經症與人的成長》，上海文藝出版社 1996 年版，第 209 頁。

無私」形成了鮮明的對比。當革命英雄們戴上自己的完美人格面具出場的時候，他們有足夠的冠冕堂皇的理由去輕視、鄙視，甚至憎惡這幫「利己主義」分子。在很大程度上，這種鄙視和憎惡是有其合理性的，特別是在它們被投射到像姚士傑那樣的私欲膨脹的魔頭身上的時候。然而，當革命英雄們將自己內心深處的一切本能欲望，包括所有合理性的欲望全部作為某種「私欲」而自我否定，然後將其外向投射到周圍一些承載這種「私欲」的人物身上，並對後者表現出某種異乎尋常的「階級輕蔑（仇恨）」的時候，他們實際上已經無意中墮入了一個浪漫化的完美主義性格的陷阱。顯然，革命英雄們在強行「要別人符合他的完美標準，並因為別人達不到他的標準而鄙視他們」。表面上，革命英雄們似乎在輕蔑或憎恨那些現實的「替罪羊」，實際上在潛意識中，這些完美主義者是在輕蔑和憎恨自己的真實自我（包括本我）。他們在那幫「替罪羊」的身上看到了自己的另一面，並為自己偶而流露出來的「私欲」而感到深深的不安，甚至是恐懼，因為這一切會危及到他們外在的完美人格的尊嚴，並最終使其顏面掃地。

比如梁生寶，他之所以對梁三老漢、郭振山和郭世富等人的「資本主義自發傾向」表現出強烈的鄙視，甚至是憎恨，其隱秘的心理緣由也許正在於，他自己也曾有過這種「罪惡」的念頭，而且至今仍然存在，只不過已經被自己理想化的完美人格強行壓抑到無意識中罷了。實際上，梁生寶的生活原型王家斌確實在現實生活中曾有過買地的打算，但是，王家斌深知：「買了名難聽得很吶！我就估量來，我連誰的面也見不得了。眼下孟書記、鄉長和支部上的同志都高看咱一眼著哩；組員們還都眼盯著咱，我一買全買開了……」〔註60〕因此，在表面上，梁生寶是在對梁三老漢、郭振山和郭世富等人的「發家致富」行徑表示輕蔑和憎惡，實際上在潛意識中，在其完美人格的支配下，梁生寶是在對自己的那個「被鄙視的自我」表示輕蔑和憎惡。只不過由於梁生寶將這種自我輕蔑和自我憎惡外向投射到了幾個現實的「替罪羊」的身上，因此不為人所知，從而也就悄然掩蓋了一場深層心理中的人格自虐鬥爭。

再如蕭長春，他之所以對合作社會計馬立本表示出滿臉的鄙夷和不屑，這不僅僅是因為馬立本是富農的兒子，整天遊手好閒，不安心社會主義勞動，

〔註60〕轉引自李士文：《從生活素材到藝術形象——談〈創業史〉中的梁生寶的形象創造》，《人民日報》1961年8月9日。

更重要的隱秘心理根源也許在於，蕭長春在馬立本對焦淑紅的瘋狂追求上看到了自己的那個「被鄙視的自我」。蕭長春在潛意識中並不是他一直外在自居的所謂「正人君子」，他也有七情六慾，同樣食人間煙火，也就是說，他具有和馬立本一樣的生命本能衝動。不同之處在於，蕭長春比馬立本多建立了一個革命完美人格，正是這個權威的完美人格抑制了蕭長春的生命本能衝動，使他在焦淑紅的面前一直努力表現出一副道貌岸然的聖人模樣。因此，蕭長春自然要厭惡馬立本，因為馬立本恰恰做了他的完美人格最不願意做的事情。我們與其說蕭長春鄙視和憎惡馬立本，毋寧說他是在潛意識中蔑視和憎恨他自己。可憐的馬立本只是無意中充當了蕭長春的「替罪羊」，即他的「被鄙視的自我」罷了。

按照霍妮的觀點，完美主義者通常都擁有自己獨特的人生哲學。霍妮形象地將其稱之為完美主義者與生活之間所做的一筆「秘密交易」。簡單來說就是，對於一個完美主義者而言，「由於他公平、正直、盡職，因此他有資格要求別人和生活公平地對待他」。正是「這種認為生活中的正義絕對可靠的信念給他以權力感。因此他自己的完美不僅是獲得優勢的手段，而且也是控制生活的手段」〔註61〕。由此看來，在所謂完美的人格面具背後實際上隱藏著強烈的功利主義目的。完美主義者的完美人格在本質上其實是他攫取權力的工具。當然，這是一個經過裝飾了的冠冕堂皇的工具，往往在不經意之間掩蓋了它的權力本質。然而問題在於，完美主義者征服生活、獲取權力的這種人生哲學或生活策略顯然過於理想化，在嚴峻的現實生活面前，他不可避免會有遇上麻煩的時候。因為無論如何，一個完美主義者不可能要求身邊的每一個人都和他一樣擁有一個理想主義的完美人格。這樣一來，當一個完美主義者在現實生活中遭遇到某種意想不到的事故或災難的時候，他的人生哲學就有了破產的危險，同樣，他的完美主義性格結構也就處在了瀕臨崩潰的邊緣。

對於具有完美主義人格的中國革命英雄人物形象來說，由於創造他們的主流作家在不同程度上都陷入了「主觀主義」和「理想主義」的創作誤區，故而我們很少能見到那些完美的革命英雄們有英雄末路的時候，至多也不過是會遭遇某種無傷大雅的生活挫折而已。即使是這樣，他們的完美主義性格結構一般也不會瓦解，已經發生的生活挫折往往只是使他們將來更加堅定其

〔註61〕卡倫・霍爾奈（又譯「荷妮」，通譯「霍妮」）：《神經症與人的成長》，上海文藝出版社 1996 年版，第 209 頁。

完美人格的生活小插曲。然而，儘管如此，霍妮的心理發現對於我們認識紅色中國文學中的完美主義人物形象仍然有著重要的啟示意義。比如在《太陽照在桑乾河上》中，我們發現程仁曾經因為與黑妮的戀愛陷入僵局而產生了激烈的內心衝突；在《創業史》中，我們同樣發現梁生寶在改霞最終選擇了棄他而去之後，他曾暗自「好後悔了一陣」；在《豔陽天》中，我們又發現了蕭長春在兒子被階級敵人暗害之後，他曾經獨自在家裏以淚洗面，即使後來被焦淑紅發現了他也無力顧忌……顯然，對於這些完美主義者來說，他們有足夠的理由要求周圍所有的人，以及生活對自己公平一點，因為他們的美德足以使他們應該享有更好的命運。然而這些意外的生活變故使得他們的完美主義人生哲學或生活策略陷入了不同程度的困境，他們外在的完美人格也遭遇了嚴峻現實的挑戰。當然，正如我們經常所看到的那樣，這些完美主義者很快便度過了自己的人格心理危機，他們在作者的導演下不得不迅速地恢復起原來的完美主義形象。

　　不妨對《山鄉巨變》中的男主人公劉雨生進行一番心理解讀。據書中交待，劉雨生是「一個大公無私的現貧農」。作為互助組長，「他為人和睦，本眞，心地純良，又吃得虧，村裏的人，全都擁護他」。這一切意味著劉雨生擁有一個理想化的革命完美人格。出於「不能在群眾跟前，丟黨的臉」的考慮，他壓抑了自己的私人欲望，「一心一意，參與了合作化運動」。按說，像劉雨生這樣道德高尚的人，「他有資格要求別人和生活公平地對待他」。然而，生活似乎和他開了個小小的玩笑，並沒有完全兌現當初的人生承諾。我們看到，雖然劉雨生幾乎獲得了周圍所有貧下中農的信任、愛戴和尊敬，也就是說，他的完美人格給他帶來了巨大的，儘管是某種隱在的「權力感」，然而，美中不足的是，和他最親近的那個人，妻子張桂貞卻不買他的賬，這也就意味著劉雨生的完美主義人生哲學或生活策略潛伏著某種危機。在張桂貞看來，劉雨生的「本眞、至誠、大公無私，都是好的，但對自己又有什麼用處呢？她所需要的是，男人的傾心和小意，生活的輕鬆和舒服。他不能夠給她這些。這個近啾子不分晝夜，只記得工作，不記得家裏」。顯然，張桂貞和丈夫劉雨生之間有著不同的人生哲學或生活策略。這就是他們夫妻衝突的最終心理根源。

　　對於我們來說，有意味的卻是接下來發生的這樣幾幕場景：當張桂貞宣佈要回娘家和他兩地分居的時候，劉雨生「忍不住眼淚一噴，他哭了」；當

張桂貞進而提出和他離婚之後，劉雨生又慌忙去求助於兩位上級領導幹部來協助調解，一邊訴說一邊「眼淚汪汪，低下頭去」；當張桂貞去意已決，「劉雨生動手要寫離婚申請時，（他又）傷心地哭了」。實際上，劉雨生的這「三哭」有著明顯的象徵意義。它象徵著劉雨生這個完美主義者在遭到一場意外的生活變故時，即被妻子所拋棄時，他的完美主義性格結構已經開始鬆動，他外在的完美人格面具也一時之間被倉促地摘去了。不難推想，在劉雨生的內心深處，他肯定在抱怨生活對他不公平，他無法相信像他這麼一個廣受民眾愛戴與尊敬的人會落到一個最終被妻子拋棄的尷尬境地。他不能不質疑自己的完美主義人生哲學或生活策略的現實合理性。然而，這種內在的心理波動很快便被他的上級領導李月輝洞察到了。李月輝這樣教導他說：「我奉勸你，不要這樣沒有作為了，一個共產黨員，要隨時隨刻想到黨和人民的事業。現在，黨在領導合作化，你在這裏鬧個人的事，這不大好，叫別人看見，不像樣子。……」這位政治權威的話語果然奏效，「劉雨生聽了這話，受了刺激，精神振作了一點」。事實上，從上卷「離婚」這一章起，直至下卷中，我們再也沒有見到劉雨生的「眼淚」了。這說明劉雨生很快就恢復了原來的完美主義性格結構，重新又戴上了那個完美的人格面具。然而，他內心的真實創痛恐怕不是這麼樣就能輕易抹去的，只不過它已經躲在那個完美人格面具的背後，我們輕易再也看不到罷了。

三、革命作家的完美主義社會性格生成的心理——文化動因

以上具體剖析了紅色中國文學話語秩序中完美主義人物形象的內在精神心理特徵。這一系列具有完美主義性格結構的文學人物形象實際上是傾力塑造他們的紅色中國革命作家們所共同具有的完美主義社會性格的心理投射物。因此，本章最後還想進一步探析導致大多數紅色中國的民眾，尤其是主流的革命作家群體，他們集體生成這種完美主義社會性格的深層心理－文化動因。

從歷史上看，以儒家為主體的中國傳統文化長期以來是一種以宗法家族倫理為本位的道德主義文化。自先秦至宋明，傳統的儒家文化在道德化的向度上明顯呈現出強化的趨勢。從主張「修身養性」、「克己復禮」的孔孟之道，到提倡「存天理，滅人欲」的程朱理學，中國正統的儒家文化在道德化的軌道上越滑越遠。由此，傳統儒家文化的理想人格也就逐漸由早期「見賢思齊」

的「君子」向晚期以「衛道士」自居的「偽君子」蛻變。這意味著，到了中國封建社會末期，傳統中國人的主導社會文化性格已經悄悄地發生了病態性的人格異化。也就是說，那些道貌岸然的「君子」們，正襟危坐的「聖賢」們已經普遍患上了一種被霍妮稱之為完美主義的性格綜合症。所謂「滿嘴的仁義道德，滿肚子的男盜女娼」就是對這種虛偽的，具有二重性的社會文化性格結構的尖銳寫照。因此，如何從這種病態的社會文化性格中擺脫出來就成了中國近現代以來無數知識精英竭力想要解決的文化問題。

到五四時期，隨著西方近現代人文主義思想的廣泛傳播，在現代中國也開始掀起了波瀾壯闊的個性解放的思想潮流。所謂個性解放，實際上是現代中國人試圖從傳統文化的道德困軛下掙扎出來的文化自救行動。魯迅先生在五四時期著意倡導的「改造國民性」，在很大程度上就是一項力圖「療救」中國人的完美主義性格「沉痾」的文化醫學系統工程，就是要甩掉那個冠冕堂皇的、騙人的道德人格面具，讓國人堂堂正正地做一個有血有肉、有意志、有個性的「大寫的人」。用霍妮的話來說，就是要活出「真我的風采」，不要讓那些虛偽的、集體化的理想自我（超我）壓抑了自己的真實自我（包括本我）的價值實現。長期以來，中國人的社會文化性格結構中已經潛藏著某種受虐乃至自虐的深層心理傾向。那種完美的道德人格面具一直壓抑得他們的真實自我透不過氣來，它在中國人的集體文化人格心理結構中大肆施展其施虐功能。久而久之，國人也就真的喪失了應有的血性，終於淪為一種可悲又可憎的精神奴隸。因此，只有從這種奴化的社會文化性格模式中覺醒，國人才有徹底恢復健全的人性的希望。這正是五四啟蒙文化精神的終極旨趣。

然而，由於現代中國民族危機的日益加重，在 20 世紀 30 年代，民族「革命」逐漸壓倒了個體「啟蒙」的社會文化主題〔註62〕。也就是說，五四時期注重對國民病態的道德完美主義性格結構進行改造的啟蒙文化逐漸淪為了某

〔註62〕參閱李澤厚：《啟蒙與救亡的雙重變奏》，《中國現代思想史論》，安徽文藝出版社，1994 年版。李澤厚認為，中國現代思想史上發生過「救亡」主題壓倒「啟蒙」主題的重要變遷。這個觀點後來招到很多人的質疑，因為「啟蒙」的目的也是為了「救亡」，這兩個概念之間並不構成一對矛盾。筆者也同意這種質疑，但主張用「革命」來取代李澤厚文中使用的「救亡」概念，因為「革命」和「啟蒙」是中國現代社會變革的兩種主導方式。如果要說在 20 世紀中國文學中發生過「革命」話語壓倒了「啟蒙」話語的現象，那三四十年代還只能說是初步的「壓倒」，只有到了五十至七十年代的紅色中國文學時代，這種「壓倒」才真正完成並且長期得以維持。

種邊緣文化，而一種呼喚拯救民族危亡的革命英雄的道德理想主義文化開始在中國佔據了主導地位。這雖然在當時具有歷史的合理性，畢竟「革命」比「啟蒙」在特定的歷史條件下更能有力且便捷地拯救中華民族的危亡，但在很大程度上，這也意味著中國傳統的道德主義文化在披上了革命理想主義外衣後又重新潛回了現代中國社會文化舞臺。換句話說，傳統中國國民的那種主導性的道德完美主義社會文化性格在現代中國人的文化人格心理結構中逐漸開始復活。不僅如此，由於有了革命理想主義與中國紅色政權的蔭庇，對於置身於 20 世紀 40～70 年代紅色中國文化秩序中的中國國民以及作家來說，他們這一次所生成的紅色完美主義社會性格變得更加「完美」，也就更加具有自欺性，它是對中國傳統完美主義社會文化性格的一種變本加厲的衍變。

早在 1940 年代延安時期，這種道德理想主義文化規範就已經在紅色中國雛形中初步得到建立。人民共和國成立以後，它進一步在全國範圍內擴展並蔓延開來，直至「文革」期間演變到了無以復加的地步。中國的紅色文化不僅潛在地遺傳了傳統道德倫理文化的精神基因，從而暗中復活了傳統國民的道德完美主義性格結構，而且由於對革命理想主義的張揚，這使得它對國民外在的道德完美人格的限定更加嚴格。同樣要求「修身養性」，同樣要求「克己復禮」，只不過在紅色中國文化中所必須信奉的「禮」不再是封建的綱常倫理，而是一種紅色道德真理體系。實際上，紅色中國文化是傳統的道德倫理主義文化精神與現代的革命理想主義精神嫁接而成的產物，它是一套現代的具有新古典主義特徵的道德理想主義文化規範系統。在紅色中國文化秩序中，為了謀求被主流文化規範所接納，包括知識分子（作家）在內的大多數國民必須形成符合這種道德理想主義文化規範的完美人格，即革命英雄人格。這種新型的人格面具顯然比傳統的理想人格，如「君子」、「聖賢」之類更加具有感召力。

革命英雄，在當時又叫「無產階級新人」，「社會主義新人」或「共產主義新人」。其實，與其稱他們為「人」，不如尊他們為「神」。他們實際上是一種「單面人」，準確地說，應該是一個個完美的人格面具。關於這種「新人類」的道德人格特徵，早在延安時期，毛澤東在著名的「老三篇」中就已經做出了結論性的概括。按照「毛主席的教導」，他們必須「毫不利己，專門利人」，做「一個高尚的人，一個純粹的人，一個有道德的人，一個脫離了低級趣味的人，一個有益於人民的人」。（《紀念白求恩》）他們必須要「想

到人民的利益，想到大多數人民的痛苦」，「爲人民而死，就是死得其所」。
（《爲人民服務》）他們必須「下定決心，不怕犧牲，排除萬難，去爭取勝利」。
（《愚公移山》）〔註 63〕客觀而論，這種革命道德理想主義精神在特定的戰
爭年代是有其歷史進步意義的。然而，在共和國成立以後的和平建設時期，
仍然一如既往地，甚至是大力高揚那種道德理想主義精神，那麼它潛在的負
面文化心理效應將會不可避免地凸顯出來。在轟轟烈烈的社會主義改造運動
中，當多數國民開始競相爭做「大公無私」和「捨己爲人」的革命英雄人物
的時候，他們在不經意間生成了一種完美主義的社會文化性格結構。

　　這一點在「文革」時期表現得最爲集中和明顯。在「紅寶書」的導引下，
人們唱著「語錄歌」，跳著「忠字舞」，身著統一的集體服裝，開始了浩浩蕩
蕩的以「滅資興無，破私立公」爲時代主旋律的「文化大革命」。這其實是在
中國國民集體人格心理結構中所展開的一場紅色道德革命。它至遲也在 1940
年代的延安就已經正式開始了合法化運作，至「文革」時期，不過是其最後
的總爆發而已。關於這場紅色道德革命的運作方式，其主要特點即在於所謂
「靈魂深處鬧革命」，或「狠鬥私字一閃念」。在神聖的「紅寶書」面前，「人
人都是小學生，永遠都是小學生」。他們必須「天天學，年年學，永遠學下去，
經常對照，嚴格要求，反覆實踐。這樣，新同志就會迅速成長，老同志就能
保持晚節，永葆革命青春」。他們必須「每日三省吾身」，加強自己的「共產
主義道德修養」，摒棄靈魂中的一切私心雜念，從而「自覺革自己的命」，以
期最終形成一個高大完美的革命道德理想主義人格。爲了實現這一紅色道德
革命目標，當務之急就是「要做一個無所畏懼的徹底的唯物主義者，不怕痛，
不怕醜，不怕亮出思想，不怕觸及靈魂，不怕失掉個人尊嚴，不怕改變舊的
現狀，從『我』字中間徹底解放出來」。只有這樣，他們才能夠成爲「許許多
多不爲名，不爲利，不怕苦，不怕死，一心爲革命，一心爲人民的共產主義
英雄」。〔註64〕像這樣的紅色道德教條在紅色中國文化傳播中可謂比比皆是。

〔註63〕毛澤東：《毛澤東選集》，人民出版社 1966 年版，第二卷第 620～621 頁，第
　　　　三卷第 955 頁，第三卷第 1049 頁。
〔註64〕參見《觸及人們靈魂的大革命》（《人民日報》1966 年 6 月 2 日社論），《再論
　　　　提倡一個「公」字》（《解放軍報》1966 年 11 月 3 日社論），《「老三篇」是革
　　　　命者的座右銘》（《解放軍報》1966 年 12 月 3 日社論），《三論提倡一個「公」
　　　　字》（《解放軍報》1967 年 3 月 14 日社論），《「鬥私，批修」是無產階級文化
　　　　大革命的根本方針》（《人民日報》1967 年 10 月 6 日社論），《無限忠於毛主席
　　　　是最大的公》（《解放軍報》1967 年 12 月 8 日社論）等。

　　不難看出，紅色中國高大完美的革命英雄人格的集體形成，實際上是以某種禁欲主義文化戰略的運作來實現的。由於從 1940 年代的延安時期開始，「人性論」就已經被正式放逐出了「紅色理想國」，這就從根本上剝奪了所謂「私欲」或個人欲望在紅色中國文化和文學秩序中的合法地位。於是，私有制成了「罪魁禍首」，個人主義成了「萬惡之源」。到「文革」時期，人們整天忙於「鬥私批修」，「狠鬥私字一閃念」。年長月久，他們也就淪為一群只有集體的道德理想，而喪失了個體的生命欲望的人。人們活著的唯一目的就是為了維護那個高大完美的集體人格面具，而要做到這一點他們就必須接受權威的道德理想主義文化規範對自己生命本能欲望的文化壓抑，以至最終習慣於對自己的生命本能實行某種自戕。這種從受虐到自虐的文化心理結構轉換，其根本目的不過在於為了更好地維持一種虛假的文化人格心理結構平衡。因為人的生命本能欲望是不可能完全被消除的，所謂文化禁欲主義，其結果最多只能使生命個體的本能欲望完全被壓抑在無意識域之中。由此也就導致了紅色中國民眾潛在地生成了一種虛偽的、帶有雙重性的社會文化性格結構。體現於外的就是那個高大完美的革命英雄人格面具，而隱藏於內的則是一個由於被壓抑而發生扭曲和變形的陰暗「本我」。他始終在暗中尋找著「自我實現」，不過這時已不是以「愛欲」的方式，而是以「死欲」（「恨」）的方式來「自我實現」，因此他實際上是在謀求發洩「攻擊性」的機會，以便釋放自己長期被壓抑的本能衝動。

　　當然，這一切往往發生在一個完美主義者在生活中遭遇到意外挫折（如政治批判）或重大災難（如十年浩劫）的時候。此時，他的完美主義人生哲學已經破產，他必須尋找另一種生活策略來平息由於完美主義性格結構崩潰後所導致的巨大心理不安。以「文革」期間中國知識分子（作家）為例，此時擺在他們面前的實際上只有這麼幾條路可以選擇：第一條是自殺的絕路。當時只有老舍、鄧拓、以群、傅雷、聞捷等少數人主動選擇了這樣一條絕望的不歸之路。比如老舍，1950 年代初主動放棄了國外優厚的生活待遇，憑著一腔革命熱情，回到新生的共和國參加社會主義建設。在建國初掀起的知識分子思想改造運動中，老舍一直是老一代作家中最積極的代表。他不斷地深入到工農兵的實際生活中去，先後寫下了《龍鬚溝》、《青年突擊隊》、《無名高地有了名》這樣一些積極配合當前的革命政治任務的文學作品，因而成為了北京文學圈內有名的「跟跟派」。這意味著老舍在竭力地向紅色中國流行的

革命英雄人物（人格）認同，從而初步形成了一種與主流社會性格相同構的革命完美主義社會性格。然而，到 1950 年代末期以後，經過「反右」的政治警示，老舍的完美主義性格結構開始鬆動，這在《茶館》，特別是《正紅旗下》的創作中有著較爲明顯的表現。直至「文革」之初，當老舍遭到當權派和紅衛兵的殘暴人身侮辱之後，他那業已開始鬆動的完美主義性格結構才正式宣告坍塌，他的完美主義人格面具被人強行摘除了，他已經無顏再見自己的眞實自我。在京城的太平湖邊，在那個陰沉的日子裏，回顧自己當初的人生選擇和文化選擇，絕望的老舍一定是羞愧難當。「知恥而後勇」，帶著一種重新覺醒了的「人」的懺悔心情，他必須尋找一種能夠實現其靈魂淨化或精神救贖的方式。這種方式在當時只有自殺，因爲其它的幾種方式似乎都不能夠滿足老舍這一高貴的精神願望。

第二條路是自責的活路。在「文革」以前，選擇這條路的作家就已經爲數不少，「文革」爆發後就更是爲數甚眾了。包括巴金、曹禺、趙樹理、周立波、丁玲、郭小川等在內的一大批紅色著名作家都不約而同地選擇過這樣一條路。從主觀上看，這些作家都想繼續勉力維持原來的完美主義性格結構，然而實際上客觀的政治環境已經剝奪了他們的革命身份，也就是說被強行摘掉了那個完美人格面具，淪爲人見人欺的「牛鬼蛇神」。然而，由於長時期的紅色道德文化的浸染，他們已經在深層文化人格心理結構中積重難返，他們是如此地沉迷於那個美麗的道德人格面具不能自拔，以至於經常心甘情願地接受各種精神和肉體的侮辱，及至有些人最終被迫害致死。實際上，也許直到臨終前的那一刹那，這些作家也未能從那個完美主義社會性格結構中走出來。他們是一群執迷不悟者，外在的施虐於他們似乎已經成了一種必需，因爲這恰恰滿足了他們內心深處的受虐心理。他們想當然地認爲，既然被打成了「反革命」，那就是說，他們暫時還不配戴上那個完美的革命道德人格面具，於是擺在他們面前的當務之急就是要「坦白交待，重新做人」，做那種「社會主義新人」，以此獲得新的政治生命。因此他們紛紛眞誠地、死心塌地地認罪伏法，整天對著偉大領袖的光輝著作無窮無盡、無止無休的自我檢討，爲了驅除自己靈魂中的個人主義私心雜念或「（小）資產階級思想王國」而疲於奔命。

如今的人們已經肯定是無法統計出他們在當時到底寫下了多少「檢討書」、「懺悔錄」了。當年的那批作家實際上深深地陷入了一種奴化的社會性

格結構中無力自拔。他們彷彿中了催眠術，經常對那些披著革命外衣的施虐者卑躬屈膝、奴顏相侍，對其冠冕堂皇的革命話語更是奉若神明、頂禮膜拜。確實如此，在「神」一樣的審判者面前，對於戴罪之身的知識分子／作家而言，除了盡情地懺悔，哪裏還談得上什麼自我反抗。更可悲的是，那類外在的施虐者實際上早就內化在了他們的文化人格心理結構中，儘管他們在表面上被摘去完美的革命道德人格面具，但在內心深處，那個作為潛在精神施虐者的集體道德理想人格卻已經深入到了他們的精神骨髓之中。可以說，在人格獨立和自由思想的精神意義上，他們實際上已經「死亡」。人就這樣異化為了非人。用巴金的話說，「人」就是這樣變成了「牛」的。作為一個歷史的親歷者，「文革」後的巴金老人痛切地領悟到了這一點。他為自己當年的奴隸行徑痛悔不已，並將當年的自己稱為「奴在心者」和「精神奴隸」〔註65〕，話語中的沉痛溢於言表。當然，巴金老人當年的的奴化性格結構絕不僅僅屬於當年的他自己，實際上它應屬於紅色中國主流作家群體，這已經是不言而喻的事實，儘管他們中的大多數往往會有意無意地迴避這一心靈隱痛。

　　第三條路是自保的退路。由於紅色中國革命道德理想主義文化隱含著禁欲主義的文化戰略，因此而形成的完美主義社會性格結構中也就存有內在隱患。對於紅色中國主流作家來說，由於長期以來一直在非常嚴苛的革命道德標準下成長，他們的自我意志和生命欲望在漫長得沒有盡頭的「思想改造」運動中逐漸地被壓抑和扭曲了。在表面上，他們是一個個正襟危坐的作家，而實際上在潛意識中，他們的攻擊性或施虐衝動被強行引向了自己的真實自我（包括本我），也就是說，他們在精神上處於一種暗中受虐乃至自虐的心態。問題在於，當一個人的生命本能衝動不能夠得到合理的或良性的實現的時候，也就是遭到不合理的外力的壓抑與阻遏的時候，他的生命本能衝動就會轉而尋找一種陰暗的或惡性的兌現方式。這意味著，他的向內的受虐或自虐衝動時時刻刻都有可能轉化為一種向外的施虐衝動。

　　一般的普通民眾如此，作家也不會例外。在 20 世紀 40～70 年代的紅色中國文學進程中，我們不知道可以發現多少平素道貌岸然的作家在一些政治批判場合對自己的同類「落井下石」。這一方面固然是為了「自保」，企圖以此苟活於世，另一方面也許更重要的是，他們往往會不由自主地「害人」，

〔註65〕參閱巴金：《十年一夢》，《隨想錄》（合訂本），三聯書店 1987 年版，第 377～385 頁。

因爲他們潛意識中長期積壓下來的施虐衝動不能夠老是對準自己，它必須尋找外在現實中的目標，尤其是自己的同類。因爲這樣既可以滿足自己施虐的本能衝動，同時也可以滿足自己受虐或自虐的隱秘願望。毫無疑問，他們在潛意識中把那些可卑又可憎的同類當成了自己的替罪羊。對於置身紅色中國文化秩序中的作家來說，這種心理蛻變可謂屢見不鮮、司空見慣。翻一翻當年出版的《胡風文藝思想批判論文匯集》和《爲保衛社會主義文藝路線而鬥爭》，我們會發現那麼多曾經讓人「肅然起敬」的「革命作家」在那裏隨意（故意）地顛倒黑白、信口雌黃，完全是一副要將正在罹難的同類置於死地的架勢。這裏，我們只需要隨意挑撿幾個大批判文章的標題也就足夠說明問題的了：

> 《我們必須戰鬥》（周揚）、《反社會主義的胡風綱領》（郭沫若）、《現實主義的路，還是反現實主義的路？》（何其芳）、《清算胡風這個壞傢夥》（周立波）、《徹底反擊右派》（郭沫若）、《我們憤怒》（曹禺）、《你要不要重新做人？》（張天翼、艾蕪、沙汀）、《丁玲不止一次向黨進攻》（劉白羽）、《靈魂的蛀蟲》（曹禺）、《揭穿丁玲的僞裝》（田間）、《肅清「靈魂腐蝕師」丁玲的毒害》（康濯）、《馮雪峰是一貫反黨的》（艾蕪）、《反對馮雪峰的文藝路線》（袁水拍）、《詩人乎？蛀蟲乎？》（李季、阮章競）、《艾青能不能爲社會主義歌唱？》（徐遲）、《黨和人民不許你走死路》（康濯）、《剝開劉紹棠的怪論外殼來看》（周立波）……

從這裏，我們見到了隱藏在紅色中國革命作家的完美人格面具背後的隱秘施虐衝動。在預計到災難即將降臨到自己頭上來時，完美主義者常常會喪失他們的完美風度，爲了保全自己，他們很快地就會調整人生策略，從一個完美主義者變成攻擊者，從一個受虐者（自虐者）變成施虐者，或者說，從「君子」變成了「僞君子」，神聖的道德外衣蕩然無存。遺憾的是，迄今爲止，紅色中國文學的歷史親歷者及其後裔對這一切大都諱莫如深。如今，在那批紅色中國革命作家的文集中幾乎很難再見到那些暴虐的文字。迴避是不能眞正解決問題的。歷史呼喚直面人性的勇氣。好在是我們已經擁有了一位精神上的勇者，一位與世紀同行的耋耄老人——巴金。在「文革」後的中國文壇，當眾多作家沉湎於外在的（政治、道德、文化）層面上「傷悼」和「反思」遠去的紅色時代時，曾一度「沉淪」過的巴金老人卻在《隨想錄》中開始了

自己晚年寂寞而又孤獨的精神懺悔旅程。他不僅反思了當年的「人」是怎樣
變成了「牛」的，更反思了那個時代的「人」是怎樣變成了「獸」的〔註66〕。
在《「遵命文學」》、《小狗包弟》、《懷念豐先生》、《懷念滿濤同志》、《解剖自
己》、《懷念非英兄》、《懷念胡風》諸文裏，巴金老人以巨大的精神勇氣在晚
年現身說法，無情但卻理性地正視了當年自己文化人格心理結構中的「陰暗
面」。他爲自己當年對朋友，尤其是對知識分子同類，甚至是對一條無辜的小
狗的有意無意的「施虐」行徑感到無盡的悔恨和愧疚。對於自己當年的那些
「違心之論」，晚年的巴金只有懺悔，他不能輕易地原諒了自己。在《懷念非
英兄》一文中，巴金這樣解剖著自己當年的靈魂：

　　　　……我寫文章同胡風、同丁玲、同艾青、同雪峰「劃清界限」，
　　或者甚至登臺宣讀，點名批判；自己弄不清是非、眞假，也不管有
　　什麼人證、物證，別人安排我發言，我就高聲叫喊。說是相信別人，
　　其實是保全自己。只有在「反胡風」和「反右」運動中，我寫過這
　　類不負責任的表態文章，說是「劃清界限」，難道就不是「下井投
　　石」？！我至今仍然因爲這幾篇文章感到羞恥。……

　　除了對自己在 1950 年代的「施虐」行爲感到痛悔莫及之外，巴金老人還
對自己在「文革」期間內心深處「被壓抑的施虐衝動」做過如下眞實的告白：

　　　　在那個時期我不曾登臺批判過別人，只是因爲我沒有得到機
　　會，倘使我能夠上臺亮相，我會看作莫大的幸運。我常常這樣想，
　　也常常這樣說，萬一在「早請示、晚彙報」搞得最起勁的時期，我
　　得到了解放或重用，那麼我也會做出不少的蠢事，甚至不少的壞事。
　　當時大家都以「緊跟」爲榮，我因爲沒有「效忠」的資格，參加運
　　動不久就被勒令靠邊站，才容易保持了個人的清白。使我感到可怕
　　的是那個時候自己的精神狀態和思想狀況，沒有掉進深淵，確實是
　　萬幸，清夜捫心自問，還有點毛骨悚然。（《解剖自己》）

　　如今，人們似乎只能在「文革」後復出的少數「右派作家」那裏，如王
蒙、張賢亮、從維熙等人的「反思文學」那裏才看得到紅色中國受難的邊緣
知識分子在「文革」間互相揭發、暗中告密、同類相殘的陰暗場景了。但畢
竟還是爲數太少，且那些「傷痕－反思」小說中的知識分子主人公虛僞的自

〔註66〕參閱巴金：《〈探索集〉後記》、《我的靈夢》、《人道主義》等文，均收入《隨
　　　　想錄》（合訂本），三聯書店 1987 年版。

我辯白總是壓過了眞誠的懺悔。至於以紅色中國主流知識分子爲主人公的、眞實地描述其「文革」心理陰影和行爲劣迹的、帶有眞正的懺悔精神的文學作品似乎還沒怎麼出現。這意味著一代歷史的親歷者在有意無意地保持沉默，他們似乎在迴避著什麼，但沉默和迴避並不能夠眞正地拯救他們的靈魂。因爲曾經眞實地存在過的歷史並不會因爲人們的故意遺忘而眞的就不復存在。

最後還有第四條路，即自由的生路。這是一條充滿現代性的精神再生之路。它需要紅色中國作家在政治災難襲來之後，勇敢地從那個完美主義社會文化性格結構中走出來，自覺地摘掉虛僞的完美人格面具，重新面對眞實的自我，由此獲得精神上的再生。在 20 世紀 40～70 年代的紅色中國文學話語秩序中，實際上也還存在著這樣的一些作家，他們站在不同程度的話語反抗立場上，或顯或隱地表達了自己對內心眞實自我的堅守。這也正是下一章中將要探討的主要問題。